[经典解读版]

聊斋志异

编著 郭 翔
原著 清·蒲松龄

北京理工大学出版社

《聊斋志异》，一部以鬼怪乱离为依托的传世之作，其故事之曲折、情节之动人，令人叹为观止。它的影响非常深远，是中国文言小说的巅峰之作，在其之后，中国文言小说再无超越它的作品。郭沫若称其"写鬼写妖高人一等，刺贪刺虐入骨三分"，老舍赞其"鬼狐有性格，笑骂成文章"。

蒲松龄在创作《聊斋志异》的时候，通过征集故事，将大量离奇的素材整理加工，再加上蒲松龄涉猎广泛，这使得《聊斋志异》的题材形形色色：科举赶考、富商巨贾、家庭琐事、官场内幕、司法案例、自然奇观……包罗万象，蔚为大观。

然而，《聊斋志异》的价值远不止于此。它是一部流行了300多年的人间清醒指南，看似是妖怪与精灵的奇幻故事，实则处处都是蒲松龄饱经沧桑、洞察世事的面庞。

蒲松龄觉得：要想做成一件事，需要有点"痴劲"，这种持续不断的专注力，才是可贵品质。于是，他在《阿宝》中说："性痴则其志凝，故书痴者文必工，艺痴者技必良。"

蒲松龄觉得："凡所有相，皆是虚妄。"一切都是由人心所生出来的，只有心怀正念，才能看破幻境。于是，他在《画壁》中说："人有淫心，是生亵境，人有亵心，是生怖境。"

蒲松龄觉得：很多人眼里只看得到外表，却不知这迷人的表象后面，是令人胆寒的恐怖。于是，他在《画皮》中说："愚哉世人！明明妖也，而以为美。迷哉愚人！明明忠也，而以为妄。"

蒲松龄觉得：无论是对物还是对人，若是轻易能得到的东西，就很难去珍惜，而经过千辛万苦、跋山涉水求来的，自然不敢任意糟践。于是，他在《恒娘》中说：

目 录

考城隍……………………………006
狼三则……………………………010
罗刹海市…………………………014
促织………………………………022
劳山道士…………………………030
娇娜………………………………034
叶生………………………………042
王成………………………………046
青凤………………………………054
画皮………………………………062
陆判………………………………068
婴宁………………………………076
聂小倩……………………………086
丁前溪……………………………094
司文郎……………………………098
画壁………………………………106
耿十八……………………………110
侠女………………………………114
酒友………………………………120
香玉………………………………124
阿宝………………………………132
席方平……………………………138

"人情厌故而喜新，重难而轻易。"

　　蒲松龄生长于乡村，深知底层人民生活的不易，他将对封建礼教、专制的批判、对官场丑恶嘴脸的描绘，以及对理想生活的向往，都融入一个个故事之中。

　　不过，当代人读《聊斋志异》原著，还是会有一些问题。首先是如果文言文功底不过关，故事只能看个大概，很多字词句的精妙表达却读不出来，更别说是作者故意埋藏在字里行间的深意；其次是作者和读者处于不同的时代，背景知识掌握得少的话，有一些在作者那个时代被认为是常识的，当代的读者却一无所知；最后是由于时代变迁造成的观念差异，那个旧时代所赋予作者的一些天经地义的信条，在如今的人看来却是如此的荒唐和不适。

　　鉴于以上这些原因，我们从《聊斋志异》全集中选取了48篇或精妙或深情或跌宕起伏的名篇，用优美的语言改编成白话故事，力求呈现最多的精华，再插入大量配画，便于读者理解故事场景。另外，为了方便读者理解蒲松龄的曲笔深文，每篇还加上了两段解读，以呈现故事本身所蕴含的道理、作者埋藏在文字间的深意，分析文学手法，拓展相关知识等。

　　我们希望本书能够帮助读者深刻地理解《聊斋志异》这部经典文学作品，能够带领读者深切地感受中国古代文化的魅力，还能够有所熏陶，成为有思想、有文化、有道德的人。

　　最后，我们要感谢所有为这本书付出辛勤努力的人，正是因为他们的努力，才使得这本书能够顺利出版，与广大读者朋友见面。

　　让我们一起翻开本书，感受它的魅力吧！

篇目	页码
口技	146
红玉	150
林四娘	158
梅女	162
鲁公女	170
念秧	176
小二	186
连琐	192
王六郎	198
夜叉国	204
汪士秀	212
梦狼	216
庚娘	220
雷曹	228
翩翩	234
余德	240
考弊司	244
伍秋月	248
彭海秋	254
西湖主	260
鸽异	268
于去恶	272
仙人岛	280
莲花公主	290
禽侠	296
连城	298

考城隍

　　从前，有一位名叫宋焘的秀才，一天，他因为生病而卧床不起，恍惚间看见一个官差手持通关文牒，牵马向他走来。官差走到床边，请他去参加科举考试。宋焘纳闷：科举考试的时间还没有到呢，怎么突然要考试了呢？官差也不回答，只是催促宋焘动身。宋焘只好勉力支撑着病体，骑上官差牵来的马，跟随他去了。

　　宋焘看着一路上的风景都十分生疏，也不知要去哪里。他俩走了好长一段时间，终于到了一座繁华的城市。不一会儿，官差又带着宋焘进入一座十分

壮丽的官署。官署的大堂上端坐着十多位官员，宋焘只认出了其中一位是关羽。殿檐前摆放着两套单人桌椅，已经有一个先来的秀才坐在了下位，宋焘就在另一张桌子前坐下。小桌子上分别放有笔和纸，不一会儿，写有题目的试卷从殿堂上发了下来，打开一看，题目是八个字："一人二心，有心无心。"宋焘二话不说，埋头开始写文章，一会儿写完后，呈送到殿堂上。

宋焘的文章中有句话说得比较妙："有心为善，虽善不赏；无心作恶，虽恶不罚。"各位官员一边传看，一边对宋焘的文章赞赏不已。于是，召唤宋焘到殿堂上，吩咐道："河南缺少一位城隍，你适合担当这个职位。"宋焘这时才明白过来自己已经死了，连忙跪下，一边磕头一边啜泣着说："如此光荣的任命，我本不敢推辞，可是我的老母亲已经七十多岁了，无人奉养。请允许我奉养她到天年，再听候调用。"堂上一位帝王模样的人，随即命人查看宋焘母亲的寿数。一个留着长胡须的官员，捧着记录人寿数的册子翻看了一遍，禀告道："宋母还有阳寿九年。"各位官员正在犹豫不决之时，关羽提议说："不妨让张秀才先去代理九年，九年之后再让他去接任。"帝王模样的人觉得这个方法可行，便对宋焘说："本应让你立即上任，而今推许你的仁爱孝敬之心，给予假期九年，到了期限会再召你上任。"接着把张秀才叫上殿来，说明原委，还鼓励了张秀才一番。宋焘和张秀才赶紧伏在地上叩头，然后一起走下殿堂。

出了官署，宋焘便要回家，张秀才握着宋焘的手，一直送他到郊外。张秀才自我介绍说是长山人，最后

在《考城隍》这个故事中表现了蒲松龄的道德观念，和与此相关联的赏罚原则。故事中把宋焘考试时所作的文章摘出了其中的两句："有心为善，虽善不赏；无心为恶，虽恶不罚。"一位清代的《聊斋志异》评论家何守奇曾评论："一部书如许，托始于考城隍，赏善罚淫之旨见矣。""赏善罚淫"确实是《考城隍》的要旨，也是《聊斋志异》中许多篇作品的要旨之一。在这个意义上，《考城隍》具有"开宗明义"的意义。也应该是出于这个考虑，蒲松龄把《考城隍》放在了全书的第一篇。

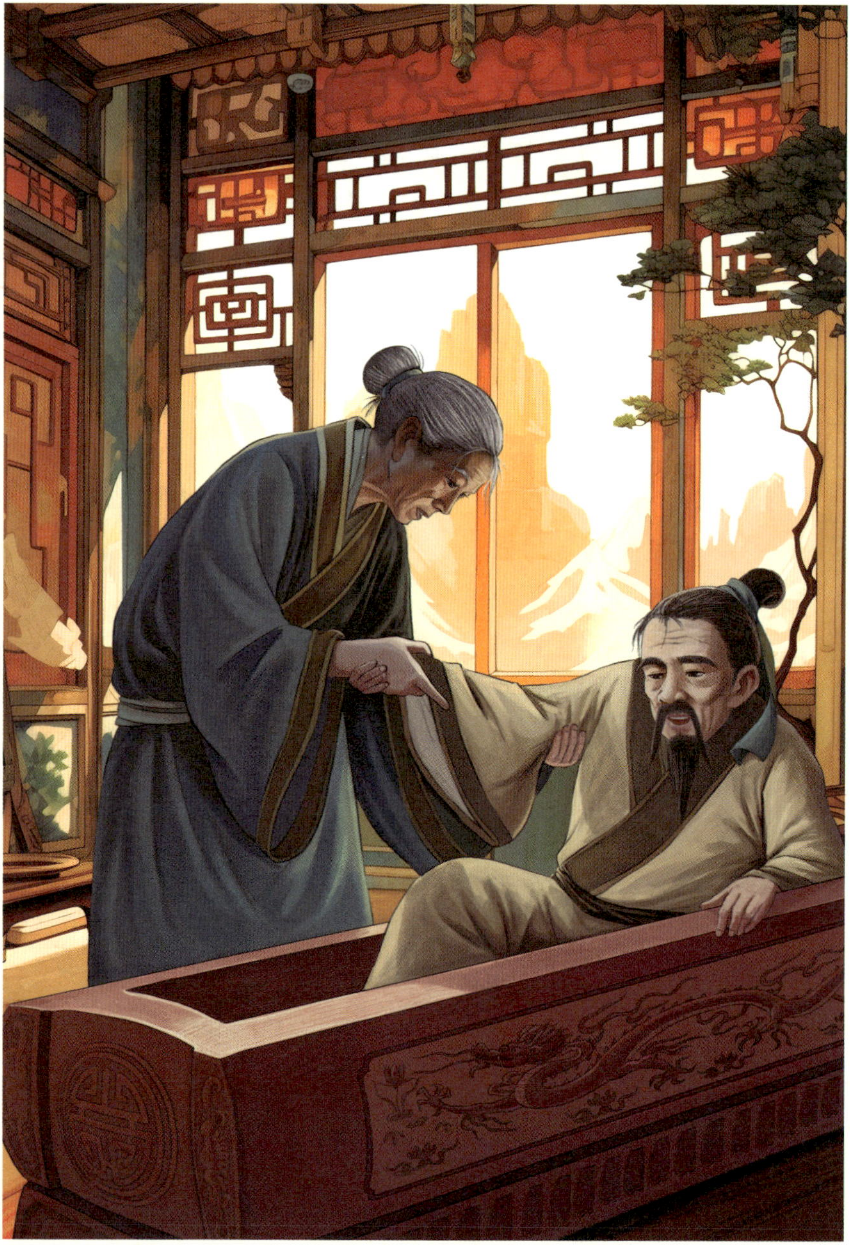

两人作诗互赠，临别留念，之后宋焘骑上马，辞别张秀才而去。诗里的词句后来宋焘大都忘记了，只对其中一句"有花有酒春常在，无烛无灯夜自明"印象深刻。

等回到家里，宋焘突然感到从大梦中醒来一样。其实他已经死去三天了。宋焘的母亲听到棺材里有呻吟声，发现宋焘活了过来，又惊又喜，便扶他出来，宋焘过了好半天工夫才能说话。后来，宋焘向别人打听长山张家的情况，果然张家有个秀才，也是在那天死去了。

后来，过了九年，宋焘的母亲真的去世了。宋焘将母亲安葬完毕后，便沐浴更衣，躺在床上，静静地去世了。宋焘岳父家住在城中西门附近，这天岳父家的人忽然看见宋焘骑着装饰华美的骏马，身后跟随着众多车马仆役，一行人向他们家走来。宋焘下马走进堂内，向老岳父拜了一拜，就起身走了。大家相互看着，十分惊疑，不知道怎么回事。等他们急忙跑到宋焘的家里打听消息，才知道宋焘已经死了。

城隍，道教中守护城池之神，城隍下辖有文武判官、各司大神、各大将军。城隍信仰在南北朝时期兴起，逐渐由守护神演变成与人间政府所派遣的"阳官"对应的"阴官"，专门负责这一地区的大小阴间事务。各地的城隍由不同的人出任，甚至是由当地的老百姓自行选出，选择的标准是殉国而死的忠烈之士，或是正直聪明的历史人物。因此，大多城隍庙里挂有"纲纪严明""浩然正气""护国庇民"等匾额。城隍信仰在历代帝王的推崇下遍及中国各地，几乎中国的每个县城都有一两座建筑雄伟堂皇的城隍庙。

狼三则

　　傍晚,一个屠夫卖完肉回家。突然间,路边窜出一条狼,看到担子里的肉,馋得口水都流下来了。狼一直跟了屠夫好几里路。屠夫害怕了,拿出刀来想吓退狼,结果吓唬它一次,它就稍微退几步,屠夫一转身,它又跟了上来。屠夫想到狼是贪担子里的这块肉,那不如把肉挂在树上,等明天再来取。于是他用钩子将肉钩起,踮起脚尖挂在树上,然后把空担子给狼看。狼总算是不再尾随他,屠夫就安全回家了。第二天屠夫去取肉,远远望见树上挂着一个巨大的东西,仿佛有人上吊的景象。屠夫吓了一跳,犹豫再三,终于鼓起勇气走近查看。原来是一头死狼,嘴里还叼着肉,是挂肉的钩子穿透了狼的喉骨,就像鱼儿吞食了藏有鱼钩的鱼饵一样。当时,狼皮价格不菲,屠夫将狼皮卖掉,得到了十多两银子的收入,屠夫也因此小赚了一笔。这狼真是缘木求鱼,实在可笑。

　　又有一个屠夫,一天晚上收摊回家,担子里的肉都卖光了,只剩下骨头。路上遇见两只狼,一直在他后面跟着。屠夫害怕极了,扔出一块骨头,一只狼得到骨头就停下去啃,另外一只没得到骨头的狼依然

　　《狼三则》所写为三个屠户遇狼,始而迁就退让,几乎被吃,继而奋起杀狼,使自己转危为安的小故事。

　　第一则着重表现狼的贪婪本性,第二则着重表现狼的欺诈伎俩,第三则着重表现狼的爪牙锐利,但最终都落得个被杀死的下场,作者借此肯定屠户杀狼的正义行为和巧妙高明的策略。

　　三个故事都有生动曲折的情节,各自成篇,然而又紧密相关,构成一个完整统一体,从不同侧面阐发了主题思想。

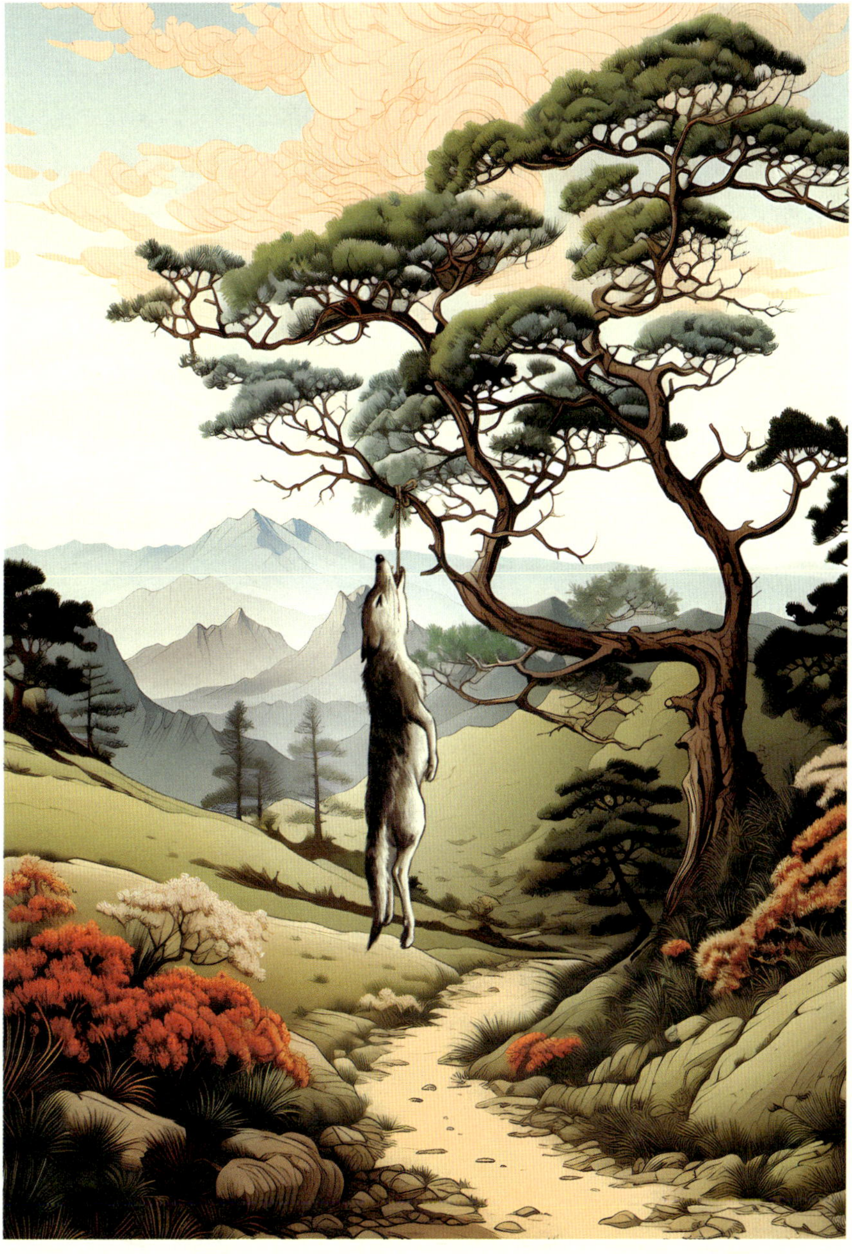

跟着他。屠夫又扔出一块骨头，狼得到骨头停下就去啃，后边啃完骨头的狼又赶上来跟着屠夫。不一会儿，担子里的骨头都扔完了，两只狼并排跟着他。屠夫非常害怕，觉得也没有别的办法，只能放手一搏了，但害怕受到两只狼的前后夹击。这时候，屠夫看到田野里有堆放的秸秆堆，高高的堆得就像小山，他快速跑过去背靠在草垛，放下担子，拿起刀。两只狼不敢上前了，只是恶狠狠地盯着他。没多久，一只狼走了，另外一只狼像狗一样坐与屠夫对峙，时间长了，这只狼眼睛半闭，看上去很悠闲。屠夫猛然跳起，用刀狠狠地砍向狼的头，几刀就把它杀死了。刚挑起担子想走，却发现草垛后面有一只狼正在挖洞，想从后面攻击自己。那只狼的身子已经钻进草垛一半了，只有屁股和尾巴还在露在草垛外边。屠夫拿起刀从后面砍断它的腿，把这只狼也杀了。屠夫这才明白前面那狼是假装睡觉，其实是在迷惑自己。狼真狡猾，可是顷刻间两只都被杀了，

野兽的伎俩又能有多少呢？只是给人增加笑料而已。

又有一个屠夫，晚上外出的时候，有只狼紧跟在他身后。屠夫想找个什么地方躲避一下，正好看到道路旁边有一间窝棚，就跑进去躲了起来。狼不死心，从草苫子中伸进爪子想挠屠夫。屠夫一把抓住狼的爪子，死死抓紧不让它缩回去，就这么僵持了好一会儿，屠夫想来想去也没想到杀死狼的办法。正好屠夫身上有一把不到一寸长的小刀，他就用刀割破狼爪下面的皮，用吹猪的方法往狼体内吹气。拼命吹了一阵子，听着外面的狼没有动静了，就用腰带把狼爪扎上。出来一看，狼的身体膨胀得像头小牛，腿不能打弯，嘴张得合不上。屠夫就背着这只狼回家了。如果不是屠夫，又怎么会想到用这样巧妙的方法呢？

蒲松龄是同情人民疾苦、憎恶贪官污吏的作家。在《聊斋志异》另一篇故事《梦狼》中，他把贪官写成牙齿尖利的老虎，把衙役写成吃人血肉的狼，它们大吃大嚼，造成"白骨如山"的惨象。作者"窃叹天下官虎而吏狼者比比也"，认为他们"可诛""可恨"。

同样，在《礼记·檀弓》中有一篇关于"苛政猛于虎"的故事：为了逃避苛政而隐居山野的一家子，祖孙三人相继被老虎吃掉也难舍其地。孔子通过"苛政"与"猛虎"的绝妙对比，形象生动地揭露了封建统治者的残暴本性，对封建暴政的鞭挞入木三分。

罗刹海市

有个商人的儿子，叫马骥，他长得非常俊俏，而且年少风流，喜欢歌舞。马骥的文采也不错，十四岁就考中秀才，在当地有些名气。后来，他父亲年纪大了，不想再外出奔波，便让马骥子承父业，慢慢做起了生意。

有一次马骥和别的商人合伙去海外经商，结果在海上遇到飓风，他掉到了海里，船也不知去向。他抱着一块木板在海上漂流了几天几夜，最后漂到一个陌生的地方。上岸后，他发现那里的人长得非常丑陋。那些人看见马骥的样子，以为马骥是妖怪，都惊叫着逃走了。一开始马骥特别害怕这些当地人，时间久了才知道这些人是害怕自己。

马骥离开海岸向内陆走，走了好一阵，进入了一个山村。村里有长的跟马骥差不多的人，他们不那么害怕马骥，还摆上酒菜来招待他。马骥问大家害怕他的原因。村里人回答说："曾经听爷爷讲过，这里往西两万六千里有个国

家叫中国,当地人的长相非常诡异。原来只是听说,现在可是见到了。"马骥又问他们为什么这么贫穷,当地人回答说:"我们这个国家所看重的,不是你的才华,而是你的样貌。长得最美的是上卿,长得差一些的,也能靠贵族官员的赏赐来过上好日子。但像我们这样丑的,刚出生就认为不吉利,被父母抛弃,只能在这山中过活。"马骥感到很不可思议,问这个国家叫什么名字。有人回答说这里叫"大罗刹国",并告诉马骥,从这里往北三十里就是大罗刹国的国都。马骥对这个国度很好奇,便请他们领自己到国都去看看。

第二天,天刚刚亮,一行人就出发了,到达都城时,刚好赶上宫中退朝。有一顶大轿子从宫廷里出来,村里人指着轿子告诉马骥里面坐的是相国。马骥一看,轿中那人两只耳朵朝后,三个鼻孔,睫毛像帘子一样盖住了眼睛。接着又出来几个骑马的

蒲松龄眼中的罗刹国和海市,同为异域,但对美丑的认知却截然相反,产生了强烈的对比:一个重外貌,不重文章,而且美丑颠倒;一个环境优美,政治清明。后者无疑是他的理想寄托,但这样的国度在当时无法实现,所以作者不禁发出"当于蜃楼海市中求之耳"的哀叹。

作者还借龙女之口发表了对人生的感叹和爱情的含义。

人，村里人又指着他们告诉马骥这些人的官职，这些人都是披头散发、模样恐怖的丑八怪。然而随着官职越低，长相也逐渐趋于正常。

　　街市上的人看见马骥，都吓得大声嚷嚷，跌跌撞撞地逃走了，就好像碰上了怪物一样。村里人看到这样的情况也很是无奈，对马骥说："这里有个执戟郎，曾为先王出使其他国家，他见多识广，应该不会怕你。"马骥便打听了执戟郎的住处前去拜访。见到马骥后，那执戟郎果然很高兴，还把马骥奉为上宾。看那执戟郎的相貌，约莫有八九十岁了，眼睛突出，胡须卷曲又浓密，像刺猬一样。执戟郎说："我年轻时奉国王的命令，出使过许多国家，唯独没有去过中国，如今我一百二十多岁了，终于有幸见到上国的人物。"执戟郎准备酒菜招待马骥。酒过数旬，马骥喝醉了，拔剑起舞，还把煤灰抹在脸上，扮成黑脸张飞。执戟郎认为这样很美，便把马骥推荐给了国王。国王很欣赏抹黑了脸的马骥，当即封他为"下大夫"，并且经常请马骥参加私宴，恩宠非常。

　　时间长了，朝中官员慢慢知道马骥的黑脸是假的，无论他走到哪里，总能看到人们小声耳语，不愿意和他接近。马骥觉得心里很孤单，也很不安，就上书国王要求辞职，国王却不允许，他又要求休假，国王无奈，便给了他

三个月的假期。马骥便坐着车,载着金银珠宝回到了最初的那个山村。马骥把金钱分给帮助过他的村里人,他们都高兴极了。村里人说:"小人们受到大夫的恩赐,明天去海市寻求些珍贵宝物来报答大夫。"马骥很好奇,问海市是怎么回事。村里人说:"四海的蛟人聚集在海市,他们在那里卖珠宝。到时四方十二国都会派人去做买卖,海市中还有很多神仙来游玩,那里云霞遮天,波涛汹涌。贵族们爱惜生命,不敢冒险,只是把钱交给我们替他们买珍奇的宝物。现在离去海市的日子不远了,你看,海上有红色鸟飞来飞去,七天后就是海市。"马骥想一起去,村里人劝他慎重,马骥不在意地说:"我本来就是从海上漂流而来的人,还怕什么惊涛骇浪。"

就这样,马骥和大家把钱装上船一起去了。这船能容纳几十个人,平平的船底,高高的栏杆,十个人一起摇橹,海上翻起层层浪花,船像箭一样前行。就这么在海上行驶了三天,终于看到水云荡漾之间,楼阁层层叠叠的海市。各

处来做买卖的船像蚂蚁一样聚集。他们系好船，来到集市上。集市里摆放着各种奇珍异宝，光彩夺目，都是人世间不曾见到的，马骥目不暇接。这时，有个少年骑着骏马穿街而过，集市上的人骚动起来，一边说着"东洋三世子"来了，一边急忙向两边避让，给那少年让出一条路。当世子走到马骥跟前，停下脚步，仔细地打量马骥，很是惊奇地说："这不是异域的人吗？既然能来到这里，说明我们的缘分很深啊。"世子便给了马骥一匹马，邀请他一同回府做客，马骥想了想就答应了。

  他们出了西城，刚到海岸边，马骥骑着的马就大声嘶鸣着跃入水中。马骥吓得失声大叫，以为要被淹死，却发现海水渐渐从中间分开，像高墙一样屹立在两侧，形成一条路，直通向海底的一座宫殿。那宫殿玳瑁房梁，鱼鳞瓦片，四壁亮如水晶，夺目耀眼。不一会儿，大家来到这座宫殿前。马骥下马，拱手为礼，世子将他请进宫殿里面。只见龙王端坐在殿堂上，世子启奏龙王："臣

游览海市，遇见这位中华贤者，领他来参见大王。"马骥也上前向龙王行礼。龙王说："先生您有文采，应当是比得过屈原、宋玉，我想劳烦您写一篇关于《海市》的文章，希望您不要推却。"马骥叩首答应了，略作沉思，当即便写出一千多字的文章，呈献给龙王。龙王看完赞赏道："先生真乃高才，为我水国增添了光彩。"于是召集龙族，在采霞宫举行盛宴。之后，龙王又将自己的女儿嫁给马骥，还封他为驸马都尉，并把他写的那篇文章送四海龙宫传阅。四海的龙王分别派专员来祝贺，争先恐后地请驸马赴宴。

　　就这样，马骥和龙女幸福地生活在了一起。只不过时间一久，马骥慢慢开始思念家乡。有一天，他对龙女说："我在外流浪三年，远离父母，想起他们就伤心流泪，你能跟我回家乡吗？"龙女说："仙境同凡间隔绝，我不能随你回去，但是我也不忍心你就这样永远见不到父母，容我慢慢想个办法。"

　　第二天马骥从外面回来，龙王说："我听说驸马想家了，明晨就收拾行装，送你回家吧。"马骥很高兴,拜谢龙王。晚上龙女给马骥设下酒席话别,马骥和她聊起以后见面的事,龙女却黯然地说:"这次分别,情缘就尽了,我们以后再也无法相见。"马骥又惊讶又难过。龙女告诉他:"你想回家侍奉父母,可见你有孝心。人生聚散,百年如同朝夕。今后,两地同心,就是夫妻,不是早晚厮守在一起,才叫偕老。还有一事,我好像怀孕了,请给孩子取个名吧。"马骥伤心地说:"如果是女孩子就叫龙宫,男孩子就叫福海吧。"并把从罗刹国得到的一对红玉莲花拿来送给龙女当作信物。龙女说:"三年后的四月八日,你划船去南岛,到时候我把儿女们送过去。"两人一夜无眠。天色微微发亮时,龙王设宴,马骥拜别了龙王,出了龙宫,龙女乘坐白羊车送他到海边,马骥上岸下马,龙女说了声"珍重",就掉头远去了。不一会儿,海水合在一起,龙宫、龙女都消失不见。

自从几年前马骥出海遇到风暴，人们都以为他已经死了。他回到家里，家人都很吃惊，幸好父母还健在，只是原来的妻子已经改嫁，马骥感慨不已。平静的日子一过就是三年，马骥牢记龙女叮嘱的三年之期，到了四月八日就乘船来到南岛，远远就看见有两个小孩儿坐在水面上，拍打着水嬉戏，不动，也不下沉。马骥往前仔细一看，原来一男一女，相貌俊秀，花帽子上点缀着一块玉，正是之前送给龙女的红玉莲花。孩子们的背上有个锦囊，拆开一看，里面有一封龙女写给他的书信，信中倾诉着离别之后数不尽的相思之苦。马骥读着书信，流泪不止。两个孩子抱着他的脖子嚷嚷着要回家，马骥抚摸着他们，看着茫茫大海，无边无际，伤感了一阵，只好收拾心情，带着两个孩子回家了。

　　又过了几年，马骥母亲的年纪越来越老，马骥就提前把寿衣棺木都准备好了，又在事先选好的墓地旁种植了一百多棵松柏树。过了一年，母亲去世了。马骥操办丧事，当母亲的灵车刚到墓地，就远远看到有个披麻戴孝的女子朝着墓穴痛哭。众人吃惊地看着她，突然电闪雷鸣，下了一阵疾雨，转瞬间，女子已经不见了，墓地上种植的松柏树原本已经枯萎了大半，这时又全都活了过来。

　　"罗刹"一词最早见于古印度颂诗《梨俱吠陀》，相传为南亚次大陆上一个土著部落的名称。自从雅利安人征服印度后，凡遇恶人恶事，皆称为"罗刹"，这样渐渐就成了恶人的代名词，甚至引入到印度神话中成了恶鬼的总称。男罗刹为黑身、朱发、绿眼，女罗刹则美艳动人，但专食人之血肉。

　　"罗刹国"是元、明、清时期对俄国的音译旧称。后来清朝对侵扰我国东北边疆的沙俄哥萨克骑兵也通称"罗刹"。

促织

宣德年间，宫中盛行斗蟋蟀，每年都得向民间征收。蟋蟀这东西本来不是陕西的特产，朝廷也没有在陕西征收，可是华阴县的县令为了讨好上司，就进献了一头蟋蟀，让它试斗了一次，很厉害，所以朝廷就让华阴县年年进贡蟋蟀，县令就把这件事摊派给了里正。

在街市上，有些无所事事的混混，常常把捉到的好蟋蟀用笼子养起来，故意抬高它的价格来敛财。而奸诈的差役，更是以此为由，挨家挨户按人头摊派，因此，每上缴一头蟋蟀，就能让好几户人家破产。

华阴县里有个叫成名的读书人，他多年都考不中秀才，性格显得迂腐木讷。就因为这样的个性，被狡猾的差役上报，成名被迫担任里正一职。他总是被摊派到各种差事，却始终推脱不掉这个职务，不到一年的时间，家里微薄的财产几乎耗尽。这次又赶上征收蟋蟀，成名不敢向乡亲们按户摊派，又没钱购买街市上的混混手中的蟋蟀来交差，郁闷得很。妻子对他说："愁有什么用呢？不如自己去捉，也许有一线希望呢。"成名觉得这话有道理。他便提着竹筒和铜丝笼子，在断壁残垣、杂草丛生的地方翻石头，挖洞穴。可早出晚归，费尽心思，始终没有满意的蟋蟀。偶尔捉到两三头，也是弱小不堪，不符合要求。县令不断催促，十多天的时间里，因为上缴蟋蟀逾期，成名挨了上百板子，两腿间脓血直流，连蟋蟀也不能捉了。他整日躺在床上辗转反侧，一心想自杀。

这时候村子里来了一个能占卜的驼背巫婆。成名的妻子带着疑虑，到巫婆的住所问卜，最后从巫婆手里得到一张画。画上画着殿堂楼阁，好像是间寺庙。

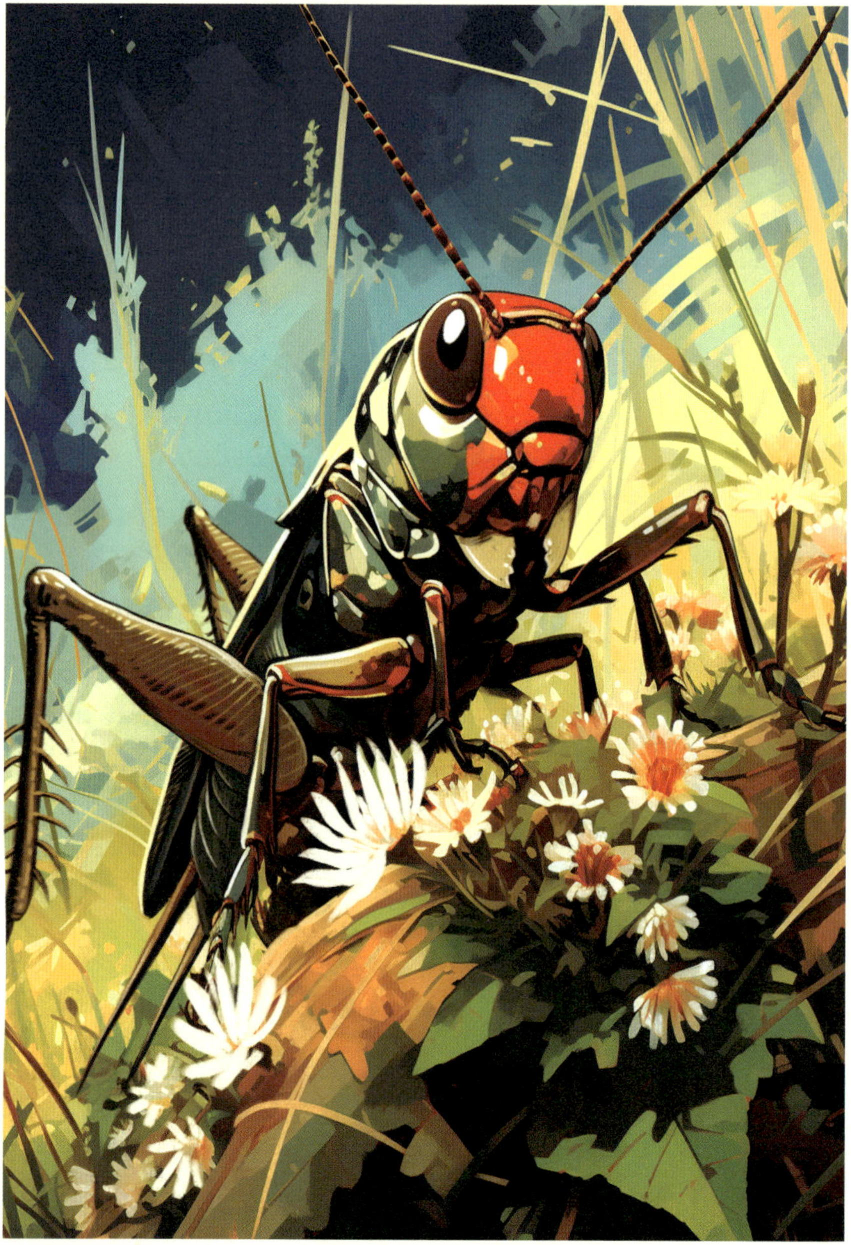

寺后小山下面散落着一些怪石，荆棘丛生，尖刺挺立。一头青麻头蟋蟀趴在那里。旁边还有一只蛤蟆，好像要跳起来似的。成名的妻子反复端详，虽不知道是什么意思，不过看到蟋蟀，心中不禁涌起一丝希望。于是将画折起来，拿回家给成名看。

看到画后，成名也是反复琢磨，猜测是指引他去捉蟋蟀的提示。他仔细端详画中景物，发现与村东面的大佛阁很像。于是，他勉强扶着拐杖，来到寺院后面。那里有一座座高耸的古墓，顺着古墓方向前行，两旁的石块密布如鱼鳞，与画中景象如出一辙。成名在野草中仔细寻找，侧耳倾听，但是费尽心力，仍未发现蟋蟀的踪迹。成名依然不停地搜索着，一只癞蛤蟆忽然蹦出来，成名想起画中的蛤蟆，他惊愕之余，急忙追赶。蛤蟆跳进草丛中，成名扒开杂草寻找，发现一头蟋蟀正趴在草根处。成名急忙去扑，蟋蟀钻进了石缝中。他用细草尖去逗引，蟋蟀不出来，又用竹筒往石缝里边灌水，蟋蟀这才蹦了出来。这蟋蟀的样子健康俊美，青色的脖颈，金黄色的翅膀，尾巴也很长。成名大喜，赶紧捉住，然后关到笼子里。回到家，全家都为此高兴。成名把蟋蟀放在土盆里喂养，给它喂食鲜嫩的蟹肉和香甜的栗子。他爱护备至，只待期限一到，便准备将这只蟋蟀上缴官差。

成名有个九岁的儿子，见父亲不在家，出于好奇偷偷打开了土盆。蟋蟀一跃而出，速度太快，他来不及捕捉。等到扑到手里时，却因用力过猛将其压扁，

《促织》是蒲松龄受到吕毖的《明朝小史》记载的影响，经过艺术加工而创作的小说。作者以一支生花妙笔，围绕一只小虫，向我们展现了一个小人物的人生悲喜剧。主人公的命运跌宕起伏，从悲到喜、喜极生悲、悲极复喜，一波三折，我们的心也随之起落沉浮。故事的结局具有明显的虚幻性，正因如此，读者终会意识到成名的幸运只是一种幻想，极具讽刺意义。故事巧妙地揭露了封建社会统治者的骄奢淫逸，以及各级官吏的媚上欺下，揭示了封建社会制度的黑暗与腐朽，给人们留下了深刻印象，极具感染力。

不一会儿就死了。儿子很害怕，哭着把这件事告诉母亲。母亲听了面如死灰，大骂道："孽障！你真是闯了大祸！你爹回来，定会跟你算账。"儿子哭着跑了出去。没过多久，成名回到家，听了妻子的话后，他如同被冰雪浇透，愤怒地出去寻找儿子，但儿子已不知去向。找了半天都没找着，后来左邻右舍都帮忙寻找，终于在井里发现了儿子的尸体。成名的愤怒瞬间转化为悲痛，他呼天抢地，几乎晕厥过去。回到家，夫妻俩面面相觑，无心做饭，也无言以对，生活仿佛失去了希望。太阳即将落山时，成名打算埋葬儿子。但当他走近一摸，发现儿子似乎还有一点儿微弱的气息，急忙把他放在床上。到了半夜，儿子竟然苏醒了过来。成名夫妻的心情稍有宽慰，但儿子仍显得神志不清，半昏睡状态。成名看着空空的蟋蟀笼子，事到如今也无心再责怪儿子。从黄昏到天亮，他彻夜未眠。

太阳从东方升起，成名愣愣地躺在床上发愁。突然，他听见外面有蟋蟀在叫，心中一惊，急忙起身查看。蟋蟀似乎还在那儿，他高兴地前去捕捉，但蟋蟀叫了一声便迅速逃跑，速度异常快。成名急忙追赶，发现蟋蟀趴在墙上。他仔细一瞧，这只蟋蟀个头儿较小，身体黑中带红。成名原本嫌弃这只蟋蟀太小，并未看上眼。然而，小蟋蟀突然落到他的衣襟上。他又仔细观察了一番，发现这蟋蟀的形状像蝼蛄，长着梅花般的翅膀，方头长腿。看起来似乎也还不错，于是成名便将其捉入笼中。想到这只小蟋蟀是要献给官府的，他担心县令会不满意，因此想要试斗一下，看看其表现究竟如何。

村里有个游手好闲的年轻人，他养了一只蟋蟀，并给它取名叫"蟹壳青"。这只蟋蟀在与别人的蟋蟀斗时屡战屡胜，年轻人想靠它发财，标价很高，所以也还没有人买。一天，这位年轻人来找成名，看到成名的小蟋蟀后忍不住笑出声来。他随即拿出自己的"蟹壳青"，放入斗蟋蟀的笼子里。成名仔细观察，发现"蟹壳青"体型又大又长，自感小蟋蟀不如人家，不敢与其较量。但年轻人坚持要比试。成名心想，这只不合格的小蟋蟀终究没什么用，不如放手一搏，

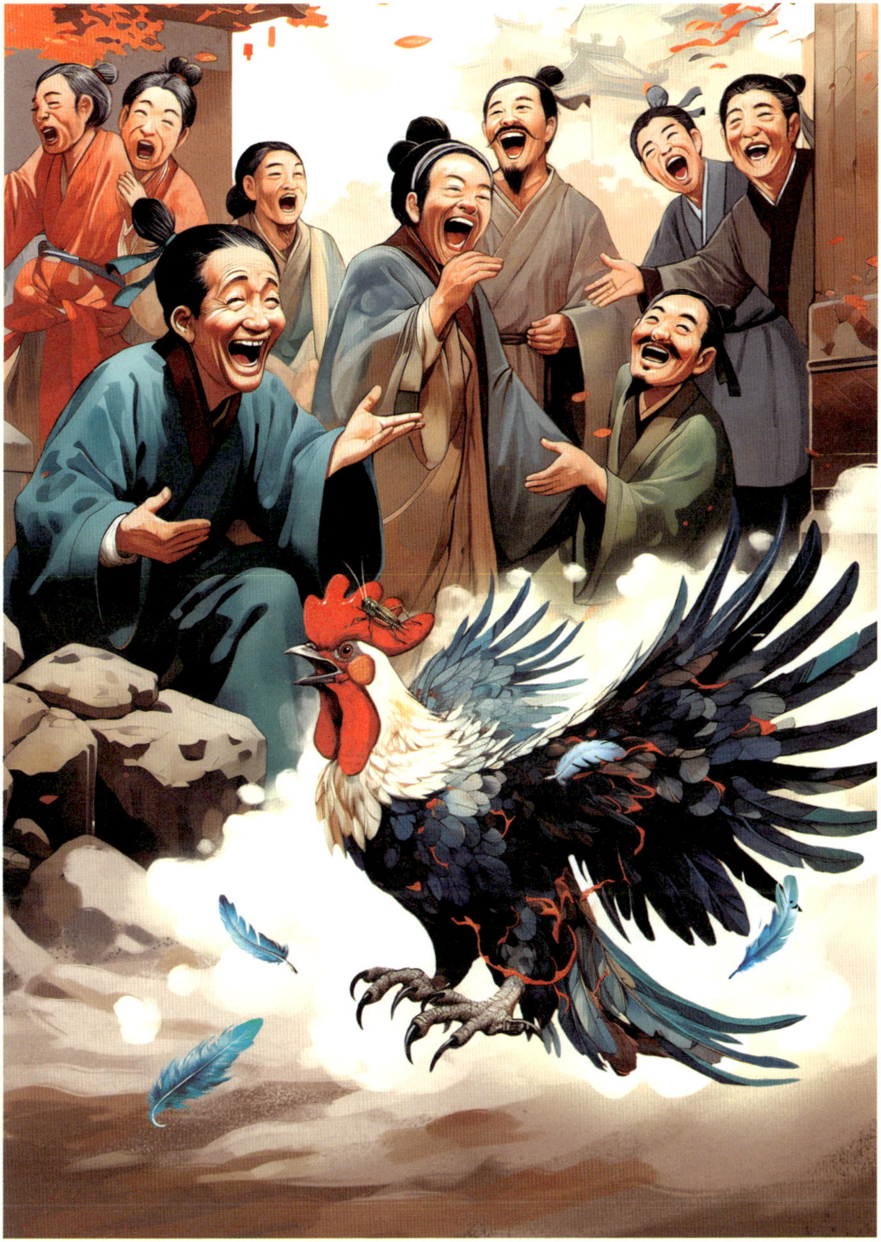

让大家开心一下。于是,他将小蟋蟀放进了斗盆。小蟋蟀初时一动不动,呆若木鸡,引得年轻人哈哈大笑。他试着用猪鬃毛撩拨小蟋蟀的触须,但小蟋蟀仍无反应,年轻人再次大笑。然而,当他多次撩拨后,小蟋蟀突然发怒,直接冲向"蟹壳青",两只蟋蟀激烈搏斗在了一起,振翅高鸣。不一会儿,小蟋蟀跃起,直接去咬"蟹壳青"的脖颈。年轻人大惊,急忙将它们分开。此时,小蟋蟀张开双翅,骄傲地鸣叫,仿佛在向成名报喜。成名非常高兴。两人正在一起观察这只小蟋蟀时,突然一只大公鸡走过来,上来就啄。成名吓得大叫。公鸡没有啄中,小蟋蟀跳出一二尺远。公鸡紧追不舍。成名眼看小蟋蟀就要死在公鸡的喙下,着急得直跺脚,脸色都变了。然而,没过多久,只见公鸡伸长脖子扑腾着。他们跑上前去一看,原来小蟋蟀正紧紧咬在公鸡的鸡冠上。成名更加惊喜,于是赶紧捉住蟋蟀放回了笼子里。

第二天,成名将小蟋蟀呈献给了县令。县令见蟋蟀这么小,愤怒地斥责成名。成名便详细地阐述了小蟋蟀的非凡之处,县令仍是半信半疑,就让小蟋蟀与其他的蟋蟀进行较量,结果其他蟋蟀均是惨败。接着,又用鸡进行测试,小蟋蟀的表现果然如成名所述。县令很满意,便重赏了成名,并将小蟋蟀进献给巡抚。巡抚对小蟋蟀极为喜爱,特意装在金丝笼里饲养,并上表朝廷详细描述了小蟋

蟀的超凡能力。小蟋蟀入宫后,与各地进贡的如"蝴蝶""螳螂""油利挞""青丝额"等名贵蟋蟀进行了对决,别的蟋蟀无一能敌。更令人惊奇的是,每当听到琴瑟之音,小蟋蟀还能随着节拍起舞,因此更加受到人们的赞赏。皇上非常高兴,下诏重重地赏赐巡抚。巡抚也很高兴,便在县令的政绩考核中,将县令评为"政绩优异"并上报朝廷。县令因此也倍感欣慰,就免除了成名的徭役,并嘱托主考官让他进入县学深造。

过了一年多,成名的儿子精神逐渐恢复,他声称自己曾化身为一只小蟋蟀,体验了身轻如燕、勇猛好斗的生活,直到现在才恢复意识。巡抚听闻此事后,又对成名进行了嘉奖。短短几年间,成名就有了良田百顷、楼阁万间、牛羊成群。他们出行时穿着华贵的袭袍,骑着高头大马,比那些世家大族还要气派。

"促织"就是蟋蟀,又名"蛐蛐",古人觉得蟋蟀的鸣声同织机的声音相仿,时令又届深秋,因而将蟋蟀与催促人纺织、准备冬衣联系起来,"促织"就成为蟋蟀的别名。因蟋蟀能鸣善斗,慢慢地斗蟋蟀发展成一种民间搏戏。将两只蟋蟀放进同一斗栅里,用草秆激发蟋蟀的斗志,使两虫相互扑斗,狠命厮杀,直至决出胜负为止。养斗蟋蟀,兴起于唐朝,发展于宋,盛于明清。

劳山道士

县里有一位书生，姓王，出身世家大族，因排行第七，大家都叫他王七。他从小就向往道家的方术，听说劳山多仙人，就打定主意前去求学。他登到山顶，看见一座道观清幽雅致。观中道士坐在蒲团上，白发垂颈，神态飘逸。王七请求拜他为师。道士说："恐怕你娇生惯养，不能吃苦。"王七回答："我能忍受。"道士听了，便让他留下来。

第二天凌晨，道士叫王七过去，交给他一把斧头，让他随着众道徒去砍柴。王七小心谨慎地按照要求去做。就这样砍了一个多月的柴，手上脚上都磨出了厚厚的老茧，王七忍受不了这样的劳苦，暗暗产生了回家的念头。

一天晚上打柴回来，看见师父正与两个客人一起饮酒，天已经黑了，还没有点蜡烛。师父剪了一张像圆镜形状的纸贴在墙上。片刻，那纸就变成一轮明月照亮整个房间。一些弟子在旁边侍候。一个客人说："这么美好的夜晚，要一起享受。"于是，从桌上拿起一壶酒，分赏给众弟子。王七心想：七八个人，一壶酒怎么分得过来呢？然而众人不断地倒酒，壶里的酒竟一点儿也不少。王七心里感到很奇怪。

《劳山道士》讲述了一个慕道的年轻人王七，前往劳山拜师学道，却因为受不了山中艰苦的生活，最终半途而废的故事。原文中，作者在篇末写道："闻此事未有不大笑者，而不知世之为王生者，正复不少。"显然，作者写这篇小说的目的，就是要讽刺王生这类喜高名、好卖弄，却不愿意付出艰苦努力去学习的人。这是个虚构的故事，短小精练，寓意深刻，耐人寻味。它告诉我们，只有不怕吃苦，持之以恒，才能学有所成。

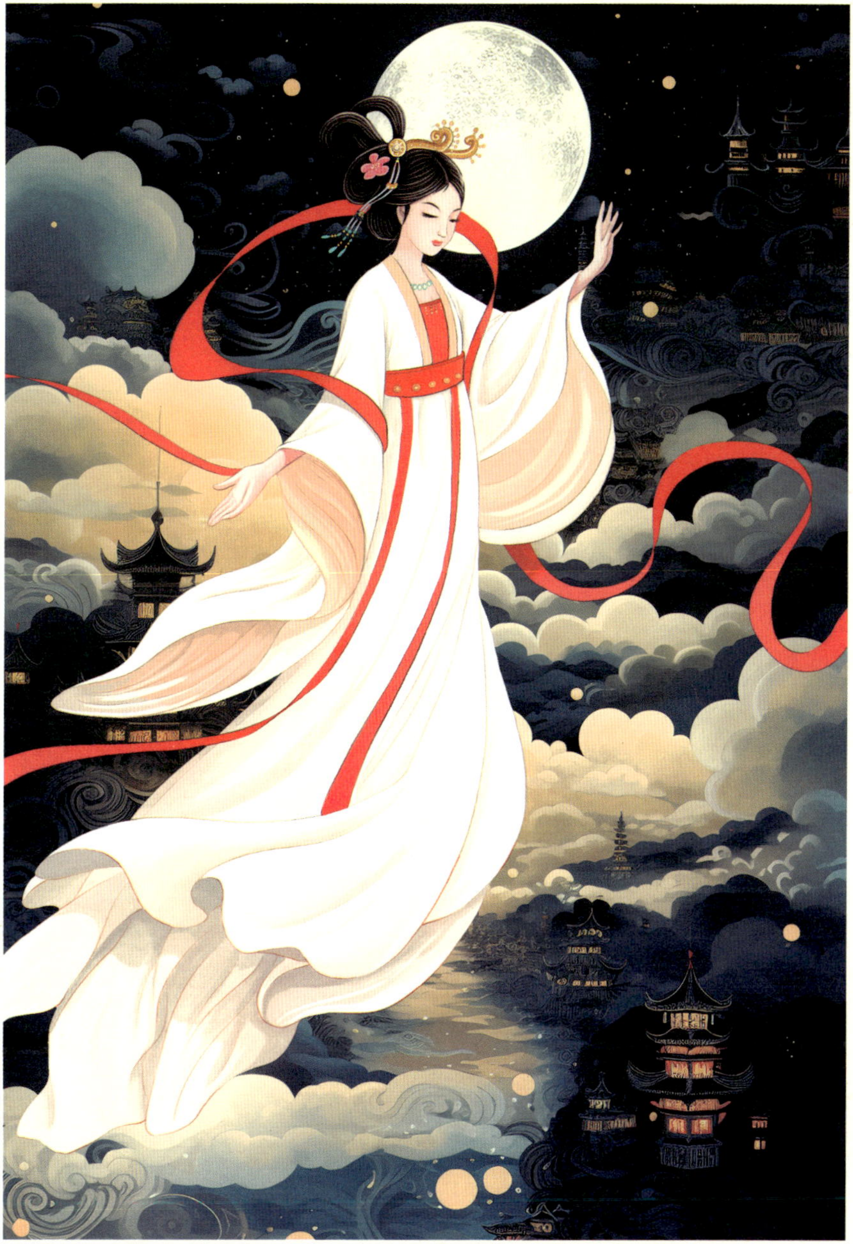

一会儿,另一个客人说:"如此寂寞地喝酒,为什么不叫嫦娥来呢?"于是把筷子扔向月亮中去。只见一个美女,从月光中飘出,起初不到一尺,落到地上,便和平常人一样高了。她纤细的腰身、秀美的脖颈,翩翩地跳起"霓裳舞"。舞罢又唱起了歌,那歌声清脆悦耳。唱完,嫦娥盘旋着飘然而起,跳到了桌子上,还原为筷子。三人开怀大笑。

一位客人说:"今晚很高兴,然而我已经喝不了了。一起到月宫里喝杯饯行酒吧?"三人便移动席位,渐渐飞入月亮中去了。众人看他们三个人,坐在月宫中饮酒,眉毛胡须全都清晰可见,就像人影在镜子里。

过了一会儿,月光渐渐暗淡,弟子们点上蜡烛来,只见道士独自坐在那里,而客人已不见了踪影。桌上菜肴还原样摆着。墙壁上的月亮,仍是一张纸,圆得像镜子一样。道士问众弟子:"喝够了吗?"大家回答说:"够了。""喝够了就早去睡觉,不要耽误了明天砍柴割草。"众弟子答应着退下。王七心里充满惊喜和羡慕,随即打消了回家的念头。

又过了一个月,王七忍受不了天天砍柴的劳苦,而且道士也没有教一个法术,心想不能再待下去了,就去辞行。道士笑着说:"我本来就说你不能吃苦,现在果然如此。"王七说:"弟子劳作多日,师父稍微教我点儿小法术,这次来

也算没白跑。"道士问:"你想学什么法术？"王七说:"常见师傅所到之处,墙壁不能阻挡,要是学到这个法术就知足了。"道士笑着答应了。于是传授给王七秘诀,让他自己念完,大声说:"进去！"王七面对着墙不敢进去。道士说:"试着往里走。"王七从容地向前走,到了墙前被墙挡住了。道士说:"低头猛进,不要犹豫！"王七便后退数步,奔跑着冲过去,到墙壁时,感觉什么也没碰到,回头一看,果然在墙外了,王七非常高兴。道士说:"回去后要洁身自爱,否则法术就不灵验了。"于是给王七一些路费,打发他回去了。

　　到了家里,王七自夸遇到了神仙。妻子不信,王七仿效那天的做法,离墙数尺,奔跑着冲去,头撞到了坚硬的墙壁上,猛然跌倒。妻子扶起他来一看,额头上隆起鸡蛋大的一个包。妻子讥笑他,王七又惭愧又气愤,骂老道士没安好心。

　　很多人通过蒲松龄笔下的《劳山道士》认识了劳山。"劳"是通假字,通"崂",劳山其实就是崂山,位于山东省青岛市境内,海拔1132.7米,是我国海岸线上的第一高峰,有着海上"第一名山"的美誉。在方圆446平方千米的奇峰幽谷中,深藏宫观庙宇,是道教名山。而道教是在我国五大宗教中,唯一发源于中国、由东汉时期的张道陵创立的宗教,所以被称为本土宗教。

娇娜

孔雪笠，是孔子的后代，为人温厚含蓄，擅长写诗。他有位志趣相投的朋友在天台县当县令，写信来请他过去，孔雪笠便动身去投奔他。可等他到了天台县，碰巧县令死了。没有盘缠回不了家，流落街头的他，只好寄居在普陀寺，靠帮寺里的和尚抄录经文养活自己。普陀寺西面一百多步外，有一座空着的大宅院。据说原本住着一户姓单的大家子弟，后来因为打了一场大官司，家境败落，人口凋零，便迁居到乡下去了，所以这座宅子就空闲出来。

一天，大雪纷纷，路上静悄悄的，没有行人。孔雪笠经过单家门口时，一个少年从门内走了出来，风度很是优雅，看见孔雪笠，快步向前施礼，稍微问候了几句，就邀请孔雪笠进家说话。孔雪笠很喜欢这个少年，就爽快地跟他进去了。里面的房屋不算宽敞，到处悬挂着帏幔，墙壁上挂着许多古人的字画。书桌上有一册书，封面上写着《琅嬛琐记》。翻阅了一下，内容都是从未见过的。

少年询问了孔雪笠的经历，很同情他，就劝他开设学馆，教授学生。孔雪笠叹息道："我一个流落在外的人，谁又肯拜我为师呢？"少年说："若是不嫌弃我资质平庸，我愿意拜您为师。"孔雪笠很高兴，不敢自居老师，便结为朋友。孔雪笠又问少年的来历，少年回答："我姓皇甫，祖上住在陕西，因为家里宅院被野火烧毁了，暂时借居在这单家的宅院。"孔雪笠这才知道少年不是单家主人。当晚，两人高谈阔论，非常高兴，孔雪笠便留宿在此。

黎明时分，有僮仆在屋内燃起炭火。少年先起床进了内室，孔雪笠还围着被子在床上坐着。僮仆进来，说："太公来了。"孔雪笠吃了一惊，急忙起床。一位老人走进来，鬓发皆白，诚恳地向孔雪笠说："我那小儿初学诗文，胡涂乱写，先生应多加教诲，不要因为朋友的缘故，就按同辈来对待他。"说完，就送上锦缎衣服一套，貂皮帽子一顶，袜子、鞋子各一双。等孔

这篇小说讲述了书生孔雪笠与狐族娇娜一家相识相知、患难与共的故事。描写美丽纯洁的爱情和自然美满的婚姻是《聊斋志异》中一个很重要的内容。《娇娜》是一个"有情人未成眷属"的故事，本质上讨论的是情感与道德之间的矛盾。孔生和娇娜并没有为了爱情而放弃自己的家庭责任，他们之间的感情没有掺杂任何的杂质。《娇娜》为世人提供了一种与异性进行健康交往的范式：异性之间可以有真正的朋友，关键看双方尤其是男方抱着怎样的胸襟，带着怎样的心态去结交异性。本文立意新奇，别具特色。

雪笠梳洗完了，老人就吩咐上酒菜。吃完早餐，老人起身告辞。少年送上所学功课作业，都是些古文诗词，却没有当时流行的八股文。孔雪笠吃惊地问他缘由，少年笑着说："我读书又不是为了求取功名。"

傍晚时，少年再次设宴款待孔雪笠，还跟僮仆说："看看太公睡了没有？若是睡了，就悄悄叫香奴过来。"僮仆出去了，先是拿来一把用绣囊包着的琵琶。一会儿，一个婢女进来了，红色装束，艳丽无比。少年让她弹奏一曲《湘妃怨》。婢女轻拨象牙拨子，琴弦随即发出激昂而哀怨的旋律，就这样到三更才结束。

第二天，两人一起读书。少年非常聪慧，过目成诵。两三个月之后，就能下笔成文，令人惊叹。他们约好每五天喝一次酒，每次喝酒一定会叫来香奴。

一天晚上，孔雪笠酒喝得畅快，不禁情热如潮，两眼直直地注视着香奴。少年已经明白了他的心意，说："这个婢女是老父亲供养的，就不要打她的主意了。兄长离家既远又无妻室，我替你筹划很久了，一定会为你找一位称心的妻子。"孔雪笠说："一定要找一个像香奴这样的。"少年笑着说："若是这样，你的心愿也太容易满足了。"

就这样住了半年，孔雪笠想去郊野游玩，到了大门口，发现两扇门从外边反锁了。少年解释说："家父怕我结交狐朋狗友，所以闭门谢客。"孔雪笠听后，也就安下心来。当时正值盛夏，天气湿热，孔雪笠的胸膛上突然肿起一个包，像桃子那么大，疼痛难忍。少年见状，急得团团转。

又过了几天，患处恶化，孔雪笠不能吃喝了，只是不停呻吟。太公也来探望，父子相对叹息。少年说："我前天夜里考虑，先生的病，娇娜妹子或许能治疗。我派人到外祖母家去请她，怎么还不到？"不一会儿，僮仆进来说："娜姑娘到了，姨妈和松姑娘一同来了。"父子俩急忙到内院去接。

过了一会儿，少年领着娇娜来看孔雪笠。娇娜大约十六七岁，眼中闪烁着聪慧的光芒，腰肢纤细，姿态婀娜。孔雪笠一见到她，便被她的美貌所吸引，精神也为之一振。少年见状，便对娇娜说："这位兄长是我的至交好友，如同亲兄弟一般，你要尽全力为他医治。"娇娜于是收起羞涩，轻轻提起长袖，靠在床边为孔雪笠诊视病情。在把脉的过程中，孔雪笠闻到一股淡淡的香气，比兰花还要清新。娇娜把完脉，微笑着说："这病虽然病情严重，但是可以医治。只是皮肤上的脓块已经凝结，需要割皮削肉才能清除。"说完，她脱下手臂上的金镯子，轻轻按在患处。只见肿疮立刻突起一寸多，高出金镯之外，而原本如碗口般大的余肿，此刻都收束在了金镯之内。接着，娇娜用另一只手掀起衣襟，取出一把佩刀。那刀刃薄如纸片，她一手按住金镯，一手持刀，轻轻地沿着肿疮的根部切割。顿时，紫色的血液流淌出

来，染红了床席。

没多久，腐烂的肉被割下，一大团，就像树上削下的瘤子。随后，她吩咐人取来清水，为孔雪笠仔细清洗伤口。她又吐出一粒红丸，轻放在已割去肿疮的肌肤之上，并轻轻按压着旋转。孔雪笠便立即感到一股热气蒸腾而起，微微发痒的感觉传来，随后又感到浑身清凉透彻，直透骨髓。娇娜轻轻收回红丸，放回口中，微笑道："病已痊愈。"说完，她轻盈地走出房间。孔雪笠一跃而起，急忙追赶上去道谢，多日的重病仿佛在一瞬间烟消云散。

娇娜走后，孔雪笠便无心读书，整日痴痴地坐着。少年看出了他的心思，便道："我已为兄长物色了一位佳偶，她亦是我的亲属。"孔雪笠沉思良久，只是淡淡地说："不必了。"随后，他转身对着墙壁，低声吟诵："曾经沧海难为水，除却巫山不是云。"少年又解释道："家父仰慕您的才华，有意与兄长结为姻亲。可惜我家中仅有一个小妹，年纪尚幼。而我姨妈的女儿阿松，今年十八，容貌也是不俗。若兄长不信，阿松每日都会来园亭游玩，你可在前厢房等候，定能看见她。"

孔雪笠按照少年说的等在前厢房，果然看见娇娜偕同一个美人来了，与娇

娜难分上下。孔雪笠大为欣喜，请少年做媒。第二天，少年从内宅说媒出来，喜滋滋地告诉孔雪笠，姨妈家同意了这门亲事。于是，清扫了另一个院子，选了一个良辰吉日，为孔雪笠举办婚礼。这天夜里，鼓乐齐鸣，热闹非凡，房梁上的尘灰都震落得到处飞扬。成婚之后，孔雪笠非常称心如意。

一天晚上，少年对孔雪笠说："近日单公子解除官司回来，索要宅子很急。我们想要离开此地西去，估计以后很难再相聚。"孔雪笠愿意跟随他们一起去。少年劝他返回故乡，孔雪笠表示回家路途遥远很有困难。少年说："不用忧虑，我可立即送您走。"

不多时，太公带着松娘到了，还拿出一百两黄金赠送给孔雪笠。少年用左右两手分别与孔雪笠夫妇相握，嘱咐二人闭上眼睛不要看。顿时三人飘飘然踏空而起，孔雪笠只觉得耳边风声鸣响。过了许久，少年说："到了。"睁开眼，孔雪笠一看果然是回到了故乡。这才知道少年并非人类。

孔雪笠高兴地敲开家门。看到孔雪笠回来，母亲出乎意料，又看到带回来一个漂亮的儿媳妇，全家都非常欣慰。等到孔雪笠回头再看少年时，早已消失不见了。从此，一家人安稳地过日子，松娘侍奉婆婆也是十分孝顺，她贤惠的

名声，远远都有所传闻。

后来孔雪笠考中了进士，被授任延安府的司理一职，携带着家眷去赴任，而母亲因为路途遥远没有同行。松娘生了个男孩，取名小宦。再后来孔雪笠因冒犯了御史行台，被罢了官职，留在延安府听候处理，一时还不能返乡。

有一天，孔雪笠到郊外打猎，碰见一位骑着纯色黑马的美貌少年。少年不停地回头看他，孔雪笠仔细一看，竟是当年那位姓皇甫的少年。于是赶紧勒住马匹，两人相见，悲喜交加。少年邀请孔雪笠一起回家。走到一村，树木茂密，浓荫蔽日。进了少年家，见大门上装饰有镶金圆钉，宛然世族大家。孔雪笠问起娇娜，则已经嫁人了，而孔雪笠的岳母也已经去世，互相深深感伤悼念一番。

没过几天，孔雪笠带着妻儿一同返回来。娇娜也来了，抱起小宦逗弄。孔雪笠再次拜谢她先前的治病之恩。娇娜笑道："创口已经愈合，还没忘记痛吧？"娇娜的丈夫吴郎也来拜见。大家热热闹闹地相聚，孔雪笠一家住了两夜才离去。

一天，孔雪笠又来少年家作客。少年面带忧愁地说："天降灾祸，您能相救吗？"孔雪笠不知道是什么事，却立即表示自己愿意相救。少年急忙出去，招呼一家人全都进来，排列在厅堂上向孔雪笠跪拜。孔雪笠大为惊诧，急问缘故。少年说："我们不是人类，而是修行的狐狸，现在将有雷劫。您如果愿意为我们抵挡，我们一家还有希望存活，不然，请抱着孩子走吧，不要让孩子遭受牵累。"孔雪笠表示愿意与少年全家同生共死。于是少年让孔雪笠手执利剑站立在门口，叮嘱就算是遇到雷击，也不要动。

果然一会儿阴云密布，白昼顿倒如暗夜，回头再看原先的住处，没有了高宅深院，只看见高大的坟冢岿然耸立，巨大的墓穴深不见底。正当仓惶惊讶的时候，霹雳一声，震撼山岳。急雨突来，狂风骤至，老树都连根拔起。孔雪笠屹立在那里，一动不动。忽然在浓烟黑雾之中，看见一个鬼样的怪物，尖嘴长爪，从深洞中抓了一个人出来，随着烟雾向天上升去。孔雪笠瞥了一眼那衣裳鞋子，心里觉得像是娇娜。于是急忙跳离地面，用剑击打怪物，被抓的人随着他的出手而掉落下来。突然炸雷爆裂,孔雪笠扑倒在地,当即没有气息。

不一会儿,雨过天晴,娇娜慢慢苏醒过来。看见孔雪笠死在身旁,放声大哭,说道:"孔郎为我而死,我活着还有什么意义!"松娘也从洞穴里出来了,一起把孔雪笠抬了回去。娇娜让松娘捧着孔雪笠的头,让哥哥用金簪拨开他的牙齿。自己则捏着孔雪笠的脸,用舌头把口里的红丸送到他的嘴里,又口对口地往里吹气。红丸随着气息进入孔雪笠的喉咙,发出"格格"的响声。过了一会儿,孔雪笠苏醒过来。于是一家团聚在一起,惊魂甫定,满心欢喜。

孔雪笠认为墓穴不可久住,提议众人一同回自己的故乡。满屋的人都交口称赞,只有娇娜不高兴。孔雪笠请她与吴郎一起去,娇娜又怕公婆不肯,一整天也没商定出个结果。忽然吴家的一个小仆人,气喘吁吁、汗流浃背地赶到。大家吃惊地询问缘由,原来吴郎家也在同一天遭遇劫难,全都罹难了。娇娜闻言,悲痛欲绝,以脚跺地,泪流满面。众人纷纷上前安慰,随孔雪笠一同回归故里的计划这才定下来。

孔雪笠进城处理了几天事务,就连夜催促整理行装。回到家乡后,孔雪笠把一处空闲的园子给少年一家住,从此孔雪笠与少年兄妹下棋饮酒、聊天聚会,像一家人一样愉快地生活在一起。小宦长大了,相貌清秀,有狐仙的气质风韵。他到城里去游玩,人们都知道他是狐狸所生的儿子。

在中国的神话传说中,狐狸是能修炼成仙,化为人形,与人来往的。狐狸最早是以祥瑞的正面形象出现在中国文化里,在先秦两汉时期的地位最为崇高,与龙、麒麟、凤凰并列四大祥瑞。汉代以后,狐狸作为祥瑞的地位急剧下降。鬼狐文化的特异形态在文学史上也占有特殊地位。世人最早接触到文学作品中的狐仙,便是《封神演义》中的苏妲己。《聊斋志异》俗名《鬼狐传》,正是因其大部分内容都以北方的狐仙崇拜习俗和南方的狐精灵传说为题材。受这两部小说的影响,明清以后,人们潜意识里已将狐狸定义为摄人心魄的狐妖。

叶生

  淮阳县有个姓叶的书生,他的文章词赋,在当时是首屈一指的,然而运气一直不佳,在求取功名的科场上始终不得志。恰巧关东的丁乘鹤来这里担任县令,他见到叶生的文章,惊奇于他的才华。随后召来叶生,与之交谈后非常高兴,便让叶生住进官署,还时常给些钱粮。到了县里开科考试的时候,丁乘鹤在学使面前夸赞叶生,果然,这次叶生得了县里科试的第一名。丁乘鹤对叶生的期望十分殷切。没过多久,叶生继续去参加州里的乡试,考完后,丁乘鹤要了叶生的文稿来读,一边读,一边赞叹,觉得非常好。

  没想到乡试的文榜放出后,叶生却落榜了。叶生沮丧地回到家,身体消瘦,神情痴呆如木头人。丁乘鹤听说了,特意来劝慰了一番,叶生泪落不止。丁乘鹤同情他,约好等自己考核期满进京的时候,带他一起进京。叶生非常感激地答应了。

没多久，叶生得病卧床，服用了上百包的药，丝毫不见效。而丁乘鹤正巧因冒犯上司，官职被免，即将卸任离开淮阳县，回到原籍。丁乘鹤写封信给叶生，劝他好好养病，等病好了就一起走。信送到叶生手上，叶生读完信哭泣起来，他托送信人捎话给丁乘鹤："病重难以立即痊愈，请您先出发吧。"送信人回去说了，丁乘鹤不忍心抛下叶生就走，仍慢慢等他好起来。

过了几天，看门的人忽然通报说叶生来了。丁乘鹤很高兴，迎上前来。叶生说："因为小人的病，有劳先生久等，今天有幸可以跟随您走了。"丁乘鹤于是整理行装赶早上路。

回到家，丁乘鹤让儿子拜叶生为师。丁公子名叫再昌，当时十六岁，还不能写文章，但是聪慧绝顶，凡是八股文章过眼两三遍，就能背诵。

叶生在这里住着教授了一年，丁公子便能落笔成

这篇小说展示了在科举制度下，一个底层知识分子的悲惨命运。叶生虽被丁乘鹤所赏识，但他仍然面临困境，尽管他最终通过科举展示了自己的才华，但叶生的命运仍然令人感叹。小说的内容所传达出的感情，都根植于蒲松龄本人的生活遭遇和深切的生活体验，再现了古时读书人的生存状态，是一篇声讨科举制度的战斗檄文。

文。加上丁乘鹤的助力，于是丁公子进了县学成为秀才。转眼到了乡试，丁公子又考中第二名。

一天，丁乘鹤对叶生说："您拿出自己学问的零头，就使我的儿子成了名。然而您的贤才却被长期埋没，这可怎么办！"叶生说："这恐怕是命中注定吧。况且读书之人能得一知己，没有什么遗憾的，何必非要高中，才算是发迹走运呢！"因为科举考试都要在原籍所在地参加，丁乘鹤怕叶生长期客居外地，耽误了参加岁试，有心劝叶生回家。叶生听了心里很悲痛，丁乘鹤也很矛盾，不忍心再劝，只好叮嘱丁公子到了京城之后，为叶生捐纳个监生。丁公子因为考中了进士，被授部中主事。他带着叶生一起进京赴任，朝夕相处。

过了一年，叶生因为有了监生的身份，不必回原籍参加岁试，直接参加顺天府乡试，竟然考中了举人。正好这时丁公子被派到南河河道办理公务，于是对叶生说："这次去离淮阳县不远。先生奋斗已经功成名就，不如衣锦还乡，堪称快事。"叶生也很高兴。择定吉日上路，到了淮阳县界，丁公子派仆人用马车护送叶生回家。

叶生到家看见门户萧条，他犹豫着走到庭院中，妻子拿着簸箕出来，看见叶生，扔下簸箕，惊恐逃走。叶生凄然地说："我现在显贵了。三四年不见，怎么就一点也不认识了？"妻子远远地对他说："你不是死了已经很久了吗？之所以迟迟留着你的棺木没有下葬，是因为家里穷，儿子还小。如今阿大已经成人，这就要选择墓地把你安葬了。你不要作怪来惊吓活人啊。"叶生听完这些话，迟疑地走进房间，果然看见自己的棺材庄重地放在那里。失意伤感之下，突然扑倒地上，消失了。妻子惊恐地去看，叶生的衣帽鞋子像蛇蜕皮一样脱落地上。她抱起地上的衣服悲痛大哭。

叶生的儿子从学堂回来，看见门前停着马车，母亲挥洒着眼泪把一切告诉了他。娘俩又仔细询问了护送叶生的仆人，才得知事情的始末。

仆人返回后把叶生的事告诉了丁公子，丁公子立即命人备办车马，哭奔到叶家，出钱操办丧事，用举人的礼数安葬了叶生。丁公子又送了很多钱财给叶生的儿子，替他请了老师教他读书。丁公子还向学使推荐了他，第二年叶生的儿子就入县学成了秀才。

科举制度是我国古代以考试作为主要方式的一种选官制度，是古代国家政治制度的重要组成部分，采用分科考试取士的方法，因此被称为科举。自隋朝至清朝，实行了一千三百多年。隋炀帝设置进士科，标志着科举制的正式确立。科举制在唐朝时得以完善，明清时期达到鼎盛。科举考试分为院试、乡试、会试、殿试四级。考中的读书人依次称为秀才、举人、贡士、进士。殿试由皇帝主持考试，分三甲录取，第一名叫状元，第二名叫榜眼，第三名叫探花。1905年，清政府宣布废除科举制。至此，科举制退出了历史舞台。

王成

平原县有一个官宦人家的后代，叫王成。他习性最为懒惰，祖上传下来的家业一天天败落，到最后只剩下几间破房子，和妻子睡在破草席上，互相絮烦埋怨，日子过得艰难。

在村外有一座废弃的周家花园，还剩下一个亭子。初夏的时候天气就比较炎热了，有许多村民晚上来这里乘凉过夜，王成也在其中。

天亮以后，睡在这儿的人都走了。太阳升起三竿子高了，王成才起来，转转悠悠地准备回家。忽然看见草丛中有东西闪闪发光，拾起来一看，是一支金钗，上面刻有小字："仪宾府造"。王成的祖父原来是衡恭王府的女婿，家里的旧物，很多都是这种款式，因此王成拿着金钗，踌躇了半天。

忽然，有个老妇人来寻金钗。王成虽然贫穷，但秉性耿直，急忙拿出来交给了她。老妇人很高兴，极力称赞王成的品德，还说："这是已故夫君的遗物，

所以不能遗弃。"王成好奇地问："您夫君是谁呀？"老妇人回答说："是已故仪宾王柬之。"王成吃惊地说："他是我祖父。怎么与您认识？"老妇人也惊讶地说："你就是王柬之的孙子吗？我是狐仙。一百年前，我同你祖父相好。你祖父死后，我就隐居了。路过这里时遗失了金钗，恰好落入你的手里，这不是上天的安排吗！"王成也曾听说过祖父有个狐妻，便相信了老妇人的话，于是邀请她到家里。老妇人跟他去了。

王成呼喊妻子出来相见。老妇人看到她穿着破烂衣服，面有饥色，容貌暗淡，叹息地说："王柬之的孙子，竟然贫穷到这种地步！"又看到破旧的灶台，没有一丝烟火，说道："家贫如此，你们靠什么生活呢？"王妻就细细地讲述了贫苦的状况，呜呜咽咽哭泣起来。老妇人把金钗交给王妻，让她暂且到市上典当后买些米，说自己三天以后再来。王成挽留她。老妇人说："你连妻子都不能养活，我在这里，又有什么益处呢？"说完径自去了。

王成对妻子讲了老妇人的来历，妻子大为恐惧。王成却认为这个老妇人很有情义，让妻子把她当婆婆侍奉，妻子答应了。

过了三天，老妇人果然来了。拿出一些银子，买了小米和麦子各一石。夜里就同王妻一块睡在短床上。妇人开始有些害怕她，但是看她心意诚恳，也就不再疑心她了。

第二天，老妇人对王成说："孙子不要再懒惰了，

> 本文篇幅很长，详尽地讲述了王成做生意不成，却以斗鹌鹑致富的离奇故事。在我们的认知里，通常都会认为"勤劳致富、懒惰受穷"，而作者却给我们讲了一个懒人发财的故事。但作者绝不是劝人懒惰，而是告诫世人，做人应该正直。王成捡到金钗选择拾金不昧，钱财被盗也不诬陷无辜，是一个正直的人，这也是王成屡遇贵人，最终发家致富的原因。同时，文中的亲王花天价买下鹌鹑的情节，也直接揭露了封建统治者挥金如土、骄奢淫逸的生活做派。

应该做点小生意。坐吃山空,怎么能长久呢?"王成告诉她没有本钱。老妇人说:"你祖父在时,金银绸缎任凭我取。我因是世外之人,不需要这些东西,所以没有多拿过。积攒下买脂粉的银子四十两,至今还存着。长久贮放也没什么用处,你可拿去全买成葛布,立即赶到京城卖掉,可以赚点薄利。"

　　王成听从了她的话,买了五十多匹葛布回来。老妇人命他整装出发,估计六七天就可以到,还嘱咐王成道:"要勤快,不要懒惰;要急速赶路,不能缓慢。晚到一天都会让你后悔。"王成恭敬地答应了,装上货物就上了路。

　　半途遇到下雨,衣服鞋子全都湿透了。王成平生未经历过风霜之苦,疲倦不堪,就暂时在旅店里歇息。不想淙淙雨声响了一整夜,第二天道路更泥泞了。看见来往行人,脚踩烂泥,水没小腿,王成吃不了这种苦。等到中午,路面才渐渐干燥一点,但阴云又聚合起来,雨又下大了。王成在旅店里又住了一宿。

　　快到京城时,传闻葛布价格飞涨,王成心中还暗暗高兴。进京后,把货物卸在客店里,店主人看到王成是贩葛布的,便告诉他来晚了。原来,南方道路刚开通,葛布运至京城的极少。贝勒府最近急着要采购一批葛布,价格顿时上涨,比平时大约贵三倍。可是前一天贝勒府刚购满数额,后来运到的葛布都不要了。王成心情郁闷,很不得意。

　　过了一天,葛布到货越来越多,价格更是下跌,王成嫌没有利润不肯出售。就这么拖了十多天,每天食宿花费不少,王成更加忧愁。店主人劝他把葛布贱卖,改作别的打算。王成只好听从了,贱价脱了手,亏了十多两银子。

　　早晨起来,王成准备回家,打开行囊一看,银子全没了。王成惊慌地告诉店主人,店主人也没有办法。有人让王成报官,责令店主人偿还。王成叹息说:"这是我的命数啊,和店主人有什么关系?"店主人听说后很感激,赠送王成五两银子,劝慰他回去。王成自念这样回去,没有脸面见老妇人,屋里屋外的徘徊犹豫,进退两难。

　　恰巧这时城里流行斗鹌鹑,一赌就是几千文钱。每买一只鹌鹑,常常花费

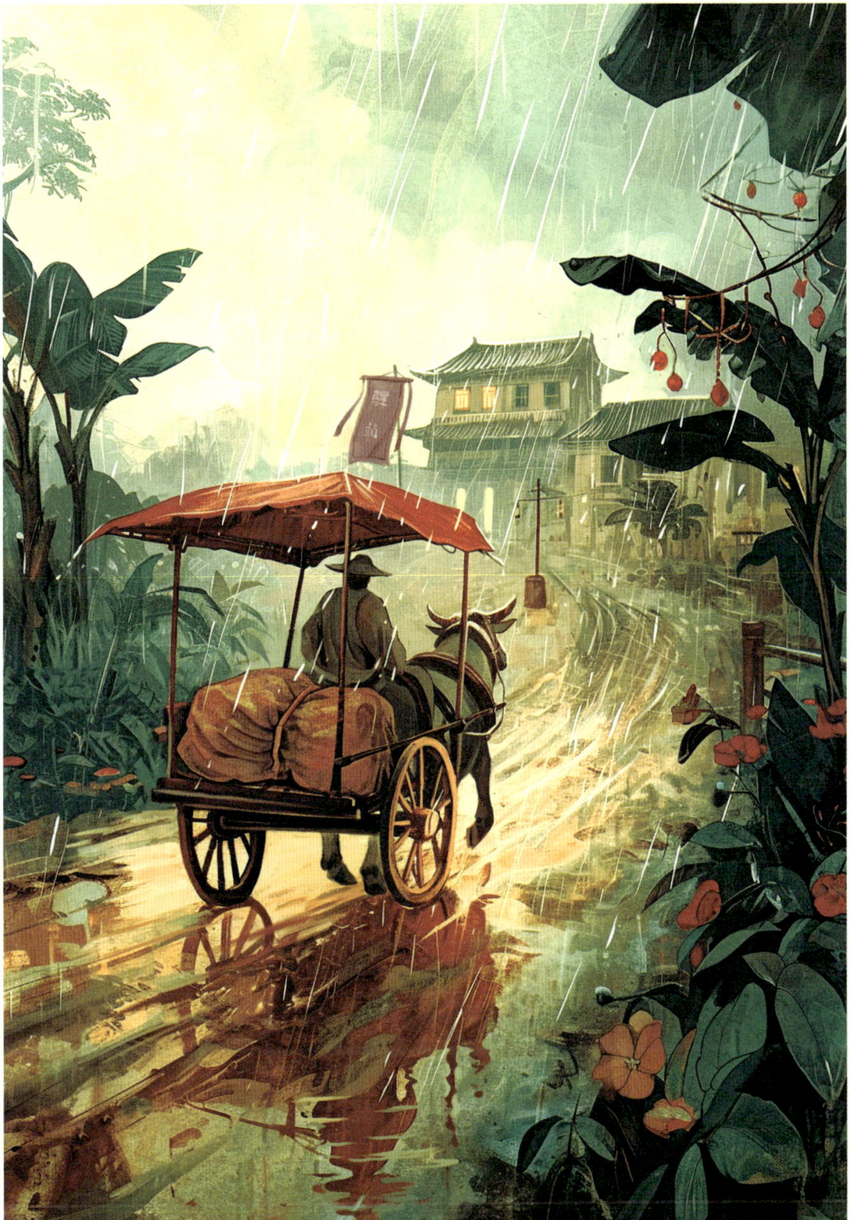

就要一百多文。王成看到这些忽然心意转动，计算口袋里的钱，仅够贩卖鹌鹑，就同店主人商议。店主人极力怂恿王成，并且同意王成借住店中，一应饮食，不收他钱。王成很高兴，就动身了。

王成去外地购买了满满一担鹌鹑，又回到京城。店主人很高兴，交给王成一些银子作赌本，让他去与富家子弟斗鹌鹑，居然屡赌屡胜。

半年光景，王成积攒了二十两银子，心里更加宽慰，把鹌鹑看得像命一般宝贵。

先前，有个大亲王喜欢斗鹌鹑。每逢正月十五上元节，就允许民间养鹌鹑的人进入王府进行角斗。店主人对王成说："现今一场大富贵就在眼前，能不能得到，就在你的命了。"于是告诉了王成缘由，带领他一起前去，还嘱咐说："如果斗败了，就自认晦气出来。倘若万一鹌鹑斗胜了，大亲王必定要买这只鹌鹑，你不要答应。如果他坚持要买，你看我的脸色行事，等我点头后再答应他。"王成说："行。"

来到王府，来斗鹌鹑的人已经拥挤在殿阶下。一会儿，大亲王出来坐在殿上。左右侍从宣告说："有愿斗的上来。"立即有一个人手持鹌鹑，快步上去。大亲王命令放出鹌鹑，客人也放出自己的鹌鹑。略微扑腾了一下，客方的鹌鹑已经败了。亲王大笑。不一会儿，登台败下来的已有好几个人。这时店主人对王成说："可以了。"于是，两人一起登上大殿。大亲王端详着王成的鹌鹑，说："眼睛里有怒脉，是只健壮的鸟，不可轻敌。"命取铁嘴鹌鹑来对付它。经过一番跃腾搏斗，大亲王的铁嘴鹌鹑败下阵来。又选出更好的，但换一只败一只。

大亲王急忙命取来宫中的玉鹑。片刻工夫，玉鹑被捧了出来，这鹌鹑雪白的羽毛，像白鹭一样，神采俊逸，非同凡响。王成胆怯了，跪下请求罢休，说："大王的鹌鹑，是神物，恐怕伤了我的鸟，毁了我的生计。"大亲王笑着说："放出来吧。如果斗死了，我会重重地赔偿你。"王成这才放出鹌鹑。玉鹑直接冲过来，王成的鹌鹑伏在那里，像发怒的公鸡一样，严阵以待。玉鹑奋力去啄，王成的鹌鹑一跃而起，如飞翔的仙鹤似的攻击玉鹑。两只鹌鹑上下飞腾，相持了一段时间，玉鹑渐渐松懈了。而王成的鹌鹑怒气更加猛烈，斗得也越急。不一会儿，玉鹑雪白的羽毛纷纷被啄落，垂着翅膀逃跑了。周围观看的上千人无不赞叹羡慕王成的鹌鹑。

大亲王于是要过这鹌鹑，亲自拿着它，从嘴到爪，审视一遍，问王成说："这鹌鹑可卖吗？"王成回答说："小人没什么产业，与它相依为命，不愿卖。"大亲王说："赐你重金，中等人家的财产立马可以到手，你愿意吗？"王成低头思索了许久，说："大王既然这么喜欢它，如果又能让我得到一份衣食不愁的产业，还有什么可求的呢？"大亲王便问价钱，王成回答说一千两银子。

大亲王笑着说："痴人！这是什么珍宝，能值一千两银子？"王成说："大王不认为它是宝，臣民我却认为价值连城的宝玉也比不过它。"大亲王说："为

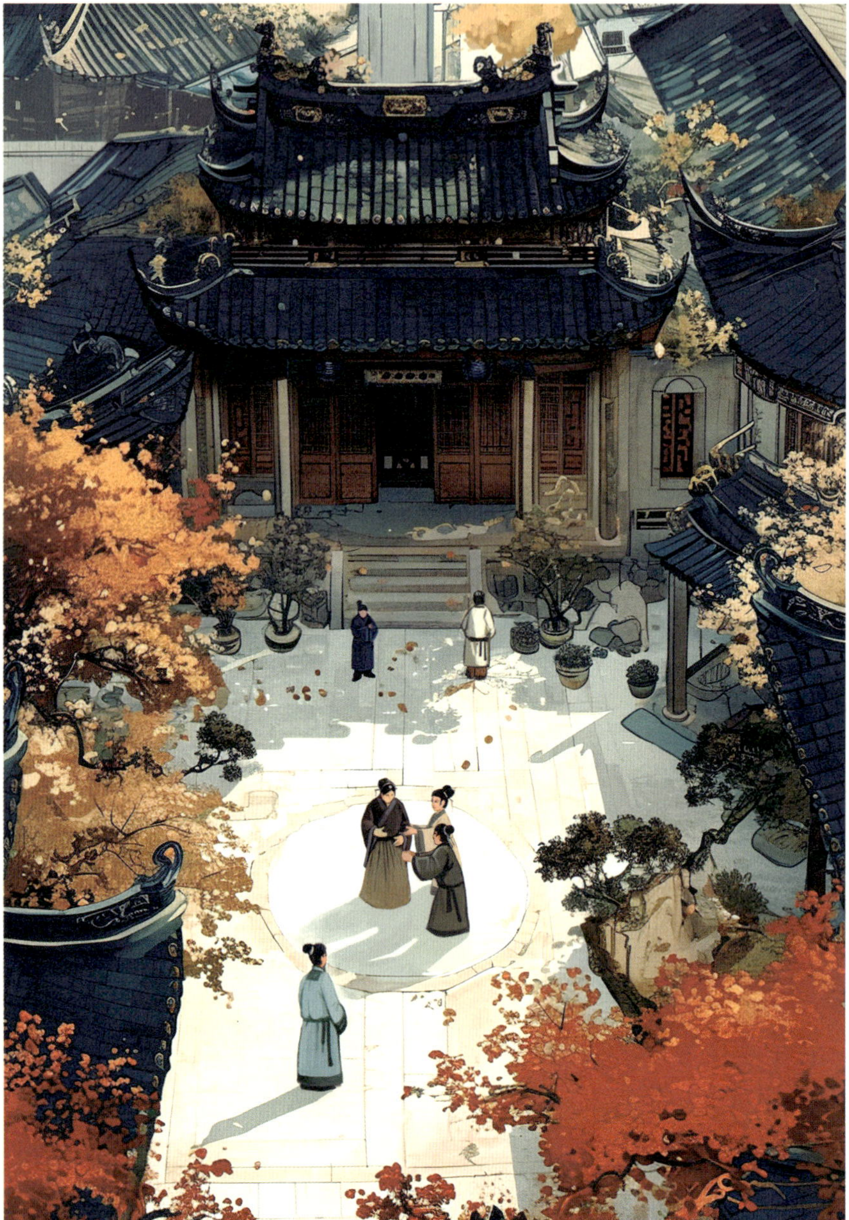

什么？"王成说："小人拿着它到市上去赌斗，每天都能得几两银子，换成几升米，一家十几口人指望它吃饭，没有挨饿受冻的担忧，什么宝物能比得上它？"大亲王说："我不亏待你，给你二百两银子。"王成摇头。大亲王又加一百两。王成看看店主人，店主人没动声色。王成便说："承大王之命，少算一百两吧。"大亲王说："算了吧！谁肯用九百两银子换一只鹌鹑！"王成装起鹌鹑就要走。

大亲王喊道："养鹌鹑的人回来！我给你六百两银子，肯就卖，否则就算了。"王成又看店主人，店主人仍然神色自若。王成其实对这个价钱已经非常满足，唯恐失掉这次机会，说："以这个价钱卖了，心中实在不情愿，没办法，就按王爷的意思办吧。"大亲王很高兴，立刻称了银子付给了王成。王成装好银子，拜谢赏赐出来。

几天之后，王成整治行装回到家中，详细述说了自己的经历，全家相庆。老妇人让王成买了三百亩良田，盖起房子，置办家具，居然是官宦世家景象。老妇人每天很早起床，让王成督促佣工耕种，王成的妻子督促佣人纺织，稍有懒惰，老妇人就斥责他俩。王成夫妇也安于承受，不敢有怨言。过了三年，家里更富了。老妇人辞别要走。王成夫妻共同挽留，直到眼泪都流下来了，老妇人才勉强留下。第二天早晨，太阳刚出来，夫妻二人前去问安时，老妇人已经杳无踪影了。

斗鹌鹑，亦称"冬兴"，是一种旧时民间娱乐活动。相传始于唐代，玄宗时西凉人进献鹌鹑，能随金鼓节奏争斗，宫中养以为戏，后流行于民间。斗鹌鹑于每年的初冬时期举行。人们养鹌鹑，以养雄鹌鹑为主，目的是斗架。鹌鹑按年龄与身上的羽毛，可以分为四种：处子、早秋、探花、白堂。四种之中，只有白堂会斗。斗鹌鹑一定是在早晨举行，早上鹌鹑肚子饿，为了争夺谷子，斗性也就起来了。战斗到最后，鹌鹑们常是毛发受损，血迹斑斑。鹌鹑一旦被咬败过一次后，便终生不敢再与任何一只鹌鹑咬了。被斗败的鹌鹑，下场大多也十分悲惨。

青凤

太原府有一家姓耿的官宦世家，宅院宏伟宽阔，楼台馆舍连接成片。后来家势衰落，人口单薄，房屋大多空废，于是生出了许多奇怪的事情。大堂的门会自开自关，家人常常半夜里被吓得不轻。耿家人很担忧，就移居到了别的小宅院，此处只留下一个老头看门，从此这处大宅院荒凉败落得更厉害了，听说还时常传出谈笑说话和乐器的声音。

耿家有个侄子，叫耿去病，为人狂放，无所拘束。他嘱咐看门老头听到或见到什么，就跑去告诉他。

一天夜里，老头看见楼上灯光忽明忽灭，马上跑去告诉了耿去病。耿去病这就要去查看，老头劝阻，他也不听。耿去病对院内的房屋门户很熟悉，他拨开满地蓬蒿，沿着曲折的路径摸了进去。登上楼，什么也没发现。又穿楼过去，却听见有人轻声细语地说话。偷偷看去，只见一间屋内两只巨大的蜡烛燃烧着，

明亮得如同白昼。一位老头戴着儒冠，朝南坐着，一位老妇人坐在他的对面，二人都四十多的年纪。朝东坐着一个年轻人，约有二十来岁，右边一位女郎，才刚十五六岁的样子。酒菜摆了满满一桌，四人正围坐着说笑。

耿去病突然推门闯入，笑着喊道："不速之客来了！"里面的人大为惊慌，奔逃躲避。只有老头出来呵叱道："是什么人，敢闯进人家的内室？"耿去病说："这是我家的内室，您占了。美酒自己饮，不邀请主人，未免太吝啬了吧？"老头仔细看了看他，说："你不是这里的主人。"耿去病说："我是狂生耿去病，这处宅院主人的侄子。"老头致敬说："久仰大名！"于是作揖请耿去病入座。

老头给耿去病斟酒，耿去病说："我们是世交，座上客人不用回避，还请招呼他们出来一起喝酒。"老头

这是一篇情节曲折，动人心弦的短篇小说。作者不是孤立地写青凤，而是把她放在富有礼教传统的封建家庭中来写。青凤一点儿也不像狐女，而像一个被封建家长干涉恋爱的、听话而又拘谨的少女。耿生和青凤通过自身的努力，改变了家长原来的态度，爱情战胜了礼教的教条。《青凤》的故事，极具现实意义，反映出封建时代少男少女冲破家庭阻碍去恋爱的愿望，痛斥了封建家长对婚姻的干涉。在蒲松龄生活的时代，能写出这样的文章，难能可贵。

喊道："孝儿！"一会儿，少年从外面进来。老头说："这是我儿子。"少年行了个礼坐下。耿去病大致问了他们的家族姓氏，老头说道："我叫义君，姓胡。"耿去病一向豪爽，谈笑风生。孝儿也很风流洒脱。倾怀畅谈之际，彼此都很钦慕喜悦。耿去病二十一岁，比孝儿大两岁，就称他为弟。

老头说："听说您祖父编纂过一部《涂山外传》，知道这事吗？"耿去病回答说："知道。"老头说："我是涂山氏的后代。唐代以后的家谱世系还能记得，五代以前的就没有传下来了。希望公子能够指教一下。"

耿去病大致叙述了涂山女辅佐大禹的功劳，多有粉饰美化的话，妙语迭出。老头很高兴，对儿子说："今天有幸听到了以前听过的事情。公子也不是外人，可以请你母亲以及青凤来一起听听，也让她们知道我们祖先的功德。"

不一会儿，老妇人带着女郎出来了。耿去病仔细看去，女郎柔弱的身姿一片娇态，美丽的眼睛露出聪慧的神色，人间没有比她更美丽的女子了。老头指着妇人说："这是我的老妻。"又指着女郎："这是青凤，是我的侄女，很聪明。"耿去病叙述完了又喝酒，目不转睛地紧盯着青凤。青凤察觉了，就低下了头。耿去病偷偷踩她的脚，青凤急忙缩脚，也没有生气发怒。耿去病兴奋起来，不能自控，拍着桌子说道："能娶到青凤这样的妻子，当皇帝都不换！"妇人见耿去病渐渐喝醉了，越发轻狂，就和青凤一同起身，撩开帷幔离开了。耿去病很失望，便辞别了老头出来，但心里还老挂念着，不能忘情于青凤。

耿去病回到家里和家人商议，想带全家住到那里，盼望能再遇见青凤。家人不同意，耿去病于是独自前去，在楼下收拾了一间房子住下。

夜里，耿去病正靠在桌边读书，一个鬼披头散发地进来，脸黑得如漆，张大眼睛看着耿去病。耿去病笑了，用手指蘸着墨汁涂黑自己的脸，目光灼灼地与鬼对视，鬼羞惭地走了。

第二天晚上，夜已经深了，耿去病吹灭了蜡烛正想睡觉，听见楼后面的门插销发出"呼"的一声响，门开了。耿去病急忙起来过去探看，只见门半开着，

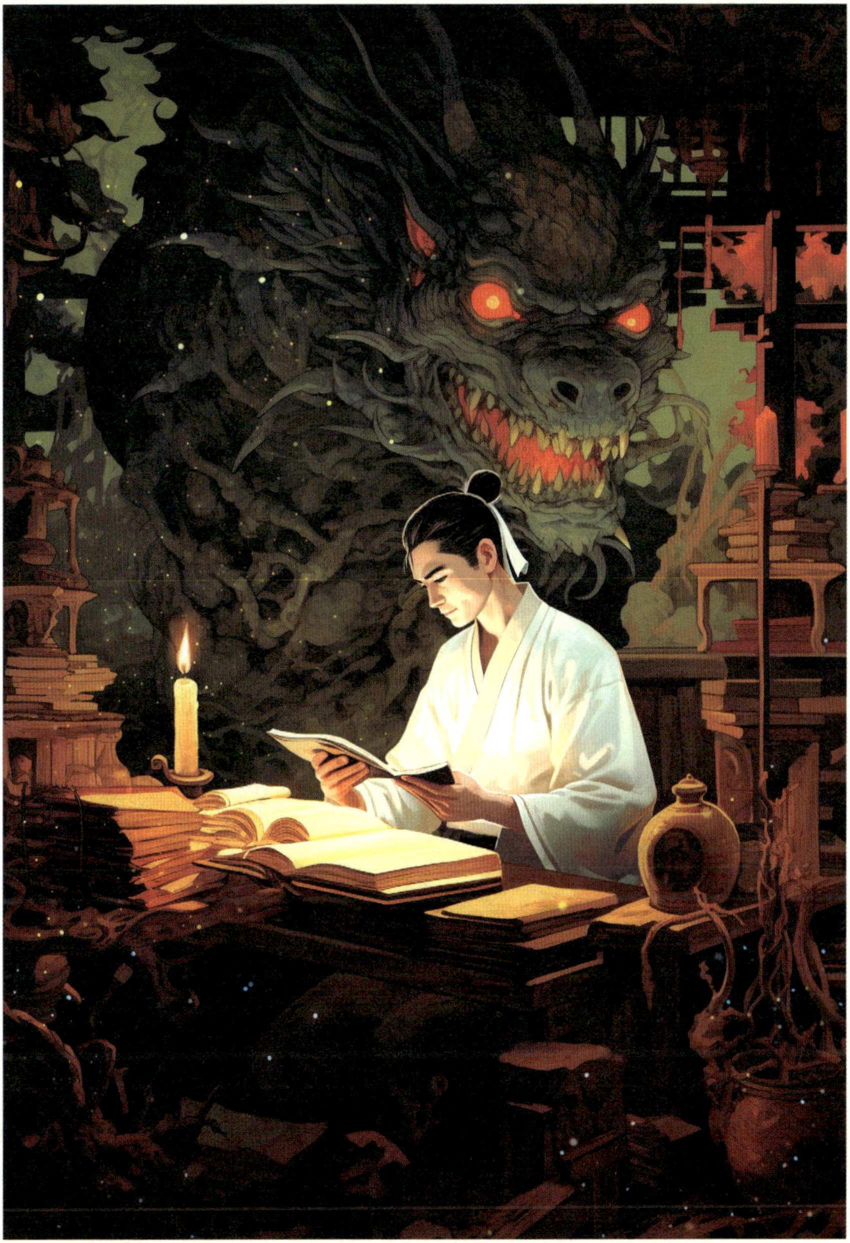

不一会儿，听到细碎的脚步声，一看，竟是青凤。而青凤猛然看见耿去病，吓得直往后退，急忙关上两扇门。耿去病直挺挺地跪着对门内表白说："小生不避险恶而来，实在是为了你的缘故。幸好这里没有其他人，能握一下你的手，我死而无憾了。"青凤站得远远地说："您的倦倦深情，我岂能不知道，只是叔父的家教很严，不敢答应您的要求。"耿去病苦苦哀求地说："我也不敢奢望与你有肌肤之亲，只要能见一下你的容貌就满足了。"青凤好似同意了，开门出来，把跪着的耿去病扶起来。耿去病欢喜得发狂。

青凤说："幸好有缘还能再见一面，过了今晚，就是相思也没有用了。"耿去病问："为什么？"青凤说："阿叔畏惧您狂妄，所以变成厉鬼来吓唬您，而您不为所动。现在他已选择了别的住处，全家都搬东西到新居去了。我留下收尾，明天就走了。"说完，就想离去。耿去病着急了，不让她走。

正在相持不下的时候，老头忽然进来了。青凤又羞又怕，无地自容，揉搓着衣带，一语不发。老头愤怒地说："贱丫头辱没了我家门户，再不快走，鞭子就抽上来了！"青凤低着头急忙走了，老头出去了。耿去病尾随在他们后面，只听到老头万般苛责，而青凤嘤嘤地低声抽泣。耿去病心如刀割，大声说："罪责在我，于青凤有何相干？"过了很长时间，寂静无声，耿去病才回去睡觉。从此以后，宅院里再也没有怪异的声音了。

耿去病的叔叔听说后感到惊奇，愿意把房子卖给他，不计较价钱多少。耿去病很高兴，就买了这处宅院，携带家人搬迁过来。住了一年多，非常舒适，但没有一刻忘记青凤。

正逢清明节上坟，耿去病看见野地里两只小狐狸被狗追赶，其中一只钻进荒草丛中逃窜了。另一只惊慌失措，沿路奔跑，看见耿去病，它偎依着他哀声啼叫，垂耳低头，好似乞求他援救。耿去病可怜它，抱着小狐狸回了家。

回家后，耿去病把小狐狸放在床上，小狐狸突然变成了青凤。耿去病大喜，一边抚慰，一边询问。青凤说："刚才和丫环一起游玩，若非您相救，必定葬身狗腹了。您不会嫌弃我是狐狸吧？"耿去病说："我天天都思念着你，怎么能说嫌弃呢！"青凤说："这是天数啊，不是因为这场大难，还没法再遇到您。那个逃跑的丫环一定以为我已经死了，这下可以和您订下终身之约了。"耿去病很高兴，收拾房间，让她住下。

就这样平静地过了两年多，一天夜里，耿去病正在读书，孝儿忽然进来。耿去病惊讶地问他从哪里来。孝儿伏在地上，悲伤地说："家父有飞来横祸，非您不能拯救。"耿去病问："什么事？"孝儿回答说："公子认识莫三郎吗？"耿去病说："他是我一个同年的儿子。"孝儿说："明天他将经过您家，倘若携带猎来的狐狸，希望您能把狐狸留下来。"耿去病假装生气地说："他的事我不敢过问。一定要我帮忙的话，除非青凤来求情！"孝儿落泪说："凤妹已死于

荒野三年了。"耿去病袖子一拂，说："既然如此，那怨恨就更深了！"拿起书卷高声吟诵，再不理他。孝儿爬起来，痛哭失声，遮掩着脸走了。

等孝儿走后，耿去病到了青凤的住所，告诉了她这件事。青凤大惊失色，说："您到底救不救他？"耿去病笑着说："救是肯定要救的，刚才不答应，也是想借此报复一下你叔叔以前的蛮横罢了。"青凤这才高兴起来，说："我小时候就死了父亲，依靠叔叔长大成人。虽然他以前得罪了您，但那是家规，应该这样的。"

第二天，莫三郎果然来了，还带着许多侍从。耿去病在门口迎接他，见猎获的禽兽非常多，其中有一只黑狐狸，伤口流出的血把皮毛都染红了。用手摸了一下，身体还是温的，耿去病便借口说自己有件皮衣破了，想要这只狐狸来修饰缝补。莫三郎慷慨地解下它相赠，耿去病立即把狐狸交给青凤，才招待客人喝酒。

　　客人走了以后，青凤把狐狸抱在怀里，那狐狸三天后才苏醒，活动了一下又变成了老头。老头抬眼看见青凤，怀疑不是在人间。青凤一一讲述了事情的经过。老头于是向耿去病下拜，对以前的事表示歉意，又很高兴地看着青凤说："我本来就说你不曾死，今天果真证实了。"青凤对耿去病说："还求您把楼房借给我家住，使我得以报答叔叔的养育之恩。"耿去病答应了她。老头面带愧色地道谢。

　　到了夜里，果然全家搬来了。从此，就像一家人的父子，耿去病与老头不再互相猜忌。耿去病在书房居住，孝儿经常来与他喝酒聊天。耿去病和青凤所生的儿子渐渐长大，就让孝儿做老师教他习文识字。孝儿循循善诱，很有老师的风范。

　　爱情和婚姻本是一个温馨而浪漫的话题，但是在深受封建礼教、封建思想束缚的旧时代，婚姻却处处受限。首先是传宗接代思想对婚姻的影响，女子沦为生育机器，如果生不出孩子，就是最大的不孝；其次是"父母之命，媒妁之言"的影响，造成了很多包办婚姻的悲剧；还有"门当户对"的影响，门户成了父母为子女择偶的重要标准。中国几千年的历史文明所孕育的封建思想，其方方面面，都对爱情婚姻文化有着深刻的影响。

画皮

  太原府有个姓王的书生，大清早行走在路上，看到前面有一个女郎，怀抱着包袱，正步履艰难地独自赶路。王生好奇地加快脚步赶上看了看她，原来是个十五六岁的美丽女子，顿时心里起了爱慕之情。他问女子："为什么大清早就孤零零地一人赶路？"女子说："你一个路人，又不能解决我的烦恼，何必多问？"王生说："你有什么烦恼，如果我能效力，决不推辞。"女子沮丧地说："父母贪图钱财，把我卖给了富贵人家。大老婆非常嫉妒我，整天早上骂晚上打，我实在忍受不了，想要逃得远远的。"王生又问："你准备去哪里？"女子说："逃亡的人，哪有什么去处。"王生说："我家离这儿不远，你可以暂时住一住。"女子高兴地答应了他。王生替她提着包袱，领她一起回了家。

  女子四下看了看，发现屋里没有别的人，问道："你家里怎么没有家眷？"王生答道："这是我的一处别院，平时喜欢一个人在这里读书。"女子说："如果您可怜我，想让我活下去，就必须保守我住在这里的秘密，不要走漏了风声。"

王生答应了她，让她藏在密室里，过了好多天也没人知道。后来王生还是悄悄将此事告诉了妻子。妻子陈氏怀疑这女子是大户人家的小老婆，劝丈夫将她打发走。王生舍不得，没有听从。

有一天，王生在集市上遇见一个道士，道士看到王生，现出惊愕的神色，问道："你遇见过什么不干净的东西？"王生说："没有啊。"道士说："你身上邪气环绕，怎么说没有呢？"王生拒不承认。道士无奈地走了，走前说道："真是不明白啊！世上竟有死到临头还不觉悟的人！"王生听了道士的这句话，开始怀疑起那女子，但转念一想，明明是个美丽的女郎，怎么会是妖怪，估计是那道士想借镇妖除怪来赚钱吧。

没多久，王生回到别院，发现门被人从里面堵上了，打不开。王生疑心女子在里面做什么，就翻过院墙进去，蹑手蹑脚走到窗前朝里面偷看。只见一个恶鬼，脸色青翠，牙齿又长又利，犹如锯齿一般。那鬼把一张人

一个"愚而迷"的书生因贪图美色，招引来路不明的女子进家，后被恶鬼挖去了心脏。原文的结尾，蒲松龄说道："愚哉世人！明明妖也，而以为美。迷哉愚人！明明忠也，而以为妄。"在蒲松龄看来，当时的社会，就是一个以丑为美、是非不分、黑白颠倒、忠奸不辨的世界。作者有力地揭露了现实生活中骗人害人的两面派的蛇蝎心肠，告诫人们不要被表面的美好所迷惑，往往忠言逆耳，要善于识破害人者形形色色的伪装，避免上当受骗。

皮铺在床上，正拿着彩笔在上面描画着，画完后，把笔一扔，举起人皮，像抖动衣服一样，披在身上，于是就化成了女子。看见这情景，王生十分恐惧，悄悄地爬了出去。

王生急忙去追赶道士，那道士早已不知去向。四处寻找，终于在野外遇见了。王生直挺挺地跪在地上，乞求道士相救。道士说："我替你赶走它吧。这鬼也很苦的，我也不忍心伤害它的性命。"于是把自己的拂尘交给王生，叫他挂在卧室门上。告诉王生以后有事可以到青帝庙去找他。

王生不敢去别院，回到自己的家里，睡在内房，并在内房门口挂上了拂尘。一更时分，他听见门外有"戢戢"的声响，自己不敢去看，叫妻子悄悄去看一看。只见那女子来了，望着拂尘不敢进屋，立在门外咬牙切齿，站了很久才离去。不多时又返回来，骂道："道士吓唬我。总不能把吃进嘴里的食物再吐出来！"于是取下拂尘撕碎，打破卧室的门，径直踏上王生的床，剖开王生的胸腔，捧着王生的心离去。妻子陈氏大声哀号，丫环进来用蜡烛照看，见王生已死，胸腔一片血迹模糊。

第二天，王生的弟弟二郎跑去告诉道士。道士愤怒地说："我本来是怜悯它，这恶鬼竟敢这样！"当即跟着王生的弟弟赶来。那女子已不知去向。道士抬头四下观望，说："幸好逃得不远。"又问道："南院是谁家？"二郎说："我的住处。"道士说："现在就在你家里。"二郎很诧异，认为没有。道士问："是不是有不认识的人来过？"二郎回答："早晨来了个老妇人，想受雇在我家做仆人，我妻子把她留下了，还在家里。"道士说："老妇人正是这个怪物。"

于是大家一起前往。道士手执木剑，站在庭院中央，大声喝道："孽鬼！还我拂尘来！"老妇人在屋里，大惊失色，出门想逃。道士追赶过去，老妇人扑倒在地，人皮"哗啦"一声脱落下来，变成了一个恶鬼，卧在地上像待杀的猪一样地号叫着。道士用木剑削了它的头，鬼身立刻化为浓烟。道士拿出一个

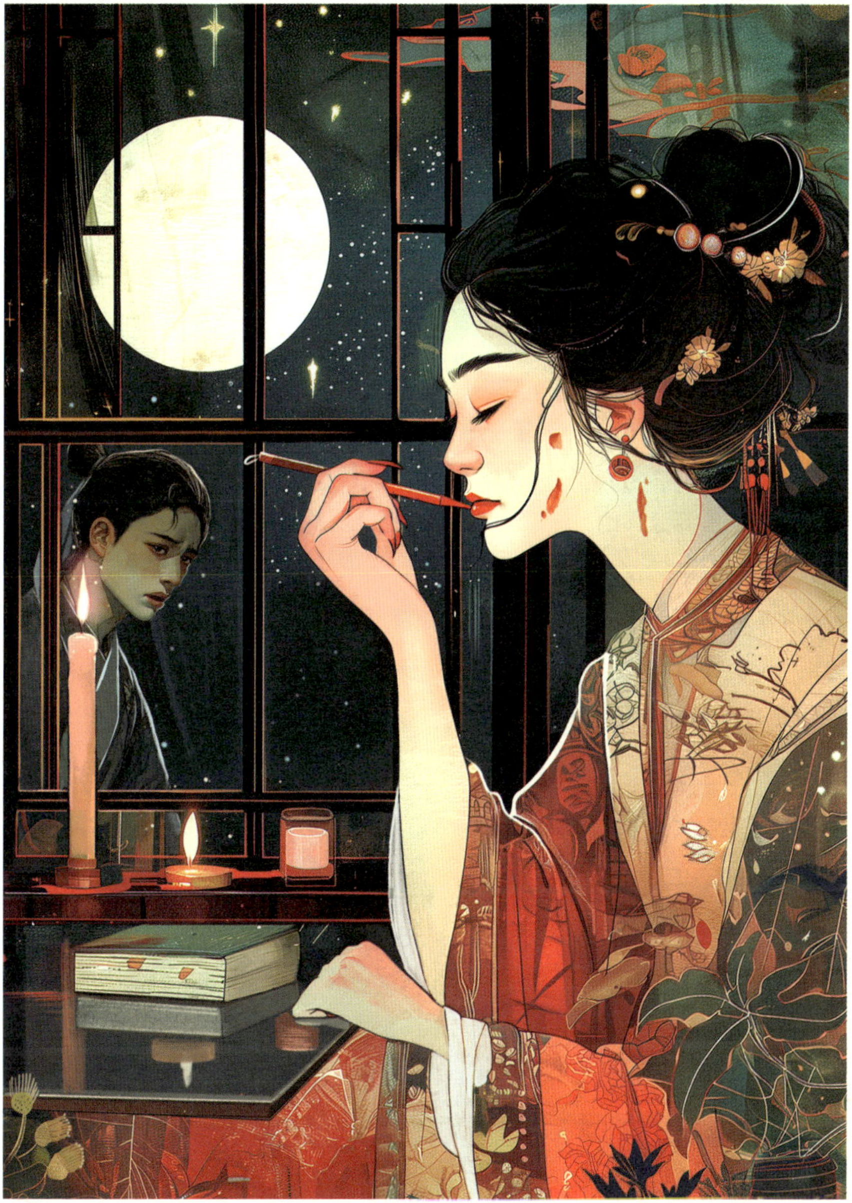

葫芦，拨开塞子，只听"飕飕"直响，像是用嘴吸气似的，眨眼间烟雾尽收入葫芦里。道士塞住葫芦口，将葫芦装进袋子。大家去看那张人皮，眉毛、眼睛、手、脚，样样齐全。道士把它卷起来，也装入袋子里，于是告辞，想要离去。

陈氏拜跪在门口，哭求让丈夫起死回生的方法。道士推辞无能为力。陈氏更加悲伤，伏在地上不起来。道士沉思了一下说道："我法术太浅，实在不能起死回生。我告诉你一个人，他或许能办到。"陈氏问："什么人？"道士说："街上有个疯子，时常睡在粪土里，试着向他叩头并哀求。倘若他发狂侮辱你，你千万不要发怒。"二郎也知道这个人，于是辞别了道士，和嫂子一起前去。

他们看见有个乞丐正在路上疯疯癫癫地唱歌，鼻涕拖得三尺长，身上污秽腥臭得令人无法接近。陈氏跪地膝行到他面前。乞丐笑着问道："美人儿爱我吗？"陈氏告诉他来由。乞丐又大笑着说："人人都可以做你丈夫，救活他干什么？"陈氏坚持苦苦哀求他。乞丐说："真怪了！人死了却来求我救活。我是阎王吗？"还怒气冲冲地用拐杖打陈氏。陈氏一动不动地受着疼痛任由他打。集市上的人渐渐聚集起来看热闹，围得像一堵墙一样。乞丐咳了一口痰吐手上，举到陈氏嘴边说："吃了它！"陈氏涨红着脸，面有难色，但想起道士的嘱咐，就强忍着恶心吞咽下去。只觉得那东西进到喉咙里，实实地像一团棉絮，难以咽下，最后停结在了胸口。乞丐大笑着说："美人爱我啦！"于是起身，自顾走了，连头也不回。

陈氏只好又羞愧又气恨地回家。陈氏既哀悼丈夫死得悲惨，又悔恨食人痰唾的羞辱，哭得前俯后仰，恨不得即刻死掉。她给丈夫擦去污血收尸入棺，家人在一旁站定了望着，没人敢靠近。陈氏抱着尸体，一边整理，一边痛哭，一直哭到声音嘶哑了，想要呕吐，只觉得胸口间停结的那团东西突然冲了出来，来不及转头，已经落进丈夫胸腔里。吃惊地一看，原来是一颗人心，在丈夫胸腔里"突突"跳跃，热气蒸腾。陈氏大为惊讶，急忙用双手合住丈夫的胸腔，用尽力气往一块抱挤,又撕下绸布急忙把丈夫的胸腔紧紧捆住。她再用手去抚摸尸体,已觉得渐渐有些温热了。她又给王生盖上被子。半夜里,掀开被子一看,王生鼻孔里有气息了。第二天天亮时,王生竟然活过来了。王生说:"恍恍惚惚像在梦中,只觉得腹部在隐隐作痛。"再看被撕破的地方,结了痂,像铜钱般大。不久,王生就痊愈了。

拂尘,是道教的道士们常用的道具之一,被视为道士的标志性法器,代表着道士的身份和职责。道士常用拂尘来扫除路上的尘土,象征着清除杂念,净化心灵。同时,拂尘也被用来驱散恶气,保护自身安全。

桃木剑可以说是最为人所熟知的一种道教法器,可用来镇宅、纳福、辟邪、招财等。

葫芦同样也是一种道教法器,谐音为"福禄",可驱邪祈福,寓意吉祥如意。

此外,道教常用的法器还有三清铃、天蓬尺、镇坛木等。

陆判

　　陵阳人朱尔旦，性格豪放，不过他一向有些迟钝，读书虽然很用功，却没有考取什么功名。

　　一天，文社的朋友们一起喝酒。有人对朱尔旦开玩笑说："你不是以豪放闻名吗，如果你能在深夜去那十王殿，背得东廊下面的判官雕像来，大家就凑钱宴请你。"原来，陵阳有座十王殿，供奉着的神像鬼像都是木头雕成，栩栩如生。东廊里摆着一个站立的判官，相貌尤其狰狞凶恶，有人夜里还隐约听到过两廊有审讯拷打声。凡进过十王殿的人都会汗毛竖立，所以大家提出这个要求来为难朱尔旦。朱尔旦听了，笑着起身，直奔十王殿而去。不久，朱尔旦背着判官雕像进来，把雕像往桌子上一放，端起酒杯来，一连向雕像敬了三杯。众人看着判官的模样，吓得哆哆嗦嗦坐不安稳了，忙请朱尔旦再背回去。朱尔旦又把酒祭洒在地上，说："学生粗鲁无礼，大宗师想必不会见怪。我家距此不远，可趁有兴致时来找我喝两杯，千万不要拘于人神有别而见外！"说罢就背着判官雕像离开了。

　　第二天，大家兑现承诺请朱尔旦喝酒。到了天黑，朱尔旦喝得半醉回到家，酒兴正浓，又点上灯，自斟自饮起来。忽然，有人掀门帘走了进来，一看，原来是判官。朱尔旦起身说："想来昨晚冒犯了您，今晚是

　　朱尔旦奇遇陆判官，这是一个幻异故事。其中，陆判官为朱尔旦换心和为其妻子换头的情节奇特诡谲、扣人心弦。朱尔旦死后来到家里生活的场面以及路上教诲儿子赠送佩刀的情景，也寄托了作者对人间美好的希望之情。故事是围绕"扬善惩恶"展开的，陆判作为阴间的权威人物，可以看透阳间的人性善恶，对于善良的人施以善报。《陆判》影响了一代又一代人，让人们始终记得《三国志》中的那句话：勿以善小而不为，勿以恶小而为之。

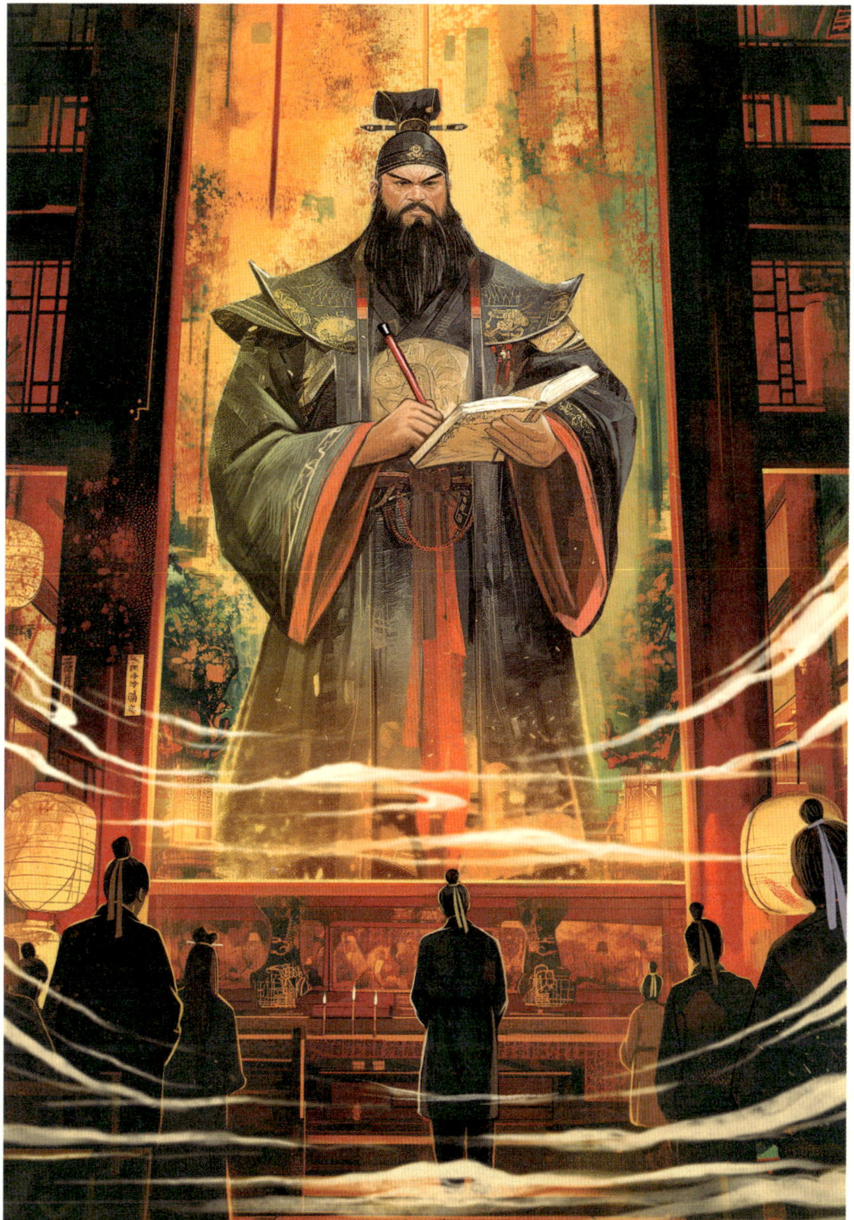

来要我命的吧？"判官微笑着说："蒙你盛情相邀，今晚偶然得闲，特意来赴约。"朱尔旦非常高兴，拉着判官的衣服请他快坐，又跑出去告诉家人置办菜肴、果品。于是，两人你一杯我一盏地对饮起来。吃了一阵酒，朱尔旦这才询问判官的姓名。判官说："我姓陆，没有名字。"朱尔旦与他谈论典籍学问，陆判官对答如流。朱尔旦又问他："懂得现时的八股文吗？"陆判官说："好坏还是分得出来。阴间里读书作文跟阳间大体相同。"陆判官酒量极大，一连喝了十大杯。朱尔旦因为已喝了一整天，不知不觉间就醉倒了，趴在桌子上昏昏睡去。等到醒来，只见残烛昏黄，陆判官已经离开了。

自此以后，两三天陆判官就来一次，两人交情更加融洽，有时同床而睡。朱尔旦拿出自己的文章给他看，陆判官觉得都写得不好，拿起红笔一番批改。

一天晚上，朱尔旦醉了，先睡了，陆判官还在自饮。睡梦中，朱尔旦觉得腹部有点痛，睁眼一看，只见陆判官端坐在床前，剖开他的肚子，掏出肠子，一根一根整理着。朱尔旦惊愕地说："我们无冤无仇，为什么要杀我？"陆判官笑着说："别害怕，我为你换颗聪慧的心。"说完从容地把肠子理好，又把刀

口合上，最后用裹脚布缠绕住朱尔旦的腰。整治完毕，朱尔旦看床上没有一点血迹，肚子上稍微有些麻，又见陆判官把一团肉块放到桌子上，说："这就是你的心。你文思不敏捷，我就知道是心窍被堵塞了。刚才在阴间，从千万颗心中挑选出一颗聪慧心，为你换上了，现在得拿你这颗心去补足缺数。"说完就起身走了。

天明后，朱尔旦解开带子看伤口，创口已经愈合，只有一条红色痕迹还留在那里。从此以后，朱尔旦的文思大为长进。几天后，他又拿自己的文章给陆判官看，陆判官说："可以了。不过你福气薄，不能大富大贵，也就是中个举人吧。"朱尔旦问："什么时候考中？"陆判官说："今年必考第一！"

不久，朱尔旦科试时考中第一名，到了秋季乡试时，果然中了头名举人。朱尔旦便请陆判官到家去喝酒。喝得醉醺醺的时候，朱尔旦说："有一件事想麻烦你，不知可以不？"陆判官请他说。朱尔旦说："心肠既可以换，面目想来也可以换。我的妻子，身子倒还不错，但是面容不太漂亮，还想麻烦你动动刀斧，怎么样？"陆判官笑着说："好吧。让我慢慢想办法。"

过了几天，陆判官半夜来敲门，只见他用衣襟包着个东西，朱尔旦问是什么，陆判官说："你上次嘱咐我的事，一直不好物色。刚才恰巧得到一颗美人头。"朱尔旦拨开他的衣襟一看，那颗脑袋脖子上的血还是湿淋淋的。陆判官催促快去卧室，朱尔旦引他进了卧室，见夫人正侧身睡觉。陆判官把人头交给朱尔旦抱着，自己从靴子中摸出一把雪亮的刀子，按住夫人的脖子，手上用力，像切豆腐一样，夫人的那颗头滚落在枕边。陆判官急忙从朱尔旦怀中取过那颗美人头，安在夫人脖子上，仔细察看是否周正，然后按捺好。又叫朱尔旦把割下的头埋到僻静的地方，然后才离去。

天亮之后，夫人醒来，觉得脖子上微微发麻，拿起镜子照了照，发现自己容貌变化了，惊愕万分，百思不得其解。朱尔旦进来告诉了她换头的事情，然后反复打量妻子，见她长眉延伸到鬓发，腮两边一对酒窝，真是个画里的美人。解开衣领验视，脖子上有一圈红色痕迹，痕迹上下的皮肤颜色截然不同。

在此之前，当地的吴侍御有个女儿，非常漂亮，先后两次订亲，都没等过门丈夫就死了，所以十九岁了还没嫁人。上元节时，吴侍御的女儿去游览十王殿。当时游人杂乱，其中有个无赖，窥见她的容貌，起了坏心思，便暗暗跟踪到她的家，趁夜翻墙进院。吴女发现有坏人进屋，奋力反抗，还大声呼救，无赖发怒，便把她杀了。

吴夫人隐约听到喧闹声，喊丫环去察看，丫环见到尸体，吓得要死。全家人都起来了，把尸体停放在厅堂里，一家人号啕大哭，闹腾了一整夜。第二天黎明，就见尸体的身子还在，头却不见了。吴侍御把凶案告到了郡府，郡守严令限期缉捕凶手，三个月过去了，而凶手仍然没抓到。

渐渐地，有关朱家妻子换头的奇异消息，传到了吴侍御的耳朵里。吴侍御起了疑心，派了一个老妈子去朱家探看。老妈子见了朱夫人的模样，惊骇地跑回来把所见报告给了吴侍御。吴侍御心中惊疑，猜测是朱尔旦用邪术杀了女儿，便亲自去盘问朱尔旦。朱尔旦说："我妻子在睡梦中被换了头，实在不知道是

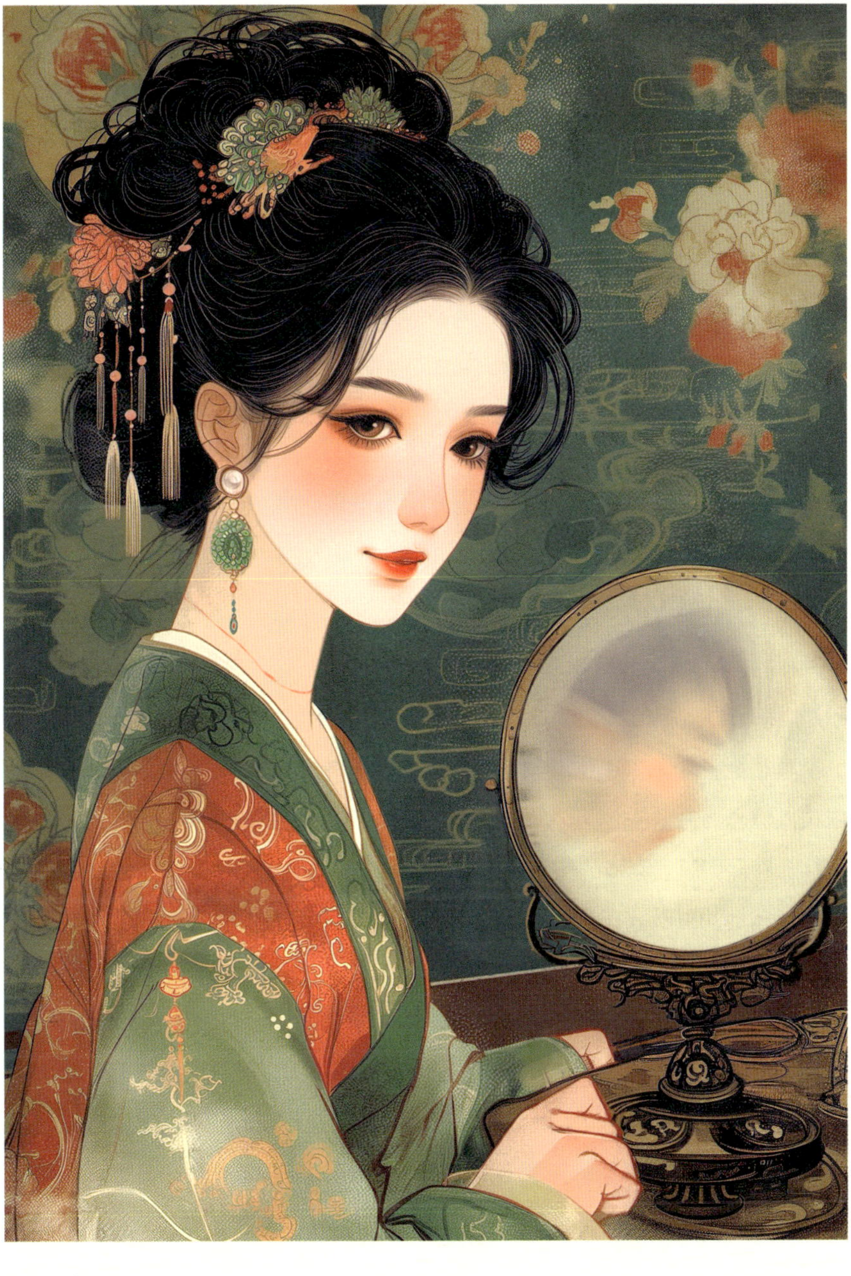

什么原因。说我杀了你女儿，真是冤枉啊！"吴侍御不信。

朱尔旦回家后，向陆判官请教要怎样回应吴侍御。陆判官说："这不难，让他女儿自己说清楚。"吴侍御当晚就梦见女儿，女儿在梦中说："女儿是被苏溪的杨大年所杀害的，与朱尔旦无关。他嫌妻子长得丑，陆判官取女儿的头给朱妻换上了。女儿虽然死了，但头还活着，但愿不要跟朱家为仇。"醒后，吴侍御把梦告诉了夫人，发现夫人也做了同样的梦。于是又告诉了郡守，郡守派人到苏溪查访，果然有个杨大年，抓来拷问，杨大年供认了罪行。吴侍御便去拜访朱尔旦，请求见一下朱夫人。从此，吴侍御与朱尔旦结成了翁婿。之后又把朱夫人的头缝在吴女尸体上埋葬了。

后来，朱尔旦三次进京参加会试，都因为违犯了考场规矩而被黜名。从此，他对科举一途心灰意冷了，这样过了三十年。一天晚上，陆判官说："你的寿命不长了。"朱尔旦询问死的日期，陆判官回答说还有五天。朱尔旦问："还能挽救吗？"陆判官说："一切都是上天所定，人怎能私自改变呢？况且生和死是一样的，何必认为活着就是快乐，死了就是悲哀呢？"朱尔旦认为他说得很对。于是立即置办寿衣棺材，准备后事。五天后，朱尔旦穿着盛装去世了。

葬礼上，朱夫人正扶着灵柩痛哭，朱尔旦忽然飘飘忽忽地从外面进来了。朱夫人惊恐万分，朱尔旦说："我确实是鬼，但与活着的时候没什么两样。因为挂念着你们孤儿寡母，实在是恋恋不舍啊！"夫人伤心大哭，泪满衣襟。朱尔旦深情地劝慰着妻子。夫人说："古时有还魂的说法，你既然有灵，为什么不再生呢？"朱尔旦说："天数不能违背啊！"夫人又问："你在阴间做什么事情呢？"朱尔旦说："陆判官推荐我掌管文书，有官爵，也没什么辛苦的。"妻子还想再说些什么，朱尔旦说："陆公跟我一块来的，可以准备些酒菜饭食。"朱夫人按吩咐去准备，只听见室内饮酒欢笑，高腔大嗓，宛如生前。

从此以后，朱尔旦每过三五天就来一次，有时也留宿温存一番，家里的事务也顺便料理一下。他的儿子朱玮，才五岁，每次朱尔旦来了后，就抱着朱玮逗弄。朱玮长到七八岁时，朱尔旦在灯下教他读书。朱玮也很聪明，九岁能写文章，十五岁考进了县学。以后，朱尔旦来的次数渐渐少了，个把月才来一次。

又一天晚上，朱尔旦对夫人说："现在要和你永别了，天帝任命我为太华卿，要去远方赴任，以后公务繁忙，路途又遥远，所以不能再来了。"妻子和儿子拉着他痛哭。朱尔旦说："不要这样！儿子已长大成人，家境也还过得去，哪里有百年不散的夫妻呢？"又看着儿子说："好好做人，不要荒废了父亲教给你的学业。十年后还能再见一面。"说完，径直出门走了。

后来，朱玮二十五岁时考中了进士，做了官。他奉皇帝命令去祭祀西岳华山，路过华阴的时候，忽然有支打着仪仗的人马，急速冲来，也不回避朱玮的队伍。朱玮十分惊异，细看车中坐着的人，竟是父亲。朱玮下车，哭着跪在路边。父亲停下车子说："你做官的声誉很好，我可以瞑目了。"朱玮跪伏在地上不起来。朱尔旦解下身上的佩刀赠给朱玮，说道："佩上这把刀，可以富贵。"说完，只见朱尔旦的车马仪仗，飘飘忽忽地像风一样，瞬间消失不见了。朱玮抽出佩刀注视，这刀制作极其精细，刀上刻着一行字："胆欲大而心欲小，智欲圆而行欲方。"

朱玮后来做官一直做到司马，生了五个儿子，依次是：朱沉、朱潜、朱沕、朱浑、朱深。一天晚上，朱玮梦见父亲说："佩刀适合赠给朱浑。"朱玮遵从了。后来，朱浑果然官至总宪，很有政声。

在中国传统文化中，幽冥地府的主宰当属阎王。而在阎王之下，天子殿中分设有四大判官。他们的职责是判处人的轮回生死，对坏人进行惩罚，对好人进行奖励。著名的四大判官为：赏善司魏征，负责奖赏生前积德行善的人；罚恶司钟馗，负责惩罚生前作恶的人；察查司陆之道，也就是本文中"陆判"的原型，负责为善者平反昭雪，为冤者伸张正义；阴律司崔珏，手持生死簿和勾魂笔，是四大判官中的头号人物。

婴宁

莒县罗店的王子服,从小失去父亲,母亲非常疼爱他,而他也非常聪明,十四岁就考中了秀才。

有一年,正值上元节这天,他舅舅的儿子吴生,邀请他一起出去赏景。刚到村外,舅舅家里的仆人把吴生叫回去了。王子服看见游玩的女子很多,就乘兴独自游逛。这时王子服看见一个女子,手里拈着一枝梅花,容貌绝世,笑容满面。王子服目不转睛地看着,竟然忘记了男女间的避讳。女子回头对身边的婢女说:"这小伙子两眼灼灼发光,像个贼!"说完将梅花丢在地上,笑着径自走了。王子服捡起那枝梅花,心里十分怅惘,像丢了魂似的,闷闷不乐地回家了。

到了家里,王子服把梅花藏在枕头底下,躺下就睡,不说话也不吃东西。王子服的母亲很是担忧,请人设坛驱邪,王子服的病情却更重了,身体很快消瘦下去。请了医生来为他诊治,也没有效果。母亲抚摸着他询问得病的缘由,他沉默不答。刚好吴生来了,王母嘱咐他私下问问。吴生到了床前,王子服一见他就流下了眼泪。吴生坐在床边安慰劝解,慢慢询问得病的原因。王子服把实情都告诉了吴生,并恳求他想办法。吴生笑着说:"你实在太傻了,这个愿望有什么难实现呢?我替你去查问。那姑娘徒步在户外游玩,

婴宁是一个爱花、爱笑以及纯真得近乎痴憨的女子。她不懂人情世故,亦无礼教顾忌,这一切在妇女备受礼教纲常禁锢的封建社会显得格格不入。而在原著中,她惩治西邻之子后,被婆婆一番封建礼教的训诫,婴宁"矢不复笑",天真烂漫的理想性格消失了。这样性格的悲剧不免使读者惋惜,却符合严酷的生活规律,是当时礼教束缚下的必然结果。作者通过这一形象,表达了对这些糟粕文化禁锢女子天性的批判。

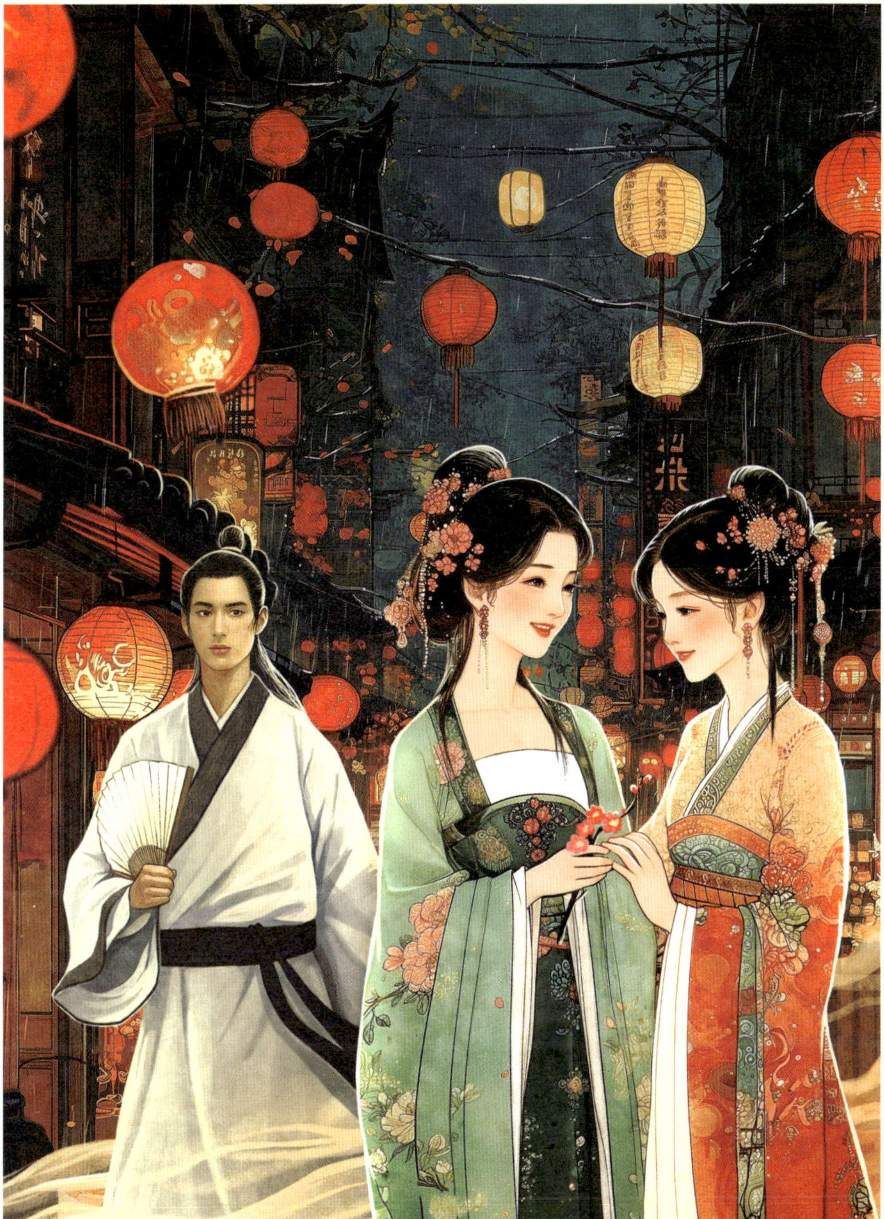

必定不是大户人家的女儿。如果她还没有许配人家，事情就好办了。就算定了亲，拼着多给些彩礼，估计也一定会如愿。这事包在我身上。"王子服听了，不觉露出了笑容。吴生出来告诉王母，让她寻访那女子的住处。然而，到处都访查过了，没有一点线索，王母十分发愁，又想不出什么办法。然而自从吴生走后，王子服变得开朗，也能吃些东西了。

过了几天，吴生又来了。王子服问他打探得怎样了。吴生为了王子服的病情，只好骗他说："已经打听到了。我以为是谁呢，原来是我姑姑的女儿，也就是你的姨表妹，虽然表亲之间通婚有点不宜，实情告诉他们，没有不成的。"王子服高兴得眉开眼笑，问道："她住在哪里？"吴生随口瞎编道："在西南山里，离这里大约有三十里。"王子服又再三地嘱托他去提亲，吴生向他打包票，这事由他负责，于是就走了。

王子服从此饮食逐渐增加，身体一天天恢复。看看枕头底下，梅花虽然枯萎了，花瓣还未脱落。凝神遐想，玩赏梅花，有如见到那个姑娘。时间一天天过去，王子服埋怨吴生不来，写信去邀请他。吴生支吾推托不肯应邀前来。王子服有

些恼怒，闷闷不乐。吴生一直没有音信，王子服想想三十里路不算远，何必非得依赖别人呢？他把梅花揣在衣袖里，决定自己前去寻访，而家里人并不知情。

王子服孤零零地一个人行走着，没有人可以问路，只是朝着南山走去。大约走了三十多里，群山叠嶂，葱翠爽人，远远望见山谷底下，繁花乱树掩映之中，隐隐约约有个小村落。下山进了村子，看见房舍不多，都是草房，然而意境很是雅致。北面有一户人家，门前是丝丝垂柳，墙内的桃花和杏花格外繁盛，中间还夹杂着高高的翠竹，野鸟在里面啾啾啼鸣。想必是人家的花园，王子服不敢贸然进去。回头看对面的人家，有块巨大的石头，光滑洁净，就坐在上面休息。

一会儿，听到墙内有拉长的声音在呼唤"小荣"，声音娇嫩柔细。正站着静听，一个女子由东向西走来，手拿一朵杏花，低着头往发髻上戴。抬头看见王子服，就不再插花了，微笑着，捏着花进门去了。王子服仔细一看，正是上元节路上遇见的姑娘，心里顿时高兴起来，但想到没有理由进门去，想要呼唤姨妈，又顾虑到从来没有来往，怕弄错了。大门内也没有人可以询问。他坐也不是，站也不是，心神不定地走来走去，眼巴巴地向里面张望着，连饥渴都忘记了。

门里，不时看见那个女子露出半边脸来偷看，似乎惊讶王子服怎么久久不离去。忽然一个老妇人拄着拐杖走出来，看着王子服说："哪来的小伙子？"王子服连忙起来给她行礼，回答说："我是来探望亲戚的。"老妇人耳聋没有听清。王子服又大声说了一遍。老妇人就问他："你的亲戚姓什么？"王子服答不上来。老妇人笑着说："奇怪啊！姓名都不知道，还探望什么亲戚？我看你也是个书呆子，不如跟我来，吃点粗米饭，家里有张小床可以睡觉，等到明天早上回去，问明白了姓名，再来探访也不晚。"王子服正肚子饿着，又想到可以接近那个美丽的女子，非常高兴。

跟着老妇人进去后，只见门内白石铺路，路两边都是红花，片片花瓣飘落在石阶上。曲曲折折地向西行走，又打开一道门，豆棚花架布满庭院。进到屋里，粉刷的墙壁干净明亮，窗外的海棠连枝带花探进屋来，床上的铺盖及桌椅家具，没有一样不是干净整洁的。

刚坐下，就有人从窗外隐隐约约地偷看。老妇人喊道："小荣，快点做饭。"外面有个婢女尖声答应。坐定以后，王子服详细地说了自己的家世、门第。老妇人问："你外祖父家，莫非是姓吴吗？"王子服说："是的。"老妇人吃惊地说：

"你是我的外甥啊！你的母亲，是我妹子。近年来因为家境贫寒，又没有男孩子，以致音讯往来都断了。外甥长得这么大了，还不认识呢。"王子服说："这次来就是专门为看姨妈，匆忙中把姨妈的姓氏都忘了。"老妇人说："老身姓秦，并没有生育孩子，只有一个女儿，也是小老婆生的，她生母改嫁了，留给我抚养，人倒是不蠢，只是缺少管教，整天嘻嘻哈哈不知忧愁。待一会儿，让她来拜认你。"

不多时，婢女准备好饭菜，王子服和老妇人吃过饭，老妇人说："去叫宁姑来。"婢女答应着走了。

好一阵儿，听得门外隐约传来笑声。老妇人又喊道："婴宁，你的姨表兄在这里。"门外嗤嗤地笑个不停。婢女推她进屋来，还掩着嘴，笑得无法抑制。老妇人瞪了一眼说："有客人在，嘻嘻哈哈的，像个什么样子。"婴宁强忍着笑站在那里，王子服向她作了个揖。老妇人说："这是王郎，你姨妈的儿子。一家人互相还不认识，可真是笑煞人了。"王子服问："妹妹年龄多大了？"老妇人没听清楚，王子服又说了一遍。婴宁大笑起来，笑得头都抬不起来了。

老妇人对王子服说："你看，我就说她缺少管教，年纪已十六岁了，呆呆痴痴的还像个小孩子。"王子服说："小外甥一岁。"老妇人说："外甥已经十七岁了，莫不是庚午年出生，属马的吗？"王子服点头回应。老妇人又问："外甥媳妇是谁呀？"王子服回答说："还没订亲。"老妇人说："像外甥这样的才学相貌，怎么十七岁还没订亲呢？婴宁也还没有婆家，你俩倒是很般配。可惜有表亲这层的顾忌。"王子服没有说话，两眼只是注视着婴宁，顾不得看别的。婢女向婴宁小声地说："眼光灼灼的，贼性还没改。"婴宁又大笑起来，回头对婢女说："看看桃花开了没有？"说完急忙站起来，用衣袖遮着嘴，迈着细碎小步出去了。到了门外，笑声才放纵出来。

老妇人也是一脸无奈，只好叫婢女铺好被褥，为王子服安排休息的地方。又说："外甥来一趟不容易，应该留下来住个三五天，迟些日子再送你回去。

要是嫌这里寂寞沉闷，屋后有个小园子，可以去消闲解闷，也有书可以看。"

第二天，王子服来到屋后，果然有个半亩大的园子，细草柔软如同铺着一层毡子，杨柳的花絮散落在小路，园内有三间草房，花木环绕着四周。王子服穿行在花丛中，忽然听到树上簌簌作响，抬头一看，原来是婴宁在树上。看见王子服，婴宁狂笑起来，差点掉下来。王子服说："别这样，摔下来了。"婴宁一边下树，一边笑着，想止也止不住。快要落地时，一个失手掉了下来，笑声才停住。王子服扶住她，偷偷地捏了捏她的手腕。婴宁又笑起来，笑得倚靠着树身直不起腰来，过了很久才结束。

王子服等她笑声停了，就拿出衣袖里的梅花给她看。婴宁接过花说："已经枯萎了。怎么还留着？"王子服说："这是上元节时妹妹扔下的。"婴宁问："保存它干什么？"王子服说："用来表达我对妹妹的爱不能忘啊。自从上元节遇见你，苦苦思念以致得了病，本来以为是活不成了，没想到还能够见到妹妹，这是老天可怜我啊。"婴宁说："这才多大的事啊，等表哥回去的时候，园子里的花，一定叫老仆人来，折一大捆送给你。"王子服郁闷道："妹妹傻吗？"婴宁道："怎么是傻呢？"王子服说："我不是爱花，是爱拿着花的人啊。"婴宁说："亲戚之间自然有情，这爱还用得着说吗？"王子服说："我所说的爱，不是亲戚之间的爱，而是夫妻间的爱。"婴宁纳闷道："有什么不一样呢？"王子服说："夜里要同床共枕的。"婴宁低着头沉思了很久，说："我不习惯和陌生人睡觉。"话没说完，婢女已悄不声地来了，王子服尴尬地溜走了。

一会儿，在老妇人的房间里又会面了。老妇人问："到哪里去了？"婴宁回答说在园子里与大哥说话。老妇人说："饭熟了很久了，有什么长话，啰啰嗦嗦地说个没完。"婴宁说："哥哥要和我同床共枕。"王子服非常窘羞，急忙用眼瞪她。婴宁微笑着，不说了。幸亏老妇人没听清，还絮絮叨叨地追问着。王子服急忙用其他的话掩饰过去，然后小声地责备她。婴宁问："刚才这话不应该说吗？"王子服说："这是背着别人说的话。"婴宁说："睡觉也是平常事，何必隐瞒呢？"王子服遗憾地叹了口气，没办法让她明白。

刚吃完饭，外面有人牵着两头驴子来找王子服。原来，王母等了王子服很久也不见回家，村子里几乎都找遍了，竟然没踪迹，于是去向吴生打听。吴生想起以前说过的话，就教往西南山方向去寻找。寻找了好几个村子，才来到这里。王子服出门，正好遇上他们，便进去告诉老妇人，并且请求带着婴宁一块回去。老妇人高兴地说："我这把老骨头不能走远路，幸有外甥带妹子去认姨妈，实在太好了。"就呼唤婴宁。婴宁笑着来了。老妇人说："有什么可高兴的，笑个不停？要能不笑，就是完美的人了。"于是瞪了她一眼，接着说："大哥要带你一起回去，快去整理打扮一下。"

招待王家的人吃过酒饭，老妇人才送他们出门，对婴宁说："姨妈家田产丰裕，能养得起吃闲饭的人，你到了那里暂时不忙回来，稍微学一点诗书礼仪，将来好侍奉公婆，也麻烦姨妈替你找一个好夫婿。"说完两人就启程了。走到山坳，回头还依稀看见老妇人倚着门向北眺望。

回到家里，王母看到儿子带着这么漂亮的姑娘回来，惊奇地问是谁。王子服说是姨母的女儿。王母说："先前吴郎和你说的，是假话呀。我没有姐姐，哪里来的外甥女？"王母又问婴宁，婴宁回答说："我不是这个母亲生的。父亲姓秦，去世的时候，我还在襁褓里，还不能记事。"王母说："我有一个姐姐确实嫁到秦家，可是她过世很久了。"于是详细地询问婴宁母亲脸型、皮肤痣疣特点，都一一符合姐姐的特点。王母又疑惑地说："是这模样，可是死去已经多年了，怎么可能还活着呢？"

正疑虑的时候，吴生来了，婴宁躲进内屋去。吴生问清了缘故，疑惑不解了很长时间，忽然问道："这女子名叫婴宁吗？"王子服说是。吴生连叫怪事。问他是怎么知道的，吴生说："秦家姑母去世后，姑丈一人过活，被狐狸迷住，害虚症死了。狐狸生了个女儿名叫婴宁，包在襁褓里，家里人都见到过。姑丈去世后，狐狸还常常来。后来求得天师符贴在墙壁上，狐狸就带着女儿走了。莫非就是这个女子吗？"大家彼此猜测议论着。只听见内屋里传来婴宁哧哧的笑声。王母说："这女孩子也太憨傻了。"

吴生请求见见她。王母走进屋去，婴宁仍旧酣笑着不管不顾。王母催促她出来，婴宁面向墙壁好一会儿，才极力忍住笑出来。才刚行了一个拜礼，转身入屋里，又放声大笑起来。满屋子的人，都被她逗得笑了。吴生提出到山里去探查有什么怪异之处，顺便也好做媒提亲。找到那个村庄的所在地，发现房屋

全都没有了,只有山花飘零掉落满地。吴生回忆姑母埋葬的地方,好像就在不远处,可是坟墓已经湮没了,无法辨认,只好叹息着返回了。

王母怜惜婴宁无家可归,婴宁却没有悲伤的神情,只是一味憨笑罢了。王母令她与小女儿一块住。每天天刚蒙蒙亮,婴宁就过来请安问好,做起针线活,精巧得没有人能比上。只是爱笑,怎么禁止也止不住,不过笑起来很好看,狂笑也很娇媚,人们都很喜欢她。邻居的女眷们,争着和她结交亲近。

王母选择了吉日良辰准备为王子服和婴宁举办婚礼,但始终害怕婴宁是鬼,几次偷偷在太阳光下窥看,发现婴宁的身形与影子同常人没有什么两样,慢慢就放心了。到了婚礼那天,让她穿上盛装行新婚媳妇的礼,因为笑得厉害,直不起腰来行礼,只好作罢。

之后,每逢王母忧愁发怒,婴宁到了,一笑就化解了。仆人婢女犯了小过错,害怕遭到责罚,就求婴宁先去和王母说话,自己再进去认错,常常能得到赦免。婴宁爱花成了癖好,寻找各种花遍及亲戚朋友家;又偷偷典当了金钗首饰,购买优良品种。几个月后,台阶前、墙根下、篱笆旁、厕所边,没有一处不栽满了花卉。

过了一年,婴宁生了个儿子。这孩子不怕陌生人,见人就笑,也很有他母亲那种风度。

上元节,即元宵节,又称小正月、元夕或灯节,时间为每年农历正月十五。在中国古代,元宵节是一个充满浪漫色彩的节日。平日里足不出户的女子可在这一天出门赏灯,元宵节为青年男女提供了相遇的机会,为人们创造了传情达意的场合,也是古代的"情人节"。

聂小倩

　　浙江人宁采臣，为人慷慨豪爽，品行端正且洁身自好。他经常对人说："我这辈子不会爱上第二个女子。"有一次，他到金华游学，走到了北城门外，卸下行装，在一座寺庙里落脚歇息。寺中殿塔壮丽，但是蒿草茂盛，好像很久没有人来过了。东西两旁的房门都虚掩着，只有南边的房子，门锁像是新的。佛殿东边的角落竹子修长，台阶下巨大的池子里野荷花已经开了半池。宁采臣很喜欢这里幽静的环境，打算就在寺里住宿。

　　傍晚，有个书生打开了南边小屋的门。宁采臣过去行礼，并告知了借宿的想法。书生说："这里没有房主，我也是借宿的。你愿意住在这种地方，对我

也算是个陪伴。"宁采臣很高兴，当下选了书生旁边的一间房，铺下枯草当作床，支起木板当作桌子。

　　书生介绍自己叫燕赤霞，是秦地人。燕赤霞朴素而真诚，宁采臣很喜欢，于是两人在佛殿走廊上促膝而谈，直到深夜，才各自回去睡觉。

　　回到自己房里，宁采臣很久都没有睡着，忽然听到房子北边有动静，便起来偷看。只见短墙外有个小院子，一个四十多岁的妇人和一个老态龙钟的老妇在月下聊天。妇人说："小倩为什么这么久还不来？"老妇说："大概快到了吧。"妇人说："跟姥姥说过什么怨言吗？"老妇说："没听过，但流露过闷闷不乐的神态。"妇人说："就不应该好好待她！"话没说完，一

　　《聊斋志异》中的女鬼们总是喜欢书生，因为书生通常具有较高的文化素养和丰富的情感世界，他们能够理解女鬼的内心感受，与女鬼产生情感共鸣。女鬼在人间孤独寂寞，渴望得到理解和关爱，而书生正好满足了她们的需求。另外，书生在古代科举社会中往往命运多舛，前途未卜。女鬼可以通过帮助书生改变命运，实现自己的价值。

　　此外，《聊斋志异》是一部反映社会现实的作品，女鬼找书生也反映了封建社会的礼教制度对女性的束缚，使得女性在现实生活中无法得到自由和幸福。女鬼通过与书生的交往，表达了对自由和幸福的向往。

个十七八岁的女子来了，长得艳丽绝伦。老妇笑着说："我们两个正在谈论你呢，就悄悄回来了，毫无声响。幸好没有说你的坏话。"宁采臣以为她们是邻居的家眷，就去睡了。

刚要睡着，突然有人进了卧室。宁采臣赶紧起来，原来是北院的那个年轻女子。宁采臣吃惊地问她来意，女子笑着说："月明之夜，睡不着觉，想和您聊聊天。"宁采臣义正词严地拒绝道："孤男寡女同处一室，你要防备他人的闲话，我也怕别人的流言蜚语。稍微一失足，就会道德沦丧。"女子说："晚上没有人知道。"宁采臣再次斥责。女子还在纠缠。宁采臣道："快走！否则，我就叫醒旁边房间的书生。"女子终于害怕，退了出去。到了门外又返回来，拿了一锭黄金放在宁采臣被褥上。宁采臣拿起黄金扔到了屋外的台阶上，说："不义之财，玷污了我的行李！"女子惭愧地走了出去。

第二天一早，有个兰溪的书生带着一个仆人来到寺里，借住在东厢房，到了晚上却突然死了。只发现尸体的脚心有个小孔，就像锥子刺的，细细地有血渗出来，大家都不知道是什么缘故。又过了一夜，那个兰溪书生的仆人也死了，症状也是那样。

傍晚，燕赤霞回来了，宁采臣向他询问此事，燕赤霞认为是鬼魅作祟。宁采臣向来正直，也没放在心上。

然而，半夜时分，那天晚上出现的女子又来了，并对宁采臣说："我见过的人多了，没有一个像你这样正直无私的，你真是圣贤，我不敢欺骗你。我叫聂小倩，十八岁时死了，埋在寺庙旁边，被妖怪威胁，厚着脸皮伺候人，干各种不堪的事情。今天寺里没有可以杀的人了，恐怕那怪物会派夜叉来害你。"宁采臣非常震惊，急忙向她寻求计策。聂小倩说："你和姓燕的书生住在一个屋里就能幸免。"宁采臣问："你为什么不迷惑燕赤霞？"聂小倩说："他身怀异能，我不敢接近他。"宁采臣向她道谢。临别时，聂小倩说："我堕落在黑暗的苦海，想寻求彼岸，却找不到。你一身正气，能不能收敛我的尸骨，安葬安宁的地方？"宁采臣毫不犹豫地答应了，并问她现葬在哪里。聂小倩说："寺庙北边的乱葬岗，你只要记着，白杨树上有乌鸦窝的那个坟墓就是。"说完她化作一阵轻烟，飘渺而去。

　　第二天，宁采臣早早地准备了酒菜，邀请燕赤霞过来。后来又商量一起过夜，燕赤霞以生性孤僻，喜欢清静为由婉拒。宁采臣不听，强行搬到燕赤霞的房里。燕赤霞无奈，只好随他，并嘱咐说："我敬你是个大丈夫，不过我有隐衷，一下子难以说清楚，你千万不要翻看我箱子里的东西，否则对咱俩都不利。"宁采臣恭敬地答应了。不久，各自睡觉。燕赤霞把箱子放在窗台上，倒在枕头上一会就鼾声如雷。宁采臣却睡不着了。

　　大约一更天，窗外隐约有人影出现。宁采臣很害怕，正要叫醒燕赤霞，忽然有个东西从箱子里飞出来，像条白布，击断了窗户上的石棂，白光一闪即逝，如同闪电。燕赤霞警觉地起身，宁采臣装作睡着了，眼睛睁开一条缝，偷偷地观看。只见燕赤霞捧着箱子检查，取出一件东西，对着月光仔细端详、嗅闻。那物品长约二寸，晶莹剔透，宽度如韭菜叶。查看过后，又层层包裹，仍然放在破箱子里，还自言自语地说："究竟是何方妖物，竟敢如此大胆，损坏我的箱子。"说罢，准备继续休息。宁采臣非常惊讶，就起身问他，并把看到的都告诉了他。燕赤霞说："既然你我相知，那就不再隐瞒。我是个剑客，要不是那个石棂阻挡，妖怪当场就被杀死了，不过这次它也受伤了。"宁采臣问："箱子里是什么宝物？"燕赤霞说："一把剑。刚才闻了闻，上面有妖气。"宁采臣想要看一下。燕赤霞慷慨地拿出来让他看，是一把荧荧发亮的小剑。从此，宁采臣更加敬佩燕赤霞。

第二天，宁采臣发现窗外有血迹。于是来到寺庙北边，看见荒坟累累，果然有座坟旁边有棵白杨树，乌鸦在树顶上筑了个窝。

宁采臣心中打定主意，整理行装准备回家。燕赤霞设宴为他饯行，还情深意重地赠予他一个破皮袋，说："这是剑袋。好好收藏它，可以助你远离鬼魅。"宁采臣想跟他学习法术。燕赤霞说："像你这样刚直的人，倒是可以学，但你终究是富贵中人，不是我们这道上的人。"别过燕赤霞后，宁采臣挖出聂小倩的尸骨，用衣物包裹上，租了一条船就回家了。

宁采臣的家靠近郊野，便将聂小倩的尸骨葬在住所附近。埋葬完毕后，宁采臣端着一杯酒祭奠道："可怜你的孤魂，埋在我的房边，你的歌声哭声我都能听到，但愿你不被恶鬼欺凌。一杯薄酒不要嫌弃！"祭奠完正准备回去，身后有人叫他，说："等一下，咱们同行！"回头一看，原来是聂小倩。聂小倩欢喜地道谢："你讲信用、有义气，我死十次也难以报答。请让我跟你回去，拜见公公婆婆，当婢妾丫环我也无怨无悔。"宁采臣仔细打量她，发现聂小倩肌肤红润像流霞辉映，端庄的容貌娇艳无比。

于是，宁采臣与她一起回家。嘱咐她在外间稍坐一会儿，宁采臣先进里屋去告诉母亲。母亲感到吃惊。当时宁采臣的妻子长期生病卧床，母亲叫宁采臣不要对妻子说，恐怕吓着她。刚一说完，聂小倩就轻盈地走进屋，跪在地上。宁采臣说："这就是小倩。"宁母惊恐地看着小倩，不知所措。聂小倩对宁母说："我飘零孤苦一人，远离父母兄弟，承蒙公子大恩，我愿意做奴仆，以报答他的恩情。"宁母发现她温柔秀美，讨人喜欢，才小心地说道："小娘子肯照顾我儿子，我自然欢喜。但是我此生只有这一个儿子，还要靠他传宗接代，不敢让他娶鬼为妾。"聂小倩说："我是九泉之下的人，既然不能被老母亲信任，请让我把他当哥哥对待，陪着您，早晚侍奉您，怎么样？"宁母可怜她一片诚心，就答应了。聂小倩当即想去拜见嫂子。宁母推辞说她有病不宜见，这才没去。聂小倩立即下到厨房，替宁母做饭，在家里出出进进，好像久住的人一样熟悉。

天黑以后，聂小倩经过宁采臣的房间时想进去，又退了回来，徘徊在房外，好像惧怕什么东西。宁采臣招呼她进来。聂小倩说："屋里有剑气使人害怕。之前在路上不敢现身见你，就是因为这个缘故。"宁采臣想到是因为那个皮袋子，就取出来挂到别的屋里。聂小倩这才进去，靠近烛台坐下，也不说话。又过了很长时间，聂小倩问道："晚上读书吗？我小时候诵读过《楞严经》，现在已经忘了大半。请借我一卷，遇到不懂的地方，还请哥哥指正。"宁采臣答应了。聂小倩又坐着默默不语，二更鼓响完，还不说要走。宁采臣催促她回去休

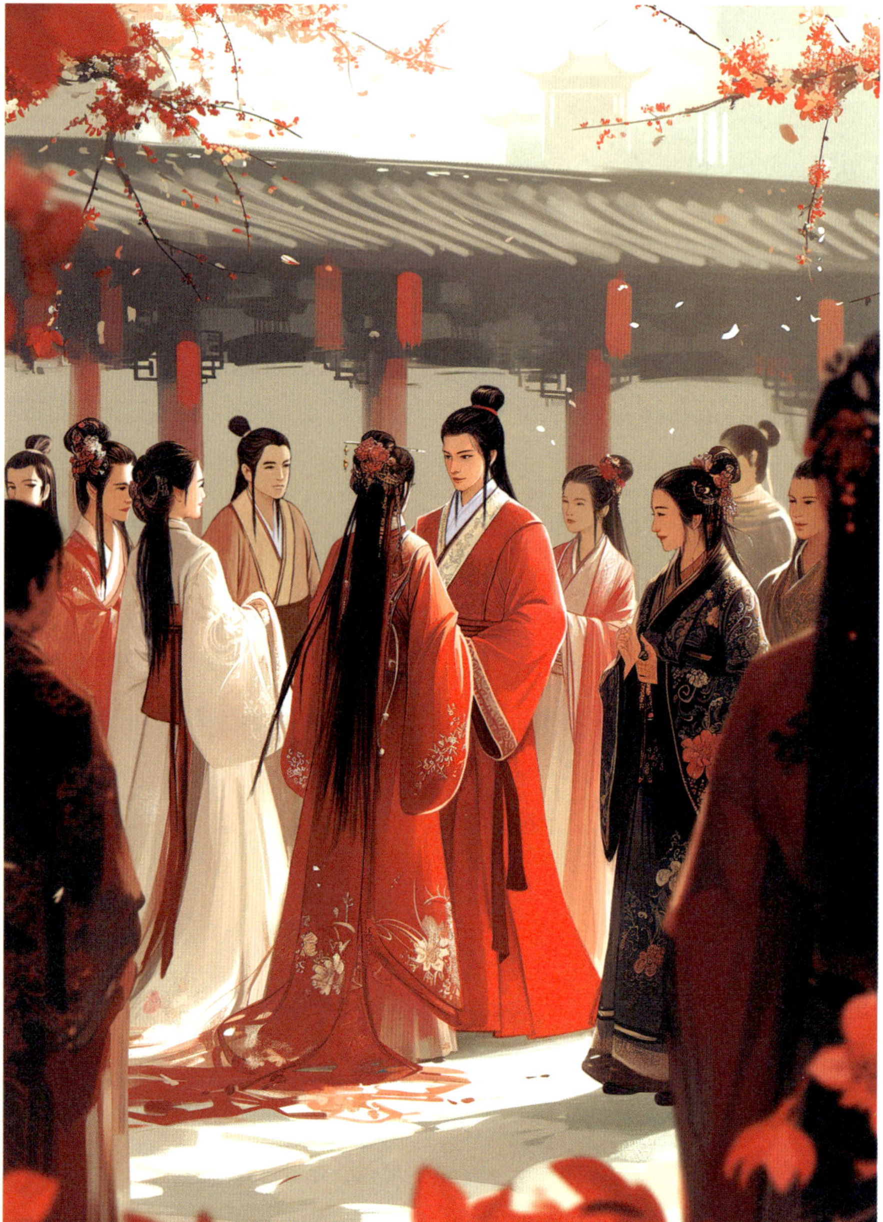

息,聂小倩忧愁地说:"身为异乡的孤魂,真是害怕那荒凉的墓穴。"宁采臣说:"兄妹之间也要避嫌的。"小倩这才起身,眉头紧锁,缓缓走出房间。宁采臣暗自可怜她。次日清晨,聂小倩早早就来拜见宁母,端盆递水,伺候洗漱,下厨做饭,没有一件是不顺承宁母心意的。黄昏时分,便行告退,来到书房,靠近烛光,诵念佛经。觉得宁采臣要睡觉了,她才伤悲地离去。

以前,宁采臣的妻子重病什么事都不能干,宁母劳苦不堪,自从有了聂小倩的帮助,安逸轻松极了,内心非常感激她。日子久了,两人越发亲近,宁母把她当亲生女儿一样疼爱,竟忘了她是个鬼,晚上不忍心再让她走,留她和自己同睡同起。聂小倩刚来的时候不吃不喝,半年后慢慢能喝点稀粥了。母子二人都宠爱她。

不久,宁采臣的妻子去世。宁母私下里想让宁采臣娶小倩,便与儿子商量。宁采臣也高兴,于是大摆宴席,遍告亲戚朋友。有人请求见一下新媳妇,小倩爽快答应,华丽动人地出来,满堂宾客都瞪大了眼睛,没人怀疑她是鬼,倒怀疑她是神仙。

此后数年,宁采臣考中进士,聂小倩为他生了一个男孩。儿子长大后做了官,为官声誉很好。

文中宁采臣离开时,燕赤霞摆酒宴为其饯行。饯行,意思原是祭路神,后指亲朋好友欲远行,置办酒席,为其送行,以表示祝福和惜别。饯行这一习俗,有着悠久的历史,西周初年就出现了。古时候,除饮酒饯别外,人们在分别时的习俗还有很多,如折柳相送、击鼓传情、长亭短亭相送、赠送平安扣、吟诗赋别等。这些传统习俗既体现了人们对亲友的深情厚谊,也凝聚着中华民族深厚的文化底蕴。

丁前溪

诸城人丁前溪，家中比较富裕，平时喜欢仗义疏财，爱打抱不平，非常钦佩古代的侠客郭解。有一次官府察访他，丁前溪就逃跑到外地躲避。

到了安丘这个地方，遇上下雨，丁前溪只好到一户人家家中避雨。这家少年用丰盛的饭菜招待他。雨一直下个不停，天黑了，丁前溪只好在少年家过夜。少年又用铡刀铡了一些碎草拌着豆料喂他的马，照料周到。丁前溪问他的姓名，少年说："主人姓杨，我是他的内侄。主人喜好交往，碰巧出去了，家里只有他的娘子在，家中贫穷不能厚待客人，希望多多包涵。"丁前溪又问这家主人的职业，才得知这家并没有什么产业，每天靠开设赌场的少量收入维持生计。

第二天，雨还是没有停，丁前溪还是走不了，但少年供给饭食，毫无怠

慢。到了傍晚，少年又来铡饲草。丁前溪看到草料很湿，而且长短不齐，觉得奇怪。少年说："实话告诉您吧，因为家里贫穷，已经没有什么可以喂马了，这是刚才婶娘从屋上撤下的茅草。"丁前溪觉得这太夸张了，估计最后会借此向他要钱。第三天天亮后，雨终于停了。丁前溪在走前付给少年银子，少年不接受。丁前溪强塞给他，少年则拿着银子进了屋，一会儿出来，仍把银子返还给丁前溪，还说："婶娘说了，我们不是靠这个来赚钱的。主人在外吃住行走，常常好几天不带一分钱，现在有客人来到我家，怎能索要报酬呢？"丁前溪赞叹后辞别，嘱咐说："我是诸城的丁前溪，主人回来后，请转告他，闲暇时请到我家一聚。"说罢告辞而去。一别之后，数年没有音信。

《聊斋志异》全书五百篇，主要分为三种类型：一种以爱情为主，一种是抨击科举制度，另一种揭露统治阶级的残暴。

本文是少有的不在此三种之列的一篇。它以短小精悍的篇幅，描写了"受人滴水之恩，当涌泉相报"的故事。

杨某和妻子贫穷却不吝啬，尽自己最大的努力招待客人，施恩不图报。丁前溪仗义疏财，有古代侠客的遗风，受恩不忘报。

本文情节简单，却寓意深远，至今被人们传颂。

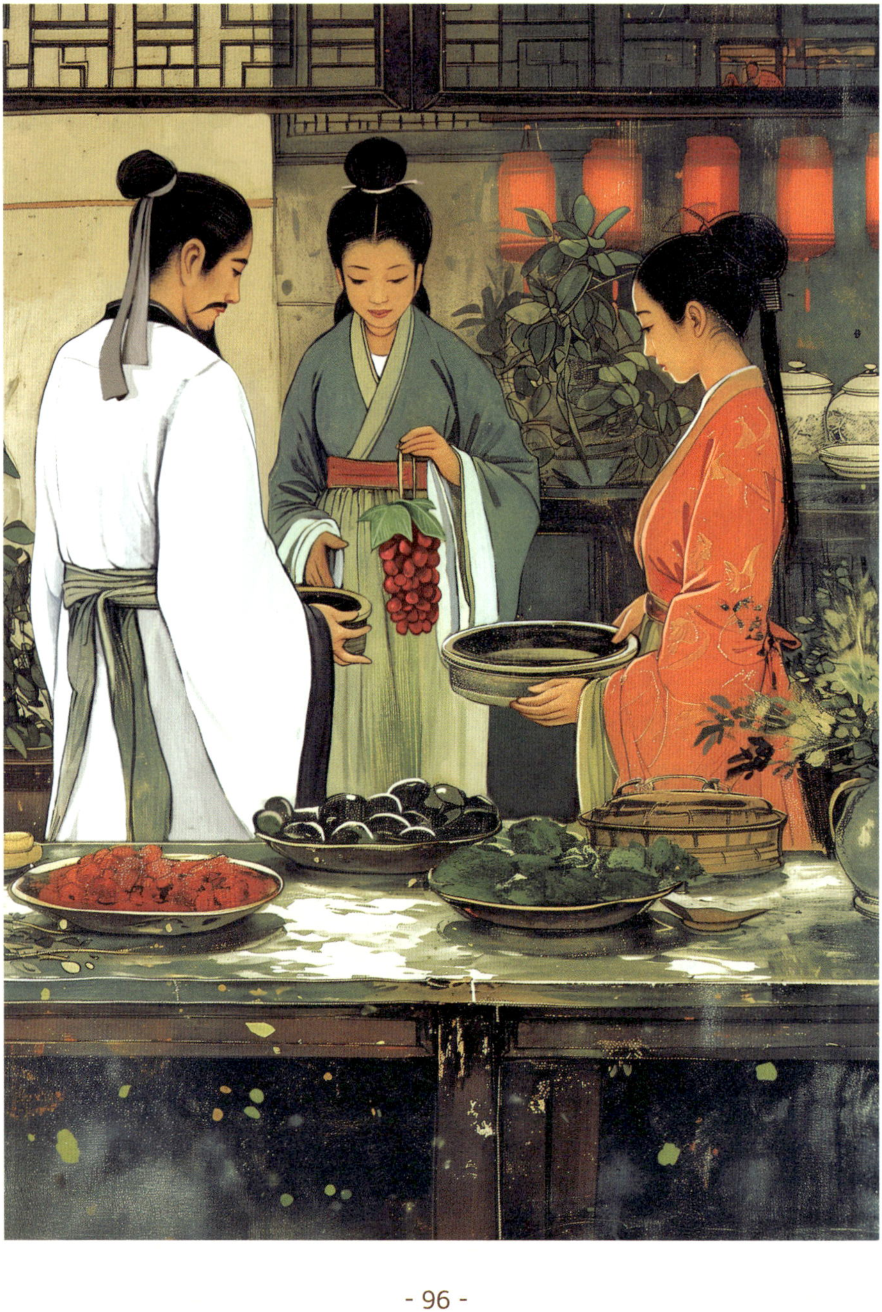

直到有一年闹饥荒,杨家穷困到极点,没法生活了。妻子多次劝丈夫去拜访丁前溪,杨某答应了。到了诸城,通报姓名给看门的人,丁前溪茫然间想不起这个人是谁。杨某再三向看门人说明,丁前溪才恍然大悟,急忙跑出门来迎接。丁前溪见杨某衣着破烂,鞋子露着脚后跟,便请他到暖房内,设宴款待,礼仪隆重,非同寻常。次日,丁前溪又为杨某赶制衣帽,杨某穿着,心里都暖乎乎的。杨某认为他很讲义气,然而一想到家中断炊的情形,便满脸忧愁。

住了几天,杨某见丁前溪一直没有打发他回家的意思,心里甚是着急,告诉丁前溪说:"考虑再三,不敢隐瞒了。我来时,家中米不满升。如今你盛情招待我,我当然高兴,可我的老婆孩子怎么办呢?"丁前溪说:"这些事不用忧虑,我已替你办妥了,请宽心再住几天。"又住了几天,丁前溪这才打发杨某一百两银子,派人驾车送杨某回家。

杨某回到家中,见到妻子衣服鞋子光鲜齐整,还有丫环伺候。他吃惊地询问,妻子说:"你走后的第二天就有人赶着大车送来了布匹、粮食、蔬果,堆了满满一屋,说是丁客人赠送的,另外还带来一个丫环,供我使唤。"杨某激动得不能自已。从此家中过上了小康生活,不屑于设赌旧业了。

夏朝时期,中国最早的赌博形式——一种名为"六博"的棋类游戏被人们开发出来了。到了战国时期,人们开始利用动物来进行赌博,我们所熟知的"田忌赛马"就来自齐国当时流行的赌马。到了唐宋时期,第一次将"赌"和"博"结合在一起,"赌博"这个词就这样诞生了。明清时期,牌类的赌博活动开始流行起来,麻将出现。但是,赌博会造成恶劣的影响,扰乱正常的社会秩序,因此在当代,赌博是社会的一大公害,是被明令禁止的。

司文郎

　　山西平阳府的王平子，去顺天府参加乡试，租住在报国寺。寺里有个浙江余杭县的考生，比他先到，王平子就住他隔壁，便选了一天递上名帖前去拜望。可这余杭县的考生并未回访，平时在寺里遇到，也不搭理王平子。王平子觉得他狂妄傲慢，便不再和他来往。

　　这一天，有个身穿白衣头戴白帽的年轻人来报国寺游玩，他上前与王平子闲聊几句，言语精妙又不失趣味。王平子对他颇有好感，问起籍贯，那人道："在下乃山东登州府人，姓宋。"王平子吩咐下人搬来椅子，两人相谈甚欢。余杭县的那名考生正巧打此经过，王平子和宋生二人便起身让座，这余杭考生竟

然在上首坐了，毫无谦让之意，又很无礼地问宋生："你也是来乡试的？"宋生道："不是，在下才疏学浅，早就没有求取功名的志向了。"余杭考生又问："你是哪个省来的？"宋生报上自己籍贯。余杭考生道："不求功名，可见你还算是明白人。山东、山西这两省哪出过读书人。"宋生道："北方的读书人的确不多，但这不会读书的不一定就包括在下；南方的读书人确实不少，可这会读书的也不一定包括阁下。"说罢，宋生自己鼓起掌来，王平子也附和着一同鼓掌，二人大笑。余杭考生生气了，扬起眉毛，捋起袖子，大言不惭道："你敢不敢当场命题，比试文章？"宋生也不看他，笑道：

在《司文郎》的故事中，宋生的形象，实际上是蒲松龄的化身，作者似在向读者表明，自己也是一个才子。王平子落第之后，宋生对他的劝慰之言，实际也是蒲松龄对自己的劝勉，其中包含了辛酸和无奈。落魄之士，当不断砥砺，坚信天下后世必有不盲之人。蒲松龄是用笔来进行抗争，也用这样的故事来寄托自己的感慨。

"有什么不敢的！"王平子拿出一本《论语》，随手一翻，指着其中一句道："就以'阙党童子将命'为题吧。"余杭考生起身要去取纸笔，宋生拦住他，道："口说即可。我的破题已经成了：想不到在这人来人往的地界，却见到一个什么都不懂的人！"王平子听了捧腹大笑。余杭考生有些生气，道："你根本不会做文章，只会骂人，这算什么！"王平子连忙上前劝解说："还是另出个题目吧。"说罢又翻了翻书，道："以'殷有三仁焉'为题。"宋生立即答道："微子、箕子、比干面对纣王的暴政表现各不相同，但三人的目标是一致的，那就是'仁'。君子能实现'仁'，何必非要做法一致呢？"余杭考生也不再讲自己的破题了，站起身丢下一句"你这人还有些小聪明"就走了。

此事之后，王平子更加敬重宋生，将他请到自己的住处，推心置腹地谈了很久，还把自己写的文章都拿出来请宋生指教。宋生看得很快，不一会儿就看了一百多篇，对王平子道："王兄看来是很会写文章的。只是在提笔作文的时候，没有坚定的写作信念，却抱有侥幸通过的心理，这样写的文章就只能沦为下品了。"说完就拿过王平子的文章一一点评。王平子十分高兴，把宋生当作老师，还让厨子做了糖饺款待他。宋生觉得很好吃，说："在下从未吃过这种味道的饺子，烦劳王兄改日再做给我吃。"从此两人关系更亲近了。宋生隔三岔五来看王平子，每次他来，王平子都拿糖饺招待。有时也会碰到余杭考生，虽然这二人不怎么说话，但余杭考生身上的傲慢之气也少了些。有一天，余杭考生拿了自己的文章给宋生看，宋生一看这文章已有不少人圈点，还写了不少赞美的词，就随便看了一眼，放在书案上，不再说话。余杭考生怀疑宋生根本没看，让他再看，宋生说看完了。余杭考生又怀疑他没读懂，宋生道："这有什么看不懂的，不就是文章写得差嘛！"余杭考生说："你只看旁人的圈划点评，怎知文章写得不好？"宋生便开始背诵余杭考生的这篇文章，就像原先读过一样，不仅背得一字不差，还一边背一边指出文章的毛病。余杭考生听得紧张不安，汗流浃背，一声不吭地走了。一会儿，宋生也走了。余杭考生又回来

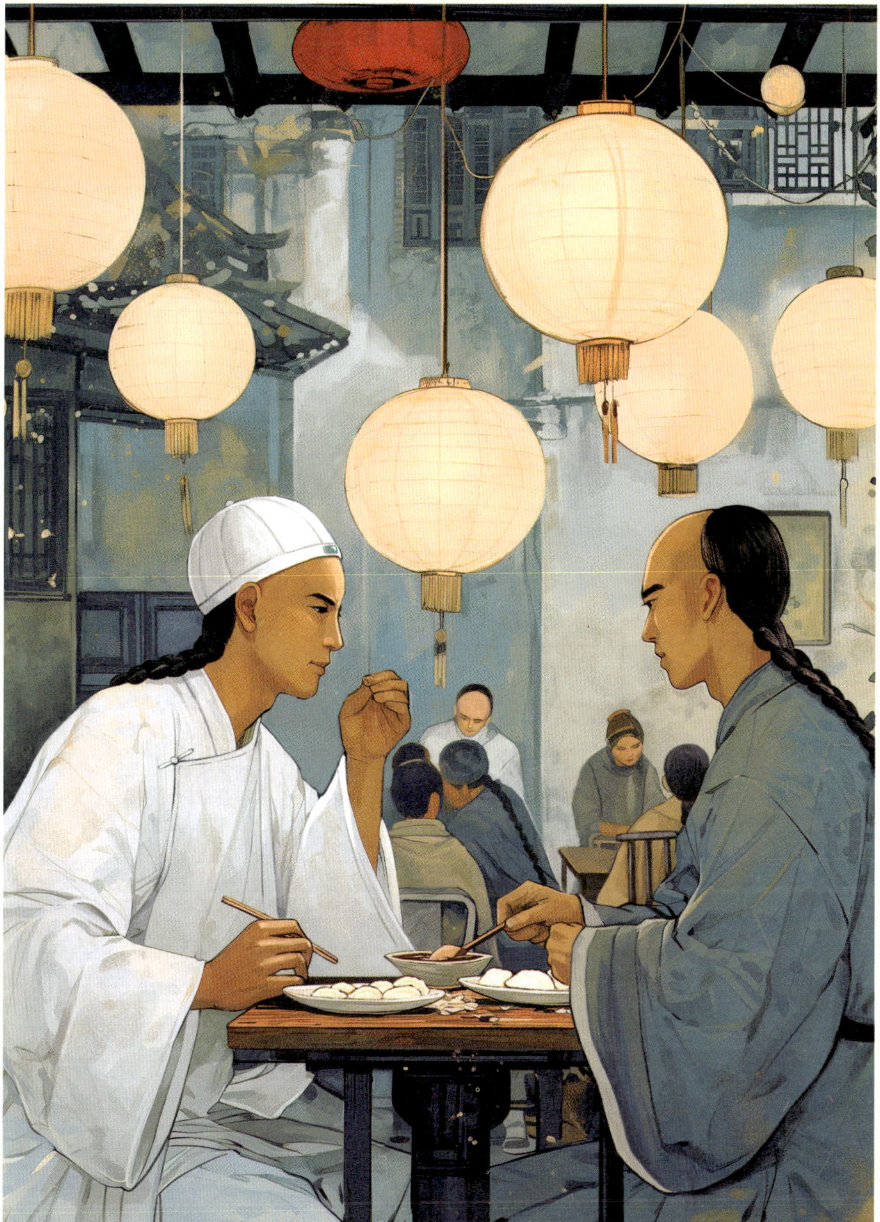

还非要看王平子的文章。王平子不给，他就硬找出来，见文章中也有不少圈点勾画，嘲笑王平子道："这些圈画可真像糖饺子啊！"王平子本来就说他不过，被他说得更加尴尬。隔日，宋生来了，王平子将此事说给他听。宋生气愤道："我还以为他会收敛一些，哪晓得竟这般放肆！这次要好好教训教训他！"王平子劝宋生待人莫要太过刻薄，宋生听了，更加敬佩王平子的为人。

乡试结束后，王平子拿着自己在考场上写的文章给宋生看，宋生大加赞赏。两人走着走着就到了一座大殿前，见一瞎眼和尚坐在廊下，摆摊卖药，替人瞧病。宋生惊讶道："这可是个奇人，最会看文章了，定要请他瞧瞧。"刚好余杭考生也在这里。王平子口喊"师父"上前拜见瞎眼和尚，和尚以为他是来求医的，便问他什么症状。王平子说自己是来请教文章的。和尚笑道："是哪个多嘴的？看都看不见怎么评论文章？"王平子请求和尚以听代看。和尚道："你这三篇

文章得有两千多字，哪个能耐着性子听下去？不如你将文章烧了，我用鼻子闻闻就知道了。"王平子照他的话办了，每烧一篇，和尚闻了之后点头道："这位公子刚开始效仿大家的文章，虽说比不得大家，但也有几分形似了。贫僧方才是用脾脏感受到的。"王平子问："能考中吗？"和尚道："可以中。"余杭考生在一旁看了，却不怎么信，便拿古代名家的文章烧了试探他。和尚闻了闻，道："好文章！这篇文章闻到我心里了，若不是归有光、胡有信这样的大家，怎能写出如此好文章！"余杭考生大吃一惊，忙开始烧自己的文章。和尚道："才领教了一篇，还没看全呢，怎么又换了另一人的文章？"余杭考生撒谎道："刚才是在下朋友的文章，就一篇，后面烧的这几篇才是在下所做。"和尚闻了闻这几篇文章烧过后的灰烬，便被呛得连声咳嗽，道："别再烧了！呛得受不了了！只能勉强吸到胸膈，再烧就恶心了！"余杭考生又羞又臊，只得离开。

　　几天后，公布榜单，余杭考生竟然高中，王平子却落了第。宋生和王平子跑去告诉和尚。和尚叹道："我虽瞎了眼，但鼻子还灵，可那些批考卷的连鼻子都瞎了。"不久，余杭考生也来了，春风得意地走来，对和尚道："瞎和尚，你也吃了别人的糖饺了？如今还有何话说？"和尚道："我评的是文章，又不算命数。你将所有考官的文章各烧一篇，我就知道是哪个考官取了你的文章。"余杭考生和王平子都去找考官们的文章，找到了八九个人的。余杭考生道："若是你说错了，该如何罚？"和尚气得回道："剜我双眼！"余杭考生便开始烧文章，一连烧了几篇，和尚都说不是，烧到第六篇，和尚突然对着墙呕吐不止，屁响如雷，众人都笑了。和尚擦了擦眼睛，对余杭考生道："这篇才是你老师的文章！刚开始不知道，猛地一闻，鼻子呛得难受，肚子也疼得像针扎一样，直接放出屁来！"余杭考生听后很是生气，走的时候对和尚道："明天就见分晓，你可莫要后悔！莫要后悔！"过了两三天，也不见他来，到住处去看人已经搬走。后来才知道余杭考生就是那位考官的门生。

　　宋生劝慰王平子道："咱们读书人，不要老埋怨别人，要多反省自己。不怨人，品德才有所累积，多反思，学业才有所长进。现在不顺，只是一时命运不济。平心而论，王兄的文章还不算是上乘之作，从今往后不断磨炼，这天底下毕竟还有明眼之人。"王平子听了，对宋生更加敬佩。王平子听说第二年还有乡试，就不打算回乡了，要继续留在京师向宋生学习。宋生道："虽说京师消费高，可王兄不用担忧。屋后面有银子，你可以拿去用。"说完将埋银子的地方指给了王平子，王平子推辞道："以前窦仪、范仲淹虽穷却能守廉，如今我生活尚能无忧，怎能取不义之财玷污自己的品行呢？"一天，王平子喝醉了，他的仆从和厨子就去偷挖银子。王平子忽然惊醒，听到屋后有动静，就去查看，发现银子都堆在地上。下人们见事情败露都很害怕。王平子正要斥责下人，突然看见一只银酒杯上刻了不少字，仔细一瞧，却是自己祖父的名讳。原来他祖父曾做过南京六部的员外郎，进了京师后就住在此处，后暴病而死，银子就是祖父埋的。王平子很高兴，一称，竟足足八百多两。第二天就去告诉宋生，还把那只银杯子拿给他看，要和他把这银子分了，宋生坚决不要。王平子拿出一百两送给瞎眼和尚，可和尚早就走了。这几个月，王平子读书更加刻苦。乡试快到了，宋生说："这次再考不中，那就真的是命了！"

　　后来王平子却因违反考场规则而被除名，王平子没说什么，宋生却痛哭不止。王平子反过来宽慰宋生。宋生道："老天爷忌讳我，所以我穷困潦倒了一辈子，现在又连累到了好友，这真是天意吗？"王平子道："世间万事都有定数。先生无意于功名，与命数无关。"宋生擦了擦泪，道："有些话早就想对王兄讲，又怕吓着兄台。小弟我并非活人，而是一个四处漂泊的游魂。想当年我也颇有才名，但在考场上却总不如愿，于是就来到京师，希望能遇到知音，将我的文章宣扬出去。没想到崇祯十七年天下大乱，我竟死于兵难，自此成了游魂四处飘荡。幸好遇上王兄，理解我，关心我，我想尽力帮助你，希望能通过你实现我平生未能实现的宏愿。如今却连累得你厄运连连，我怎么能漠不关心呢？"王平子哭着问宋生："宋兄为何一直在此地？"宋生道："去年玉帝有命，命宣圣孔子及阎罗王核查遇劫而死的冤鬼，有德有才的可在地府留用，其他的都转世投胎去了。小弟不才，已留任地府，之所以还没有报到，是想亲眼看到王兄金榜题名。现在必须要告辞了。"王平子问："宋兄是何官职？"宋生道："梓潼帝君府缺一名司文郎，现在由一聋仆代理，所以天下读书人的命运才会颠倒错乱。若有幸得此职缺，定要让圣人的教化发扬光大。"第二天，宋生来辞行，王平子命下人置办酒宴为宋生饯行。宋生道："不必了。叨扰王兄一年多，眼看即将分别，再吃上一回糖饺，我就心满意足了。"王平子伤心得一口也吃不下，坐在一旁看宋生吃。一会儿，宋生就吃了三大盘糖饺，捧着肚子道："这一顿可以管三天了。"王平子问宋生什么时候能再见，宋生道："如今有官职在身，应当避嫌。"王平子又问道："若到文昌庙以酒肉祭拜，能收到吗？"宋生道："不必如此。人间离九天甚远，兄台若洁身自好，多做善事，自有地府官员呈报，届时我自然知晓。"说罢，就此别过，踪迹全无。

梓潼帝君，也就是文昌帝君，又称文昌星、文曲星，在道教中有着重要的地位，被认为是文化、智慧、学业的守护神，是提升智慧和学业成就的重要神灵。相传梓潼帝君原名张亚子，是晋朝时的人物。文昌帝君的信仰深植于民间，在学子考试前，很多人都会前来祈求文昌帝君的庇佑，以求学业有成。古代在祭拜帝君时，一定会带三样东西：粽子、芹菜和葱蒜。传说科举考试的题目都是由梓潼帝君定的，所以他决定着读书人的命运，为避免试题泄露，身边的两位侍童都特意安排成聋哑人，名为"天聋"和"地哑"。

画壁

一个叫孟龙潭的江西人和一个姓朱的举人客居在京城。有一天，他们一起闲逛，偶然走进了一座寺庙，里面的殿堂、僧舍都不是很宽敞，只有一位云游四方的老和尚暂住在里面。老和尚见有客人进来，便整理了一下衣服出来迎接，引导他俩在寺内游览。大殿中立着宝志和尚的像，两边墙上的壁画精致美妙，画中人物栩栩如生。东边墙壁上画着散花天女，其中有一个垂发少女，手拈鲜花，面带微笑，眼波流动，栩栩如生。

朱举人目不转睛地盯着她看了很久，不知不觉间心神荡漾，恍恍惚惚地陷入迷想之中。朱举人的身子忽然飘飘然像腾云驾雾一般，已经来到了壁画中。只见殿堂楼阁重重叠叠，不再是人间景象。有一位老僧正在座上宣讲佛法，许多穿着偏衫，裸露半边肩膀的僧人围绕着他专注地听讲。朱举人也混进来站立其中。

不一会儿，好像有人拉他的衣襟，回头一看，原来是那个垂发少女。垂发少女莞尔一笑，转身离开了，朱举人抬脚就跟了上去。经过了一段曲折的栅栏，垂发少女走进了一间小房，朱举人欲行又止，不敢再往前走了。垂发少女回过头来，举起手中的花，远远地向他做出召唤的样子，朱举人这才急步跟了进去。

> 《画壁》主要讲述了朱举人与壁画中的散花天女之间的情感纠葛，全文亦真亦幻，警醒世人。作者在原著的结尾如是说："幻由人作，此言类有道者。人有淫心，是生亵境；人有亵心，是生怖境。菩萨点化愚蒙，千幻并作。皆人心所自动耳。"一个人一旦有了私心杂念，就会蠢蠢欲动，失去理智，进而做一些不合规范的错事。作者借此文告诫我们，面临诱惑的时候，要用善念规范我们的言行，守住我们的初心。

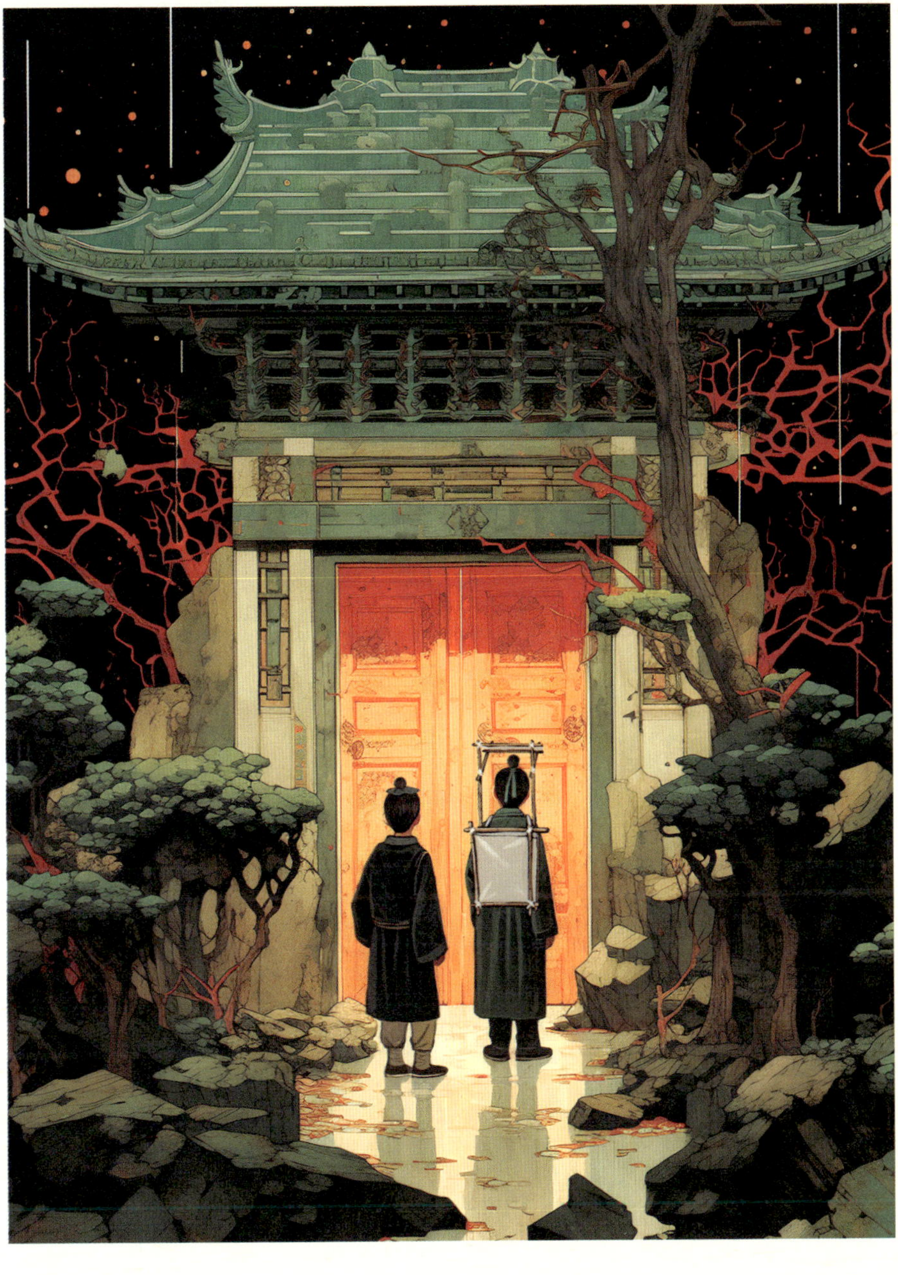

小屋里寂静无人，朱举人与垂发少女愉快地聊起天来。聊了好一会儿之后，垂发少女关上屋门离去，并叮嘱朱举人就躲在这里不要出声。到了夜里，垂发少女又来陪朱举人聊天，就这样过了两天。

垂发少女的伙伴们发现了这事儿，一起搜寻到了朱举人。她们对垂发少女开玩笑说："还披散着头发吗？"她们一起拿来头簪耳环，催促垂发少女改梳成另一个发型。少女神态羞涩，说不出话来。一个女伴说："妹妹姐姐们，我们不要在这里久待，恐怕人家会不高兴。"说罢，众女伴嬉笑着都离去了。

朱举人再看那少女，云朵形状的发髻盘得高高的，发髻上的凤钗垂得低低的，比垂发时更加美艳绝伦。看看四下无人，便慢慢地和少女偎依在一起，两人沉浸在愉悦的气氛中。

突然，他们听到皮靴走路时发出的铿铿声，并伴随着锁链哗啦哗啦的声响，紧接着是一阵乱哄哄的争吵声。少女立即起来，与朱举人一起偷偷地往外看。只见一个穿着金色铠甲的使者，黑脸如漆，手握绳锁，提着大槌，很多女子围绕着他。

使者问："都全了没有？"众女回答："已经全了。"使者说："如果有谁藏匿了下界凡人，你们要立即告发，不要自找麻烦！"众女子同声说："没有。"使者反转身来，像老鹰一样四处扫视，好像在搜查藏匿的人。少女吓得面如死灰，慌慌张张地对朱举人说："赶快藏到床底下。"她自己则打开墙上的暗门，仓皇逃走了。

朱举人趴在床底下，大气不敢

出。不久，他听到皮靴声进来，又走了出去。喧闹声渐渐远去，他的心里才稍觉安稳。然而门外还是有来来往往说话的人。他畏缩恐惧地趴了很久，觉得耳朵里如有蝉在鸣叫，眼睛里火星旋转，那情形几乎没法忍受，但也只能静静地听着，等待那少女归来。而且，朱举人发现自己竟然不记得是从哪里来到此处的了。

此时的大殿里，孟龙潭一转眼找不到朱举人了，便很迟疑地向老和尚询问。老和尚笑着说："听佛法去了。"孟龙潭问道："在哪里？"老和尚回答说："就在不远处。"过了一会儿，老和尚用手指弹着墙壁，呼唤道："朱施主怎么游玩这么久了还不回来？"立即就见壁画上出现了朱举人的形象，侧耳站立，像是听见了什么。老和尚又呼唤说："你的游伴等你多时了。"于是，朱举人飘飘忽忽地从墙壁上下来，面如死灰，呆若木鸡地站着，双目瞪直，两腿发软。

孟龙潭大为吃惊，慢慢问他。原来朱举人刚才正伏在床底下，忽然听到如惊雷般的叩墙声，因此才从壁画中出来。这时他们再看壁画上那个拈花少女，已是螺髻高翘，不再是垂发了。朱举人很惊异地问老和尚这是怎么回事。老和尚笑着说："幻由心生，我老和尚怎么能解释得了呢！"朱举人胸中郁闷，很不舒畅。两人立即起身告辞，顺着台阶走出寺庙。

在我国古代，不同年龄段的女子，发式是不同的。三四岁至八九岁的儿童头发比较短，常常任其自然下垂，称作"垂髫"；八九岁到十三四岁时，就会在头顶两侧梳两个发髻，称作"总角"。古代"垂髫之年""总角之年"都可以指童年时代。女子尚未出嫁时，可以沿用童年时期的发式，如已出嫁，则必须束发绾髻插笄，即把刘海梳上去，露出发际线，在后面挽成髻，并插上簪钗等加以固定和装饰。

耿十八

新城人耿十八，病重垂危，自知将不久于人世，对妻子说："永别是早晚的事了，我死后，改嫁还是守节由你决定，你说说你的想法吧。"妻子沉默不言。耿十八坚持问她，并且说："守节固然好，再嫁也是人之常情。明说了，有什么妨害？"妻子于是悲痛地说："家里没有多少粮食了，你活着尚且不能维持生计，你死后我怎么守节？"耿十八听了，猛地抓住妻子的胳膊，悲痛地说："残忍啊！"说完就死了。抓住妻子胳膊的手，牢不可开。妻子呼喊起来，家里人赶来，两个人抓住耿十八的手指用力掰，才掰开。

耿十八不知道自己死了，走出家门，见有十几辆小车，每辆车上装着十个人，用方纸写着名字，贴在车上。押车人看到耿十八，催促他上车。耿十八见车里已有九个人，加上自己正好十人。又见粘贴的名单上，自己的名字在最后，就糊里糊涂地上了车。车子咋咋地响，响声震耳，也不知去往什么地方。

过了很久到了一处地方，听见有人说："这里是思乡地。"听这名字，耿十八疑惑不解。又听见押车人窃窃私语说："今天铡了三个人。"耿十八越发惊恐。再仔细听他们说话，都是阴曹地府的事情，于是明白过来，说："我莫非变成鬼了吗！"立刻想到家中，没有可挂

> 耿十八的妻子只因为说了一句实话，就遭到了耿十八的厌恶。在当时的社会条件下，女性没有社会地位，连改嫁都不能说，守寡是被鼓励的。作者的思想同样受到当时社会的影响，他主张妇女守贞节，认为"女子当从一而终"，反对寡妇再嫁。在他的很多作品中，都将大男子主义烘托得至高无上，体现了他思想的局限性。

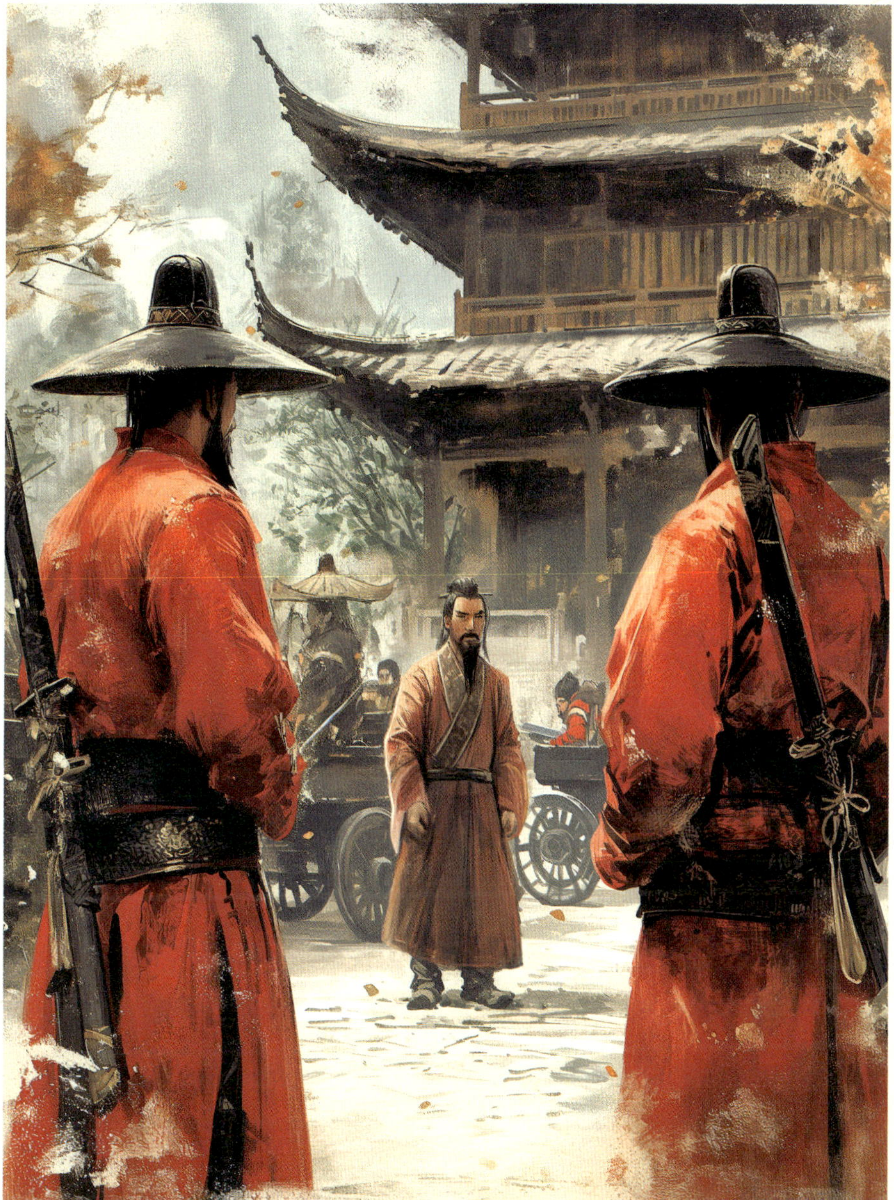

念的，唯独老母年事已高，妻子嫁人后，无人服侍照料。想到这里，不觉间泪流满面。

过了一会儿，看见有座数丈高的高台，游人极多。那些以物蒙头、脚带枷锁的人，哭泣着上上下下，听人说这是"望乡台"。众人来到这里，都踩着车辕下来，竞相登台。押车人要么用鞭子抽打他们，要么禁止他们登台，唯独轮到耿十八，却催他登台。攀登了几十级台阶，才到高台最顶端。抬头一望，自家的门墙庭院，如在眼前。但内室隐隐约约，好像是烟雾萦绕似的看不清。耿十八悲痛欲绝。

耿十八回头看时，一个穿短衣的人站在身边。那人询问他的姓名，耿十八如实相告。那人自称是东海郡的匠人，他见耿十八流泪，问道："有什么事放心不下？"耿十八就告诉了他。匠人与耿十八商量一起越台逃跑。耿十八害怕地府缉拿，匠人再三说没事。耿十八又担心台子高会摔坏，匠人只叫他跟从自己，

便率先跳了。耿十八果然跟着跳下。落地，竟然没事。很庆幸没人察觉，两人急忙奔逃。跑了几步，耿十八忽然想起自己的名字还贴在车上，恐怕会遭地府按名追捕，于是返身走近车子，用手指沾上唾液，涂抹去了自己的名字，这才重新奔跑，跑得气喘吁吁，也不敢稍停一下。

一会儿，到了乡里，匠人陪着送耿十八进了屋。耿十八的尸体，像是睡醒了一样醒了过来。醒来后耿十八只是感觉精疲力竭，口干舌燥，急呼要喝水。家人大吃一惊，给他水。耿十八喝了一石多，喝完就站起来作揖拜谢，一会儿又出门拱手道谢。回来后就躺在床上休息，不再动弹了。

家人觉得耿十八的行为诡异，怀疑不是真的活过来，仔细观察之下发现确实没事，才敢靠过去问他。耿十八清楚地说出了事情的始末。家人问："刚刚出门是干什么？"耿十八说："告别匠人。"家人又问："怎么喝那么多水？"耿十八说："起初是我喝，后来是匠人喝。"于是，家人每天喂他汤羹，几天后就恢复了健康。

从此，耿十八厌恶他的妻子，冷淡她，也不再与她同床共枕了。

在中国，大量的古代神话和典籍中都有阴曹地府的记载。阴曹地府是掌管万物生灵灵魂的地方，凡天地万物，死后其灵魂都被黑白无常拘到阴界，其在阳间的一切善恶都要在此了结。阴曹地府的第一道关卡是鬼门关，通过鬼门关后就要踏上黄泉路，在黄泉路上可以看到阳间自己家乡的景象，望乡台就是他们可以停留回顾的地方。阴曹地府是阴间的核心部分，分为十殿阎王，分管不同的审判和惩罚事务，掌管着地狱里众生的轮回。

侠女

　　金陵有个姓顾的青年，博学多才，家境贫寒。他因为母亲年事已高不忍心去外地游历，因此只能每天给人写书作画，收取一点酬资来维持生活。已经二十五岁了，还没有娶妻。

　　顾生家对面有间空房子，租给了一个老太太和一个年轻女子。一天，顾生从外面回来，看见一个女子从母亲的房间里走出，年纪约有十八九岁，清秀、优雅，颜值和气质世上很少有能和她媲美的。女子见了顾生也不太回避，但是神态严肃可畏。顾生进屋询问母亲，母亲说："她是对门的女子，找我借刀和尺子。这个女子不像出生于贫苦人家的孩子，我问她为什么还没婚嫁，她以母亲年老为托辞。明天我应该去拜望她的母亲，顺便从侧面露露求婚的意思，倘若要求不高，或许能结个亲家。"

　　隔天顾母就去了女子家，她的母亲耳聋，全仗女子的一双手做些针线活维持生计。顾母慢慢提出自己的来意，老太太的意思似乎愿意，转身和女儿商量。女儿默默不语，样子很不高兴。顾母就无奈地回家了，和顾生详细说了情况之后，疑惑地说："女子是不是嫌我们贫穷呢？平时不爱说话，也没个笑脸，容貌艳似桃李，态度冷若冰霜，真是个奇怪的人呢！"母子

　　侠女不仅武艺高超，在情感和婚姻的选择上，也显示出脱离于一般世俗礼教的态度。蒲松龄注重刻画侠女的自主意识，除了孤军作战的复仇计划外，对自己身体的控制，以及就此延伸出的对"生命"等问题的思考和选择，都能体现出侠女迥然于其他女性的特质。她并没有以自己的身体为交换资本，形成对男性的依附。她拒绝了婚姻形式，从而彻底颠覆了传统观念中对女性的束缚。

俩猜想了半天，只好作罢。

　　一天，顾生正在书房里读书，有个少年来求他作画。少年身姿容貌很是俊俏，还有点轻浮。顾生问他从哪里来，他只说"邻村"，顾生也没太在意。之后那少年经常来，两人越来越熟，还经常开一些不雅的玩笑。

　　有一天，顾母说："对门那女子过来说她家已经断粮一天了。这女子很孝顺，也很可怜，咱应该帮帮她。"顾生便背上一斗米，敲开她家房门，转达了母亲的心意。女子收了米，也不表示感谢，只是经常来顾生家里，帮顾母做衣服鞋子，在屋里进进出出干家务活。顾母说："唉！怎么才能找到一个像你一样的儿媳妇啊！"说完伤心地哭了。女子安慰说："你儿子很孝顺，比我们寡母孤女强。"顾母说："我已经垂暮，只怕没几年阳寿了，真为顾家的传宗接代担忧哪。"说话间，顾生进来了。母亲流着眼泪说："家里多亏了这姑娘帮助，你可不要忘了报答她。"顾生连忙向她拜谢。

　　女子出了大门，顾生目送着她。女子忽然回过头来，朝顾生动人地笑了。

顾生大喜,追上去一直跟到她家里。

过了几天,顾生又约她。女子神色严厉,没理他就走了。但她还是每天都来,相遇时,也不给顾生好脸色。顾生稍微挑逗她,就是冰冷的语言回敬。过了一段时间,女子忽然在没人处问顾生:"常来的少年是谁?"顾生告诉了她。女子说:"他的举止轻浮,多次对我无礼,因为是你的好朋友,所以我没跟他计较。请你转告他,再这样,他就是自寻死路!"

顾生把女子的话转告了少年,并且说:"你必须小心谨慎,不要再去冒犯她。"少年说:"也烦请你转告她,不要装模作样的假装正经。"顾生非常生气,气得脸色都变了,少年觉得无趣,这才走了。

一天晚上,顾生正独自坐着,女子忽然来了,笑着说:"我和你情缘未断。"顾生欣喜若狂。突然那少年推门进来了,顾生惊慌地问:"你来干什么?"少年嬉皮笑脸。女子双眉倒竖,一把一尺来长的晶莹匕首应手而出。少年见了,吓得回头就跑。女子追出门外,四下一看,少年已无踪影。女子把匕首向空中一抛,匕首像灿烂的长虹一样向远处飞去,一会儿,一个东西坠落在地上。顾生急忙拿灯照看,却是一只身首异处的白狐狸。女子说:"这就是你的朋友,其实是只狐狸精。"顾生拉她再进屋聊天。女子说:"刚才妖物败了兴致,明天再说吧。"

第二天晚上,女子果然来了。顾生问她昨天所施的法术,女子说:"你还是不知道的好,泄露出去,恐怕对你没有好处。"顾生又商量嫁娶的事情,她说:"和你同床共枕,给你料理家务,事实上已经是夫妻了,何必再谈嫁娶呢?"顾生说:"你是不是嫌我家贫穷啊?"女子说:"你固然很穷,我富吗?"到临别时,又嘱咐说:"该来,我自会来,不该来,你强求也没用。"以后遇见顾生,她都会巧妙地避开。但是收拾家务、烧火做饭,一点不亚于妻子。

过了几个月,女子的老母亲死了,顾生尽力安葬了她。女子从此就独自居

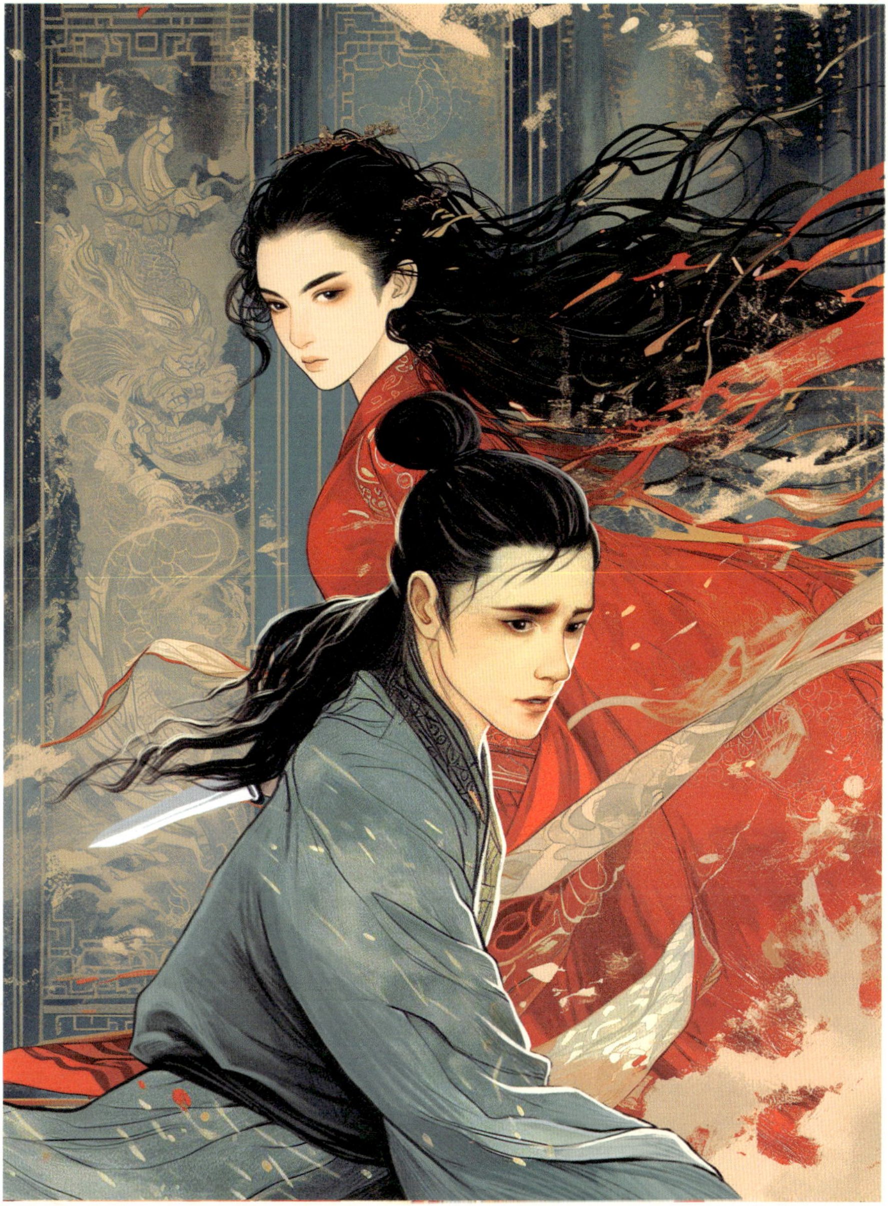

住。顾生以为私会更方便了，便爬墙过去，隔着窗户频频呼叫，屋里始终不回应。仔细一看原来房门已经上锁，屋里空无一人。第二天晚上再去，还是那样。顾生在窗台上留下一块佩玉就走了。

过了一天，顾生在母亲房间里和她相遇。出来以后，她跟在顾生后边说："每个人都有不可以告诉别人的心事，现在也不指望你多信任我，但是有一件事情要烦请你赶快想办法。"顾生问她什么事，她说："我已经怀孕八个月了，恐怕早晚间就要分娩。我的身世有问题，能为你生孩子，但不能为你养孩子。你可以偷偷地告诉你母亲，找一个奶妈来养孩子，就说是要来的孩子，不要提起我。"顾生答应了，告诉了母亲。母亲笑着说："这个女子真奇怪啊！订亲不愿意，却愿意给你生孩子。"

又过了一个多月，女子连着好几天没来。顾母很担心就到她家里探望，敲门很久，女子才蓬头垢面地出来。顾母走进她的卧室，看到一个婴儿在床上睡着了。顾母惊讶地问："诞生几天了？"她说："三天了。"抱起褓褓一看，是个男孩，而且胖乎乎的脸蛋，额头很宽阔，顾母很高兴。女子说："等到夜里无人的时候，你们可以偷偷地过来把孩子抱回去。"顾母回家对儿子说了，娘儿俩都感到很奇怪，但还是按照约定，夜里过去把孩子抱了回来。

过了几天，女子忽然半夜敲门进来，手里提着一个皮袋，笑着说："我的大事已经了结，从此永别了。"顾生急忙问原因，她说："你扶养我母亲的恩德，我铭记在心。你因为贫穷娶不起老婆，我就为你延续后代。现在，你的恩情已经报答，我的心愿也已经完成，没有遗憾了。"顾生问："口袋里是什么东西？"她说："仇人的头颅。"顾生打开口袋去看，胡须头发交织在一起，血迹模糊。顾生惊讶不已，又问为什么杀人。她说："以前不告诉你，是怕泄露机密，现在大功告成，不妨告诉你。我是浙江人，父亲官居司马，被仇人陷害，还抄了家，我背着老母逃出来，隐姓埋名了三年。因为母亲还在世所以没有立即报仇，母亲去世后，又因怀有身孕才推迟了这么久。有几天夜里出去，就是去熟悉仇家的道路门户。"说完，就出了门。又回头叮嘱说："我生的儿子，你要好好待他。你的福分浅薄，不能长寿，这个孩子可以光耀门庭。夜深了，不要惊动你母亲，我走了！"顾生心里悲痛，刚要问她去哪里。女子一个闪身，就好像一道闪电，眨眼间就不见了。顾生呆呆地站在门外，好像丢了魂魄。天明后把此事告诉了母亲，娘俩也只能惊叹她真是个侠女。

果然，才过三年顾生就死了。儿子十八岁中了进士，奉养祖母直至终老。

古人云：不孝有三，无后为大。这句话点明了"传宗接代"思想在古代人心中的根深蒂固。传宗接代的意思是传延宗族，接续后代。在古代泛指生了儿子可以使家世一代一代传下去。"传宗接代"这个词语出自清代李宝嘉的《官场现形记》。这一思想的形成，源于父系社会中男性的崇高地位，男人是家庭的绝对劳动力，支撑起整个家庭。没有男人，失去了劳动力，家庭便难以维系。纵使时代发展至今，有些比较封闭的地方，依旧有不少人持有这样的思想观念。

酒友

　　车生这个人，家产不丰厚，却沉溺于饮酒，每天晚上不喝上三大杯就睡不着觉。因此，床头边的酒瓶子里常年都有酒。

　　一天夜里，车生醒来翻身时，觉得身边有个东西。起初以为是衣服，一摸却发现毛茸茸的，像猫但又比猫大。用灯一照，原来是只狐狸，正醉醺醺地躺着，再看，床头的酒瓶已经空了。车生就笑着说："这就是我的酒友啊！"不忍心惊醒它，就给它盖上衣服，留着烛火，继续睡。半夜里，觉得狐狸动了动，车生笑着说："睡得真香啊！"掀开衣服一看，狐狸却变成了一个戴着儒生帽子的俊俏书生。狐狸连忙起身跪拜在床前，感谢车生的不杀之恩。车生说："我

嗜酒成瘾，人们都认为我痴，只有你是我的知己啊。如果你不嫌弃，我们就做个酒友吧。你可以常来，也不要有顾虑。"说完，拉他上床，又一起睡下。车生醒来后，狐狸已经走了。车生就准备了一坛美酒，专门等候着狐狸来。

到了晚上，狐狸果然来了，二人开怀畅饮。狐狸酒量很大，说话诙谐风趣，两人相见恨晚。狐狸说："多次叨扰，你却以美酒款待，我该怎么报答你的恩德呢？"车生说："斗酒之欢，何必挂在嘴上？"狐狸说："虽然这样，你是个贫穷的书生，买酒的钱来之不易。我应当为你筹划点酒资。"

都说酒肉朋友不可交，但是本文的主人公偏偏以酒会友，不但脱贫致富而且还成就了一辈子的友谊。

本文通过车生和狐狸的夜中奇遇，塑造了狐狸知恩图报的形象。文中狐仙的出场退场显得行踪不定，而本该行踪不定的狐仙却在车生死后才离开，可见二人感情之深。虽然狐仙和车生不属同类，但却因酒结缘，车生旷达潇洒，狐狸知恩图报，一人一狐都至情至性。

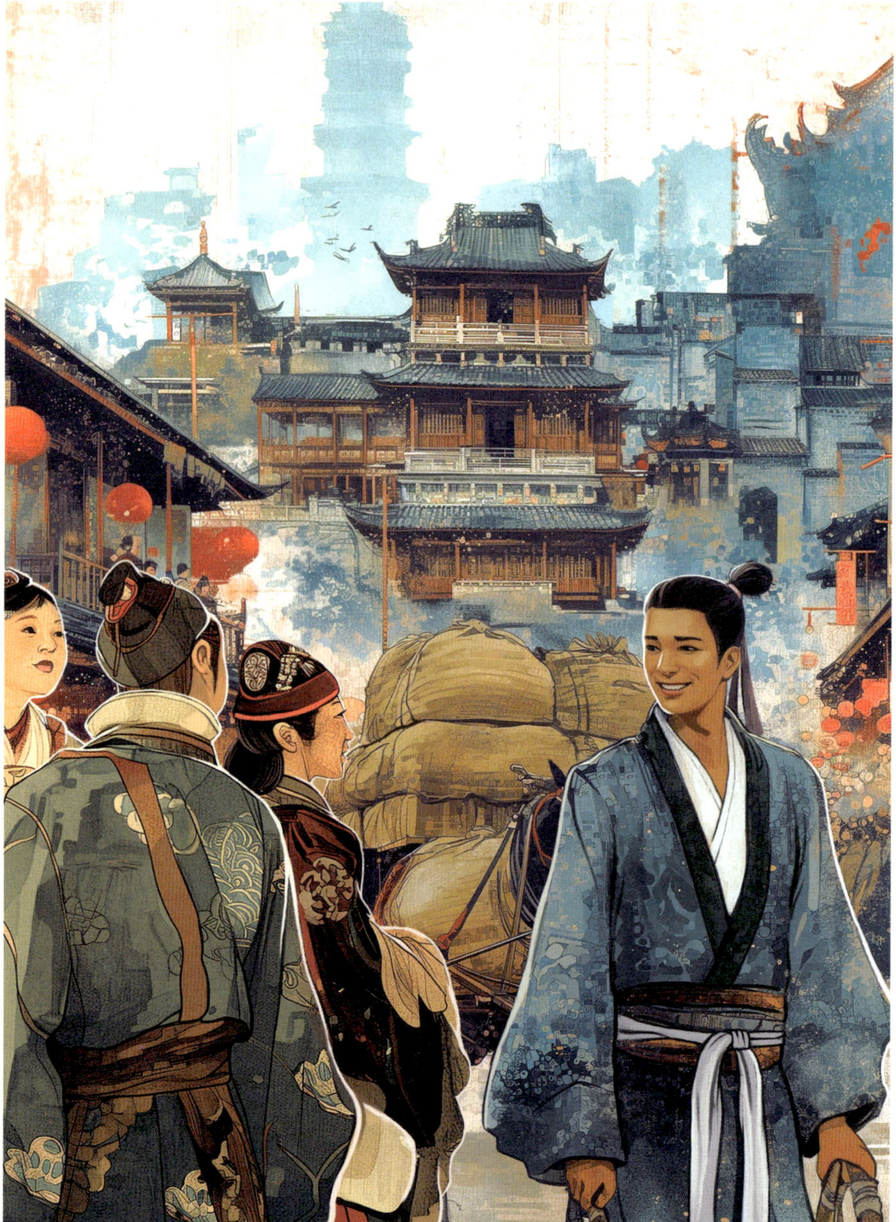

第二天晚上，狐狸来告诉车生："离这里东南七里路，道路旁边有遗失的银子，你早点去捡回来。"

一大早，车生就去了，果然捡回二两银子。于是就买了佳肴，准备夜里下酒。到了晚上，狐狸又告诉他说："院子后面有窖藏的东西，应当挖出来！"车生按狐狸说的做了，果然得到成百上千的铜钱。车生高兴地说："现在有钱了，再也不用为买酒犯愁了。"狐狸说："不对，这么点钱怎么够长时间使用呢？还得想个长久的生财之道。"

过了一天，狐狸对车生说："集市上荞麦的价钱很便宜，是个机会，可以囤积。"车生听从了他的话，收购了四十多石荞麦。人们都不以为然地笑话他，认为他傻。

没多久，大旱，谷苗、豆苗都枯死了，只有荞麦可以种。车生卖荞麦种，赚了比原来多十倍的钱。车生富裕之后，听狐狸的劝导，马上买了二百亩良田，每次要种什么，什么时候种，都问狐狸，狐狸说多种麦子，结果当年麦子就丰收，狐狸说多种小米，当年小米就丰收。就这样，车生与狐狸的关系越来越亲密，狐狸甚至称呼车生的妻子为嫂子，将车生的孩子当作自己的孩子来疼。

后来车生死了，狐狸也不再来了。

中国的酒文化可以追溯到数千年前的商周时期。酒被视为一种祭祀、庆祝和社交活动中不可或缺的元素。人们通常会在家庭聚会、宴请客人、商务宴请等场合，共同分享酒。

中国有许多饮酒仪式和传统，例如，敬酒、干杯、碰杯和倒酒等都是常见的饮酒礼仪。中国的酒文化丰富多样，体现了中国人民的传统价值观、社交习俗。

香玉

　　崂山的下清宫里，有一株山茶花有两丈多高，十几个人才能合抱过来，还有一株白牡丹有一丈多高，盛开时光彩夺目，花团锦簇。胶州的黄生就住在下清宫读书。一天，他从窗子里看见一个白衣女子在花丛中若隐若现。黄生心想道观中怎么会有女子，急忙出去，那女子已经走了。之后黄生经常看到她出现，总是抓不着，于是就躲在树丛中等她。果然，没过不久，那女子带着一个穿红衣的姑娘出现了，远远望着就能看出是两个绝色美人。当她们越走越近，红衣女子忽然后退说："这里有生人！"黄生一下子站了起来，两个女子惊慌逃走，裙子飘动起来散发出一股香气。黄生追到矮墙，已不见她们的踪影。黄生十分爱慕，在树下题诗道：无限相思苦，含情对短窗。恐归沙吒利，何处觅无双？

写完便回到书房。白衣女子忽然走了进来，黄生又惊又喜，赶忙起身迎接。女子笑道："刚才看你气势汹汹的像个强盗一样，没想到你竟是个风雅的文士，这样我们就不妨认识一下。"黄生询问女子的来历，女子说："我名叫香玉，以前住在平康巷，现在被道士关在山里，实在是不甘心。"黄生问："那道士叫什么？我为你做主。"香玉说："算了，他也不敢强逼我，若是能与你这样的风流人士相会，也是好事。"黄生又问："与你在一起的那个红衣女子是谁呢？"香玉说："她名叫绛雪，是我的结拜姐姐。"

醒来时东方已经露出曙光。香玉急忙起来，说："我们只顾贪图享乐，天亮了都不知道。我

《聊斋志异》中的妖、精、鬼、怪大多都有文化，这是因为文化素养可以使她们的形象更加丰满和立体。她们可以与书生进行文学交流，增加故事的趣味性和文化内涵。文化素养也是女鬼与书生之间产生情感共鸣的重要因素。他们可以通过诗词歌赋等方式表达彼此的情感，使爱情更加深沉和美好。这一特点不仅丰富了故事的内容，也展现了作者对女性的尊重。

写一首诗,应和你那一首,可不要见笑:良夜更易尽,朝瞰已上窗。愿如梁上燕,栖处自成双。"黄生握着香玉的手说:"你秀外慧中,真是让我爱到无法自拔,一日之别,如去千里,你一有时间就来吧,不必非等夜晚才来。"香玉答应了。此后无论日夜都来相见。黄生常让香玉邀请绛雪一起来,但绛雪总是不来,对此黄生深感遗憾。香玉说:"绛雪姐姐生性孤僻寡欢,不像我这样痴情。我会慢慢劝她,不必着急。"

一天晚上,香玉神情凄惨地进门说:"你连我都守不住,还奢望得到绛雪吗?我们从此别过了。"黄生问:"这是为什么呢?"香玉用衣袖拭泪说:"这是定数,难以说清。你当日写的好诗,如今都成了预言。'佳人已属沙吒利,义士今无古押衙',这句古诗简直就是为我写的。"黄生又追问原因,香玉不说,只是呜咽,一夜不眠,一早便离去了。黄生困惑不解。

次日,有个即墨人蓝氏,到下清宫来游览,见到白牡丹,很是喜欢,就命人挖出来带走了。这时黄生才知道香玉是花妖,惆怅惋惜不已。过了几天,听说蓝氏把白牡丹移栽到自己家里之后,那牡丹便慢慢枯萎而死。黄生恨极了,作哭花诗五十首,每日到牡丹坑边哭泣。

一日,黄生刚哭完准备回去,远远看见绛雪也在坑边流泪。黄生慢慢走去,绛雪也不躲避,黄生握住绛雪的衣袖,两人相对而泣。黄生挽着绛雪请她进屋,绛雪跟着去了。绛雪叹道:"从小长大的姐妹,一朝断绝就再也见不到了!听你哭得那么悲伤,让我也更加痛心。眼泪滴到九泉之下,或许她能因为感动而复活过来,可死者神气已散,怎能再与我们对坐谈笑呢。"黄生道:"我命小福薄,害了香玉,自然没有福气消受两位佳人。过去我曾多次让香玉转告我对你的诚意,你为什么就是不来呢?"绛雪说:"我原来以为少年书生,十之有九都是轻薄无义,谁知你这么痴情。但我与你交往,只讲感情。"说完就要告辞。黄生道:"香玉离去,使我寝食俱废,只盼望你能多留一会儿,宽慰我的思念之情。"绛雪听后就留了下来,过了一夜才走。之后几天都没有再来。

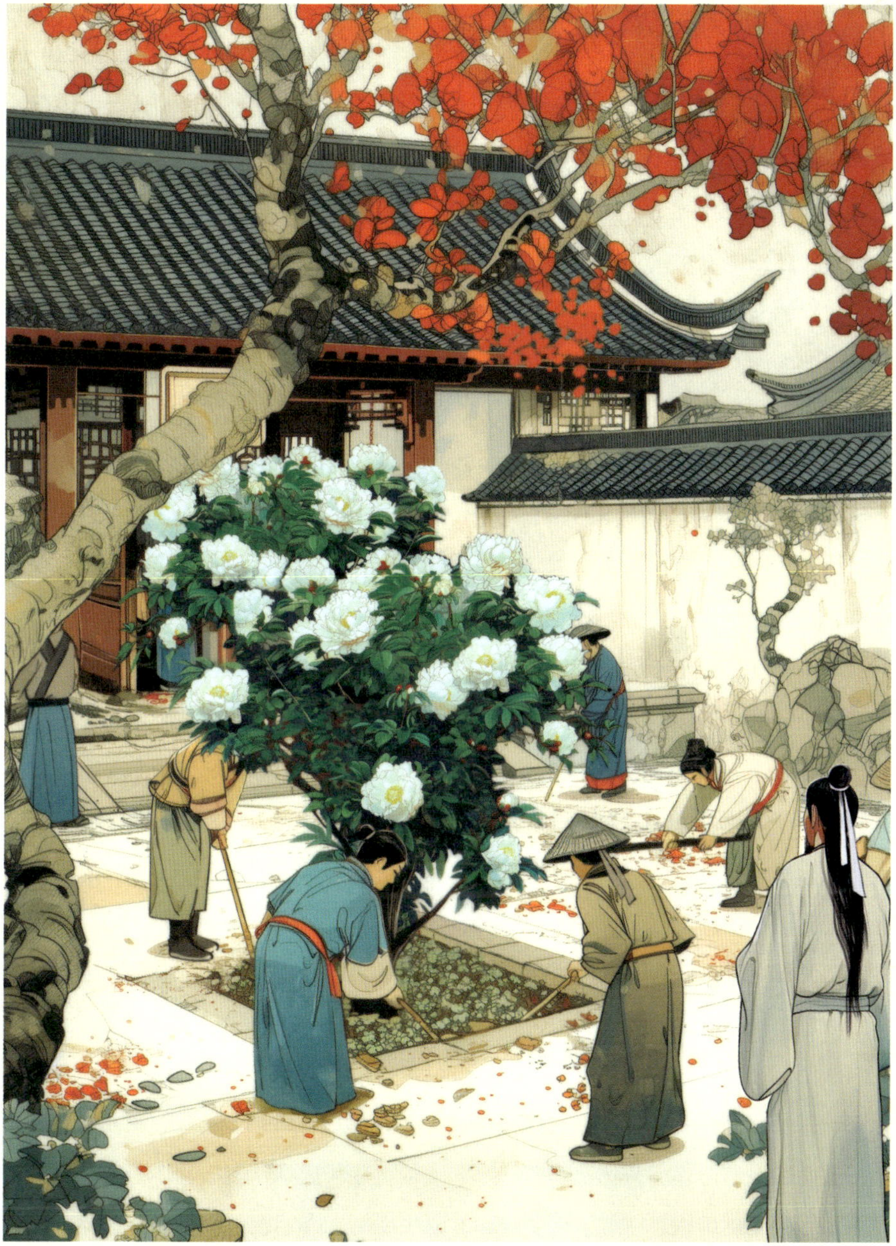

一天晚上凄风冷雨，黄生苦苦思念香玉，辗转反侧，眼泪打湿了枕席。他披上衣服起来，在灯下按照以前写的那首诗的韵又写了一首："山院黄昏雨，垂帘坐小窗。相思人不见，中夜泪双双。"写完独自吟咏。忽听窗外有人说："诗不可无人相和。"听着正是绛雪，开门迎进屋里。绛雪看了诗，便在后边续写道："连袂人何处？孤灯照晚窗。空山人一个，对影自成双。"黄生读后，掉下眼泪，埋怨绛雪不常来看望他。绛雪道："我没有香玉那么热情，但多少也能安慰你的寂寞。"此后，每当黄生寂寞无聊时，绛雪就会前来，饮酒作诗。黄生常问绛雪："不知道你是院中的第几株花？求你早告诉我，我把它移栽到我家去，免得像香玉那样被恶人夺走，抱恨终生。"绛雪道："故土难移，告诉你也没用。妻子尚且不能终身相伴，何况朋友呢。"黄生不听，拉着她的胳膊出来，每到一棵花前便问："这是你吗？"绛雪总是笑着摇头，不肯正面回答。

不久，黄生回家过年。二月时，忽然梦见绛雪来了，一脸忧愁地说："我有大难！你赶快回去，还能相见，迟了就来不及了。"黄生醒后十分惊异，赶快命人备马，星夜兼程赶到崂山。原来是道士要建房子，一棵山茶花妨碍施工，工匠正要用斧子砍倒，黄生赶忙上前阻止。晚上，绛雪来道谢。黄生笑道："从前你总不告诉我，也该遭遇这种厄运了！现在我已经知道你是这株山茶花，以后你不来我面前，我就用艾条烧你。"绛雪说："我就知道你会这样，所以我不敢告诉你。"坐了一会儿，黄生说："好久没有祭奠香玉了，你能跟我一起去吗？"两人便一同去牡丹坑边洒泪拜祭。到了半夜，绛雪止住眼泪，劝止黄生。又过了几个晚上，黄生正独自枯坐，绛雪笑着走来，说："我有个好消息告诉你，花神被你的痴情感动，让香玉重新降生在下清宫里。"黄生问："什么时候？"绛雪答道："不知道，应该不会很久。"天亮以后，黄生嘱咐绛雪说："我这一次是为你来的，你不要让我长时间的寂寞。"绛雪笑着答应了，但又是接连两晚没有再来。黄生就去抱着那棵山茶花轻轻抚摩，连声呼唤，但没有回应。他便回到屋里，在灯下点了艾条，要去烧树。绛雪忽然进来，夺过艾条扔到地上，责道："你再用这种方法戏弄我，我就与你断绝关系！"黄生笑着抱住了她。还没坐稳，香玉步履轻盈走了进来。黄生一看见她，止不住泪流满面，急忙起来握住她的手。香玉用另一只手握住绛雪，相对呜咽，泣不成声。坐下以后，黄生觉得自己握香玉的手是虚的，惊异地问怎么回事。香玉流着泪说："过去我是花神，是凝结的。现在我只是花鬼，是虚散的。今天虽然重聚，但也不要当真，只当是梦中相会罢了。"绛雪说："妹妹你来了正好，我被你家男人纠缠死了。"说完就走了。

香玉虽然还像以前那样笑着，但依偎之时，总像靠着一个影子。黄生因此闷闷不乐，香玉也很无奈，于是说："你用白蔹草的粉末，放上一点硫黄，每天加进水里让我喝一杯，大概一年的时间就可以了。"说完就走了。第二天，黄生去看原来的牡丹坑，白牡丹竟真的重新萌发了。黄生每天小心培植，又做了栅栏把花围护起来。香玉前来，倍加感激。黄生就与香玉商量把这株牡丹移植到家里去，香玉不答应，说："我体质虚弱，不能忍受再次移栽。况且万物各有定处，我原本不是生长在你家的，违背了反而折寿。只要你真心疼爱我，总有一天我们会像从前一样好的。"黄生又埋怨绛雪不来。香玉说："如果你一定要强迫她来，我倒是有办法。"说完就与黄生拿着灯到山茶花树下，用手当尺，测量树的高度，量到四尺六寸的地方，用手按住，让黄生两手一齐抓挠。不一会儿，只见绛雪从树后走出来，笑着骂道："死丫头，居然助纣为虐！"说着挽起他们的手进了屋里。香玉说："姐姐不要怪罪，麻烦你暂且陪一陪黄生，一年后我就不打扰你了。"从此绛雪常来陪伴黄生。

黄生看那白牡丹的花芽一天天茂盛起来，春末时，已经二尺多高。黄生回家时，留给道士一笔银子，嘱咐他早晚好好培养这株花。第二年四月，黄生回到下清宫，见牡丹枝上一朵花含苞待放。正流连忘返之际，花苞摇动着像要开放，不一会开出一朵盘子那么大的鲜花，居然有一个小美人坐在花蕊中，只有三四指长，转瞬间飘落下来，正是香玉，笑道："我在这里忍受风雨等着你，为什

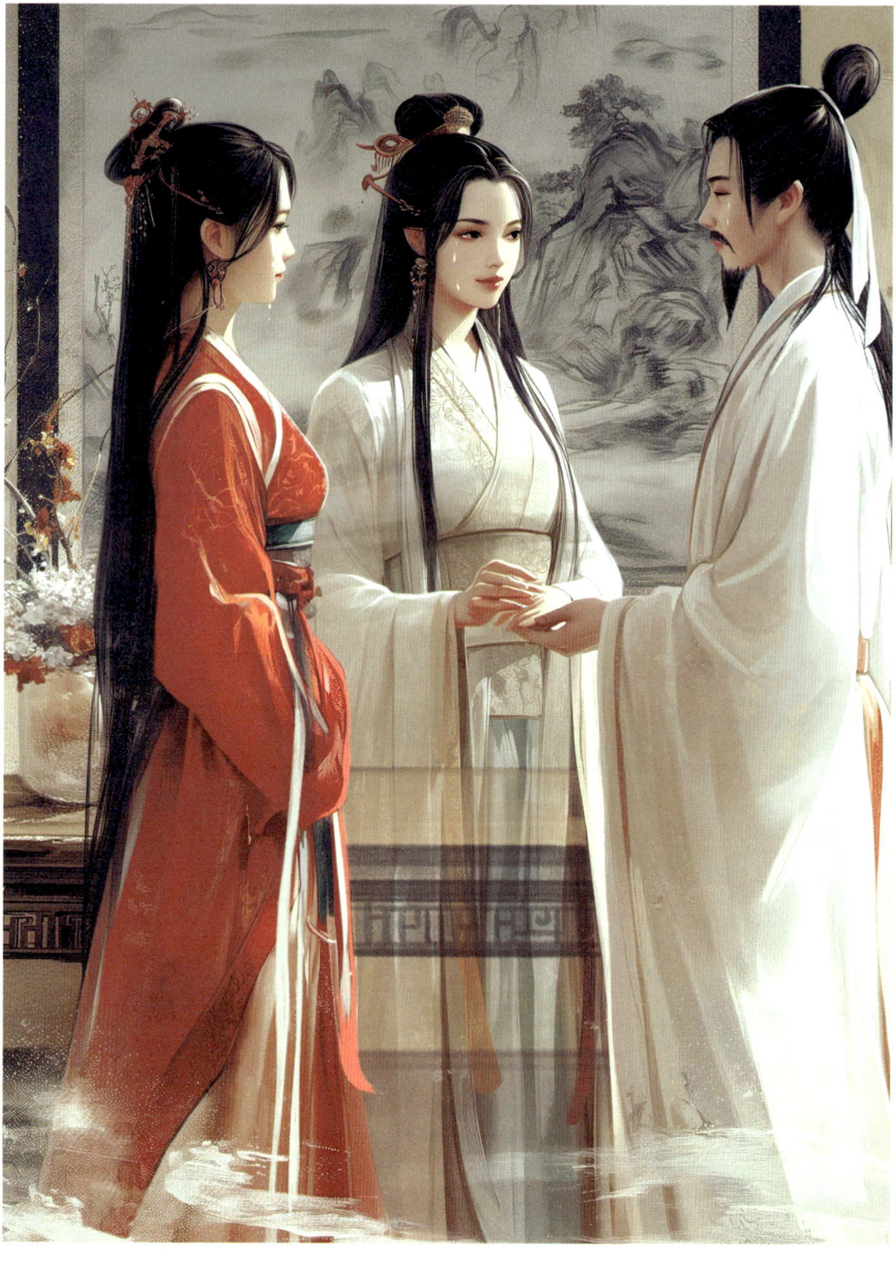

么来得这么晚！"进了屋里，绛雪也来了，三人谈笑饮酒，直到深夜。

后来，黄生的妻子死了，黄生就来到崂山居住不再回去。这时牡丹已长到胳膊那么粗了，黄生指着说："我死后就将魂魄寄托在这，长在你的旁边。"香玉和绛雪笑道："以后不要忘了今天说过的话。"十多年后，黄生忽然病了，他的儿子赶来悲伤地哭泣。黄生笑着对儿子说："这是我新生的日子，而不是死的日子，有什么可悲伤的！"又对道士说："他日如果白牡丹下有红芽生了出来，一次萌发五片叶子，那就是我。"然后不再说话，没多久就死了。

第二年，那株白牡丹下果然萌发出壮苗，正是五片叶子。道士深觉奇异，更加精心浇灌，三年后长到几尺高，有两手合抱那么粗，只是不开花。老道士死后，他的弟子不懂爱惜，将不开花的牡丹砍掉。没想到开花的白牡丹也枯萎而死，不久，山茶花也死了。

中国人对花卉有着特殊的情结，自春秋时期就有百花传说广为流传，而其中以十二花神的传说最为著名。花神是民间信仰的百花之神。十二月花神是根据社会风俗与四时花信的自然规律，按每年十二个月冠以花名而成。每个月都有代表花卉，被称为当月的"花神"：正月梅花，二月杏花，三月桃花，四月牡丹，五月石榴，六月荷花，七月葵花，八月桂花，九月菊花，十月芙蓉，十一月山茶花，十二月水仙。

阿宝

广东西边有个孙子楚，他生来就有六个手指，性格憨厚，口齿迟钝，别人骗他，他都会当真。有时遇到酒席上有歌伎，他转身就走。有人知道他这样，就故意骗他来，再指使歌伎挑逗他，他羞得脸红到脖子，一滴滴汗珠子直往下掉。大家都笑他傻，相互传扬，还给他起了绰号叫"孙痴"。

当地县里有个大商人某翁，富比王侯，他的亲戚也都是有钱有势的人家。他有个女儿叫阿宝，有着绝世的美貌。父母正为阿宝挑选佳婿，名门望族的子弟争着送来订亲聘礼，富翁挑来挑去都不满意。而孙子楚当时妻子死了，就有

人捉弄他，劝他去求婚。孙子楚也特别不自量力，居然真的找媒婆去提亲。富翁早就听过孙子楚的名字，但嫌他太穷。媒婆正要离开的时候，正好遇上阿宝。阿宝问什么事，媒婆讲明来意。阿宝开玩笑地说："他剁掉多余的指头，我就嫁给他。"媒婆把这话告诉了孙子楚。孙子楚说："不难。"媒婆走后，他就用斧子剁断了自己的第六个手指，巨大的疼痛透彻心扉，鲜血倾泻而出，他几乎晕过去。过了几天，孙子楚去见媒婆，并把手指给她看。媒婆很吃惊，跑去告诉了阿宝。阿宝也很惊奇，又开玩笑请他除去痴劲。孙子楚听后大声辩解，说自己并不痴呆，可惜没有任何作用。他转念一想，阿宝把身价抬得那么高，却未必美如天仙，由此求亲的念头渐渐淡了下来。

　　到了清明节，按当地风俗，这一天妇女们会出游。轻薄少年也喜欢在这一天结伴同行，对妇女们肆意评论。有几个人硬拉着孙子楚一起去，还有人嘲笑他说："不想看一看你那可意的美人吗？"孙子楚也知道他们是在戏弄自己，但因为被阿宝戏弄过，孙子楚也想看一看这个人到底漂不漂亮，就跟着去了。远远地看见有个女子在树下歇息，一群少年围着她看。众人说："这一定是阿宝了。"孙子楚跑过去，果然是阿宝，仔细看，秀丽无比。过了一会儿，围观的人更多了。阿宝急忙起身走了，众人还兴奋地评头论足，唯独孙子楚默默无语。等大家到其他地方去了，回头一看，孙

蒲松龄笔下痴情女子居多，痴情男子少之又少，孙子楚算是其中的异类。孙子楚断指明心，两次离魂追佳人，终得圆满。全篇笔笔写痴，字字关情。它鼓励读者，男女之间要有真心，有至情，这样就可以冲破一切阻力，实现理想婚姻。这样的爱情观，突破了封建主义的樊篱，带有强烈的进步思想。

子楚仍然痴痴地站在原地，喊他也不回应。一群人来拉他，说："魂跟阿宝走了吗？"孙子楚也不答话。众人因为他一向木讷，也不以为怪。大家又是推又是拉才把他弄回家去。

到家后，孙子楚一头倒在床上，整天不起来，像醉了一样，喊也喊不醒。家里人怀疑他丢了魂，到旷野里给他招魂，也不见效。用力拍打着问他，才朦胧地回应说："我在阿宝家。"再细问他，又默默不语了。家里人害怕了，不知道是怎么回事。

原来孙子楚看见阿宝离开，心里很是不舍，就觉得自己已经跟着阿宝走了，也没想着回来。于是就一路跟着阿宝回了家，整天黏着她，很是欢洽。可觉得肚子出奇地饿，想回家又找不到路。而阿宝也常常梦到一个人，问那人的名字，都说："我是孙子楚。"她心里感到奇怪，可也不方便告诉别人。

孙子楚躺了三天，就要断气了。家里人非常害怕，就托人委婉地告诉富翁，想到他家招魂。富翁笑着说："平时不相往来，魂魄怎么会遗落在我家呢？"家人坚持哀求，富翁才答应。于是巫婆拿着孙子楚平时的衣服、卧席来到富翁家。阿宝知道了巫婆的来意，害怕极了，直接引导她进入自己的房中，任凭她招呼一番而后离去。

巫婆回到了孙家门口，孙子楚躺在床上已经开始呻吟了。醒来后，阿宝房中的香匣等用具，什么颜色，什么名字，一一说来，没有丝毫差错。阿宝听说后，更加害怕。

慢慢的，孙子楚已经能下床，但总是精神恍惚，又凝神思索，心事重重的，还常常打听阿宝的消息，希望能再见到她。浴佛节那天，听说阿宝将要到水月寺烧香，孙子楚一早就去等候在路旁，到了午时，阿宝才来，从车中看到了孙子楚，用手撩起帘子，目不转睛地注视着他。孙子楚更加动了情，一直跟在车子后面。阿宝忽然让丫环来问他的姓名，孙子楚很殷勤地告诉了丫环。最后车子走了,孙子楚才回家。

　　回家后孙子楚又病了,恍恍惚惚不吃不喝,梦中喊着阿宝的名字,常恨自己的灵魂不再出窍。孙子楚家里以前养的一只鹦鹉,忽然死了,家里的小孩子拿着死鹦鹉在他床边玩弄。孙子楚心想:倘若能变身为鹦鹉,展翅就可飞到阿宝的房里了。心里刚想着,身子已经变成了轻快的鹦鹉,立即飞了出去,直接到达了阿宝的住所。阿宝高兴地捉住了它,绑住了它的腿,用麻籽喂它。鹦鹉大声说:"姐姐别绑我!我是孙子楚啊!"阿宝大为惊骇,解开了绳子,鹦鹉也不离开。阿宝说:"你的深情我已经知晓,现在我们已经人禽不同类,怎么能成就姻缘呢?"鹦鹉说:"能在你的身边,我的心愿已经满足了。"其他人喂食,鹦鹉就不吃,要阿宝亲自喂它才吃。阿宝坐下,鹦鹉就蹲在她的膝上,阿宝躺下,鹦鹉就依偎在她的床边。这样过了三天。阿宝很可怜它,悄悄地派人去孙家看

孙子楚。孙子楚僵卧在床上,断气已经三天了,但心口还是暖的。

阿宝说:"你能复活变成人,我当发誓死也与你相随。"鹦鹉说:"你骗我的吧!"阿宝立即就发誓。鹦鹉斜着眼睛,好像在思索什么,突然冲到床底下,叼着阿宝的一只鞋飞走了。阿宝急忙呼唤它,鹦鹉已经飞远了。阿宝赶忙指使一个老妈子前去孙家探望,发现孙子楚已经醒来。

家人见鹦鹉叼着绣鞋飞来,落地就死了,正感到奇怪,孙子楚已经苏醒,醒来就寻找绣鞋。众人都不知道是什么原因,正好阿宝的老妈子来了,进房看到孙子楚,问鞋子在哪里。孙子楚说:"鞋是阿宝发誓的信物,借你的口转告,我不会忘记她的诺言。"老妈子返回来复命。阿宝更惊奇,故意让丫环泄露这些事情给母亲。母亲详细询问明白,才说:"这个人才学名声也还不错,但像司马相如一样贫寒,选了几年的女婿,最后选到一位这样的,恐怕会被贵人们笑话。"阿宝因为鞋子的缘故,誓死不嫁他人。父母只好依了她。阿宝迅速派人告诉了孙子楚。孙子楚很高兴,病立刻就好了。

富翁想把孙子楚招赘到家里来。阿宝说:"女婿不可以久住岳父家。何况他又贫穷,住久了会更加让别人瞧不起他。女儿既然已经答应了他,住草屋、吃粗饭,绝无怨言。"于是孙子楚亲自去迎娶阿宝举办婚礼,两人相逢如隔世团圆一样高兴。

自此,孙家得了阿宝的嫁妆,也变得小富。而孙子楚痴迷于读书,不知道治家理业,阿宝善于居家过日子,也不以家中其他的事情拖累孙子楚。

过了三年,家里更富了。孙子楚忽然得了病,死了。阿宝哭得悲痛欲绝,整天以泪洗面,不吃不喝不睡也不听劝,最后趁夜里没人上吊了。丫环发现后,急忙救护,才醒了过来,但始终是不吃东西。

三天后,家人召集亲友,准备给孙子楚入葬。听到棺材里有呻吟和喘息的声音,打开一看,孙子楚已经复活了,说:"我见到了阎王,阎王因为我生平朴实诚恳，命令我做部曹。忽然有人说：'孙部曹的妻子将要到了。'阎王查了生死簿，说：'她还不到死的时候。'又有人说：'三天不吃饭了。'阎王回身说：'感动于你妻子的气节和情义，暂且赐你再生。'于是就派马夫牵着马送我回来了。"

从这以后，孙子楚身体渐渐正常了。正值这年乡试，进考场之前，一群少年又打算捉弄他，一起拟了七道偏僻的试题给孙子楚，还拉他到僻静的地方，说："这是有人通过关系购得的试题，因为尊敬你才告诉你。"孙子楚居然相信了，夜以继日地琢磨，写成了七篇八股文，众人都暗暗地嘲笑他。结果，这一年的主考官在出题时，考虑到熟悉的题目已经用了多年，所以力反常规，出了七道偏僻的试题。试卷发下来，七道题目与孙子楚准备的都吻合。孙子楚因此成为乡试头名。第二年，又中了进士，授官翰林。皇上听说了他的异事，召来询问。孙子楚全都如实奏明了。皇上大为称赞。后来又召见阿宝，还赏赐了很多东西给他们。

　　八股文，是明清以来科举考试的一种文体，题目范围限定于四书五经。八股文的规则随时代不同小有变化，但大体上每篇都要由破题、承题、起讲、入手、起股、中股、后股、束股等几部分组成，其中，起股、中股、后股、束股这四个部分各自要有两股排比对偶的文字，这也是八股文名称的由来。八股文的字数一般不超过七百字。八股文形式呆板，内容贫乏，束缚了人们的思想，在明清时期通行了四百多年。直到光绪二十七年，才在科举考试中改试策论，废除了八股文。

席方平

　　东安人席方平，他父亲席廉是个老实人，与姓羊的富豪有矛盾。后来羊某死了。过了几年，席廉病重，对家人说："姓羊的买通了阴曹鬼差，拷打我呢！"不一会儿，席廉浑身红肿，高声惨叫着死去了。席方平悲痛万分，说："我父亲是个老实人，不善言辞，如今被恶鬼欺凌，我要到阴间替他申冤。"从此不再说话，一会儿坐，一会儿站，像痴呆了一样，原来他的魂魄早已离开躯体。

　　席方平只觉得自己刚出家门，也不知去哪里找父亲，在路上见到行人便问县城在什么地方，没多久便进了城。他父亲已被关进狱中。席方平来到监狱门口，远远看见父亲躺在房檐下，十分狼狈。席廉抬头看见儿子，潸然泪下，说道："狱吏都被姓羊的贿赂了，没日没夜地拷打我，我的两腿都被打坏了。"席方平听后怒火冲天，大骂狱吏："我父亲如果有罪，自有王法管着，哪能任由你们这些恶鬼随意摆布！"于是出了监狱，写了状子，趁着城隍早上升堂办案，席

方平大喊冤枉，把状子递了上去。那姓羊的得知以后，心中害怕，又把衙门里里外外都贿赂一遍，才来到公堂对质。城隍以缺乏证据为由，判定席方平无理。席方平满腔怨愤无处申诉，连夜走了一百多里路，到了郡城，把城隍和鬼差们受贿舞弊的行为告到郡司衙门。那郡司老爷一直拖了半个月才审理，最后把席方平打了一顿板子，又把案子批回城隍复审。席方平回到县城，受尽酷刑，悲惨冤屈，无法申诉。城隍担心他再上告，派鬼差将他押送回家。

鬼差把人送到门口就走了，席方平却不肯进家，又跑到地府去控告郡司、城隍残害良民，贪赃枉法。阎王立即把郡司、城隍拘拿对质，二人密派心腹来向席方平说情，承许给他一千两银子平息此事，席方平不予理会。过了几天，旅店主人对席方平说："您赌气太重了，官府向您求和，您都执意不从。我听

小说塑造了席方平这个勇敢者的光辉形象，通过他的遭遇，深刻地揭露了封建社会的黑暗，体现了被压迫人民的斗争意识。蒲松龄所处的时代正是封建统治极为黑暗的时期，作者长期的乡居生活，使他目睹了贪官污吏对底层百姓的荼毒，内心郁积了满腹的不平之气，因此他的小说中有不少抨击时政、揭露社会痼疾的作品。本文就属于批判官绅类小说。

说他们将成箱的礼物送到阎王那里了,您的官司恐怕不妙。"席方平只把他的话当作传言,不大相信。一会儿,真有身穿黑衣的鬼差传他到地府。上了殿堂,只见阎王面带怒色,不容分说,便将席方平重打二十大板。席方平厉声质问:"小人犯了什么罪?"阎王面无表情,充耳不闻。席方平一边挨打,一边大喊:"我活该挨打!谁教我没有钱呢!"阎王更加恼怒,命人摆上火床。两个鬼卒将席方平揪下大堂,只见东侧台阶上放了一张铁床,下面烧着火,床面烧得通红。鬼卒剥去席方平的衣服,将他扔在床上。席方平痛彻心扉,被烧得焦黑,求死不得。大约过了一个时辰,鬼卒说:"行了。"就把他扶起来,催他下床穿上衣服,幸好还能一瘸一拐地走路。他又被带到大殿上,阎王问:"你还敢再告状吗?"席方平说:"大冤未伸,心就不死,如果我说不再告状,那是骗你。我一定要告!"阎王问:"你要告什么?"席方平道:"我所遭受的痛苦,都要讲出来。"阎王又发怒,下令用锯子锯开他的躯体。两个鬼卒又把席方平拉去,只见地上立着一根八九尺高的木柱,上面仰放着两块木板,到处都是模糊的血迹。鬼卒正要把席方平捆上去,忽听殿上高喊:"席方平!"两鬼卒随即押他回殿。阎王又问:"还敢告状吗?"席方平回答说:"一定要告!"阎王便命令将他拉下去快快锯开。下殿后,鬼卒用两块板子夹住席方平的身体,绑在立柱上。锯齿一拉下来,席方平只觉头顶一点点被劈开,疼痛难忍,可他强忍着不叫。只听鬼卒说:"这人真是刚强啊!"锯声隆隆作响,很快锯到了胸部。又听到一个鬼卒说:"这人是个孝子,没有罪过,稍微锯偏些,不要损坏他的心。"席方平觉得锯齿曲折而下,更加疼痛不堪。不一会儿,人被锯成两半。鬼卒解开绳子,两半身子都掉在地上。鬼卒上殿大声禀报,殿上传令合身来见。两个鬼卒便将席方平的两片身子合拢,拖上殿来。席方平觉得身上有一道缝,疼得像要裂开。刚走半步就跌倒在地。一个鬼卒从腰间扯出丝带递给他,说:"送你这条带子,算是表彰你的孝心。"席方平接过来系在身上,顿觉舒服起来,一点也不疼了。他走上堂去,趴倒在地。阎王又像方才那样问他,席方平害怕再遭酷刑,便答道:

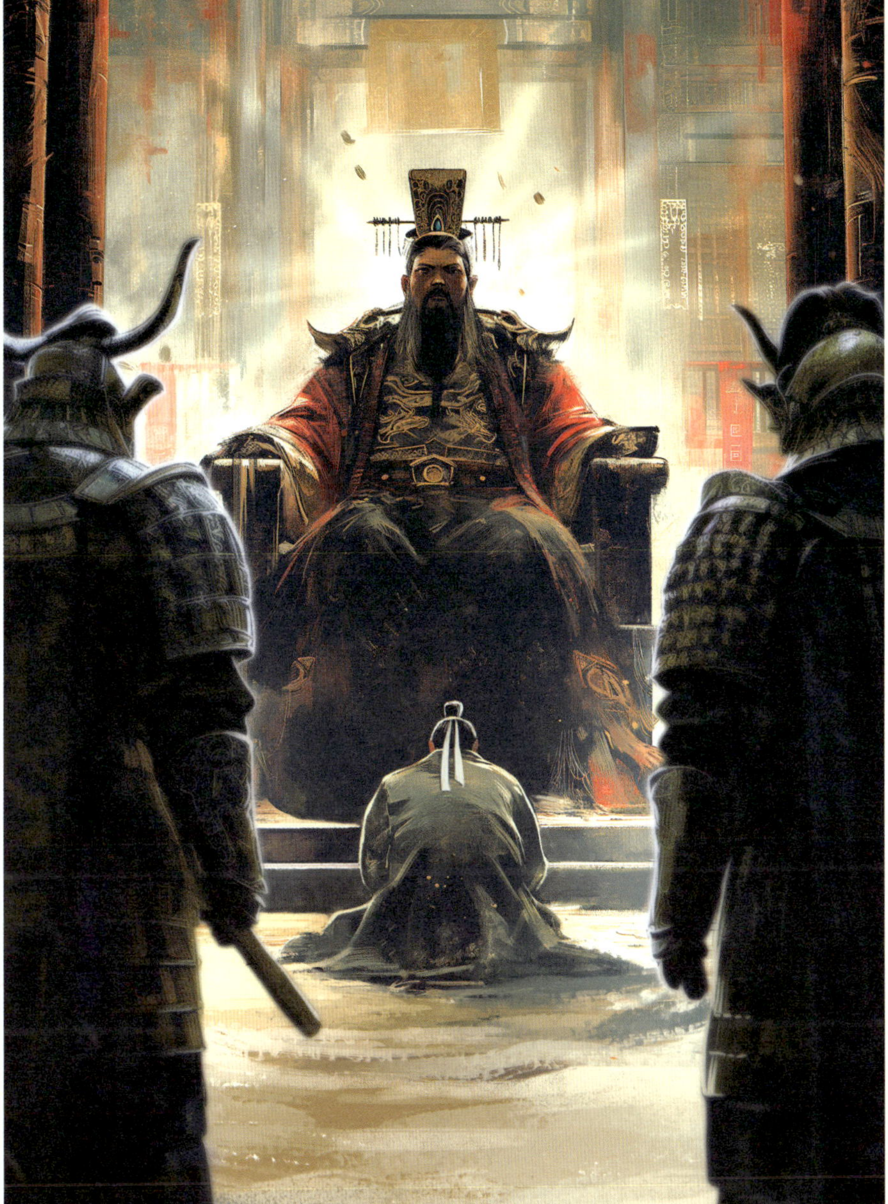

"不告了。"阎王立即下令把他送回人间。

　　鬼差把席方平带出北门，指明他回家的路，转身就走了。席方平心想，阴曹地府的黑暗比人间还厉害，无奈没有通天的路让玉皇大帝知道这些。曾听人说，灌江口二郎神是玉皇大帝的外甥，聪明正直。向他诉冤，也许会有灵验。席方平暗自高兴两个鬼差已走，便转身向南而去。正匆匆赶路，两个鬼差追了上来，说："阎王怀疑你不会回家，果然如此。"便把他捉回去见阎王。席方平暗想，这次阎王一定更加恼怒，残害更甚。没想到阎王毫无怒容，对他说："你确实孝顺，但是你父亲的冤枉，我已经为他昭雪了，而他已经转生到富贵人家，哪里还用得着你鸣冤？现在送你回家，赐你千金财产，百岁阳寿，你该满意了吧？"说着，把这些许诺写入生死簿，并盖上大印，让席方平亲眼看了。席方平谢过阎王，走下殿来。鬼差与他一同出来，路上一面驱赶一面骂道："你这奸猾的贼！屡屡生事，害得我们跟着奔波，累得要死！再闹，就把你捉进大磨里，磨成肉酱！"席方平瞪眼斥道："你们这些小鬼想干什么！我生性就爱刀锯，不耐烦打板子。咱们回去见阎王，他如果让我自己回家，我又何必劳烦你们相送？"说着转身就往回跑。两个鬼差怕了，软言软语劝他回来。席方平故意慢吞吞地走，走上几步便要休息，鬼差敢怒不敢言。

　　大约走了半日，来到一个村庄，见一家门半开着，鬼差拉席方平一起坐下，席方平便坐在门槛上，鬼差乘他不防备，猛将他推进门去。席方平惊魂刚定，发现自己已经投胎变成婴儿出生了。他愤怒地啼哭不止，不肯吃奶，三天便死了。席方平的魂魄飘飘荡荡，念念不忘要去灌江口，跑了几十里路，忽见一队有羽毛装饰的仪仗迎面而来，旌旗长戟遮蔽道路。席方平穿过大路回避，不料还是触犯了仪仗，被开路的马队抓住，捆绑起来送到车驾前。席方平抬头一看，见车里坐着一个青年，仪表堂堂、体态魁伟。青年问他："你是什么人？"席方平满腔冤愤无处申诉，心想这一定是个大官，或许能替自己作主，于是将自己所遭受的苦难详细倾诉出来。车里的青年人下令为他松绑，让他跟着车走。

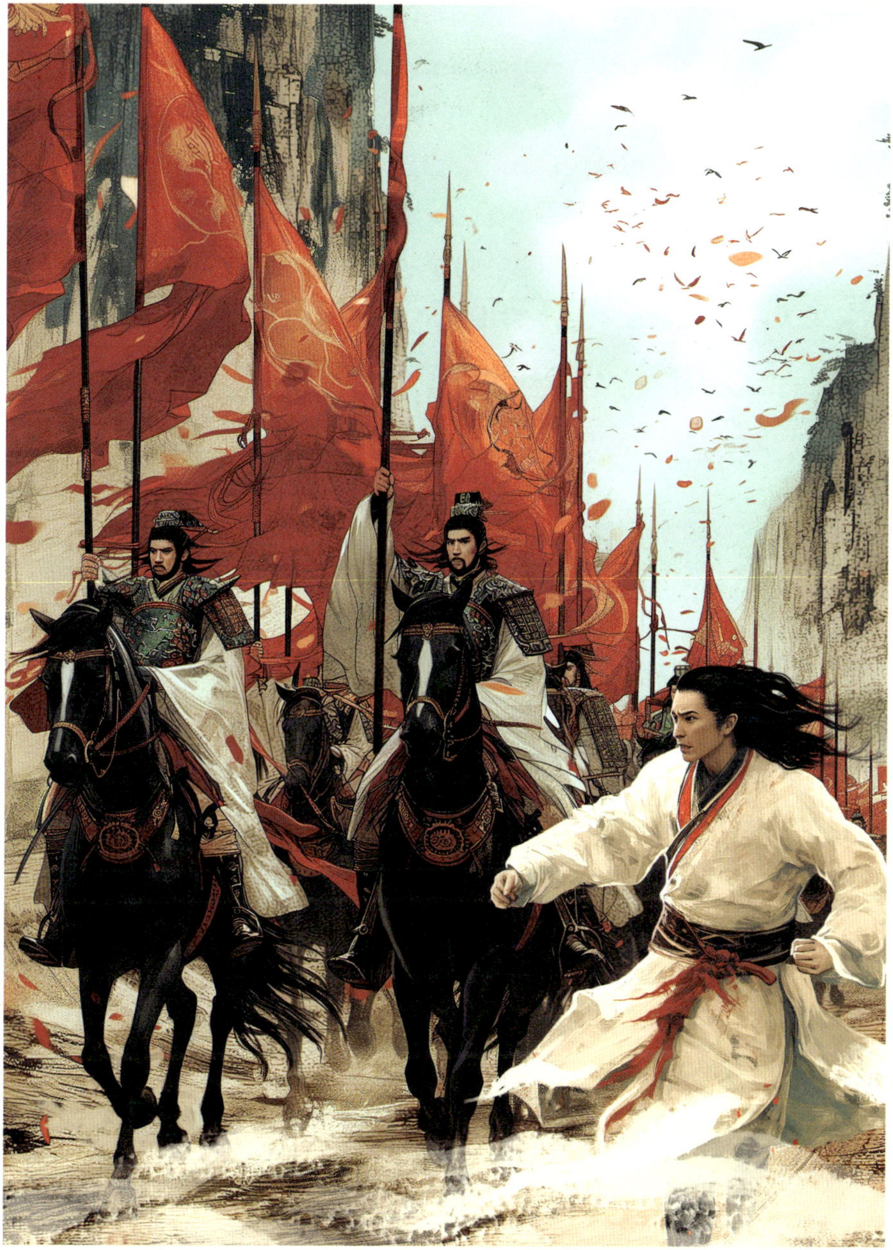

不一会儿，来到一个地方，十几个官员站在路边迎候，那青年与官员们一一打了招呼，然后指着席方平对一个官员说："他是下界的人，正要到你那里告状，应该马上为他明断是非。"席方平问了随从人员，才知道车中青年是玉皇大帝的九皇子，他嘱咐的官员正是二郎神。席方平看那二郎神，身材修长，长着络腮胡子，与世间传说的模样并不相同。

九皇子走后，席方平跟随二郎神来到一处官衙，只见自己的父亲和那姓羊的，以及很多鬼差都在这里。一会儿，囚车中又出来几个人，却是阎王、郡司、城隍。当堂勘问对质之后，确认了席方平所诉全部属实。阎王他们吓得浑身发抖，如同蜷缩在地的老鼠一般。二郎提笔书写判词，没多久便传下判决，命涉案者一同来看。判词写道：

"查得地府阎王：职任阴间王爵，身受玉帝之恩，本应廉洁奉公，做众官表率，不应贪赃枉法，惹人非议。却耀武扬威，以权仗势，狠毒贪婪，有失为臣之道。对百姓施以酷刑，剥皮剔骨，实在残忍。应引来西江之水洗涮你的肚肠，烧红东墙的铁床让你自食其果。

"城隍、郡司：你等身为百姓的父母官，奉玉帝之命管理百姓，虽然官职卑微，但鞠躬尽瘁之人不会折腰；即使被高官逼迫，有志之人也不会屈服。然而你们上下勾结，凶恶如鹰鸷，不顾百姓的贫苦。又飞扬跋扈，奸诈如猴子，即使在饿鬼身上也要扒下皮来。一味贪赃枉法，实在人面兽心！应将你们剥去人皮，换上兽皮，转世为牲畜。

"鬼差：既然在地府当差，就不是人类，只该在衙门里做善事，或许还能转生为人，怎能在苦海中兴风作浪，再造弥天大孽？仗势横行，像狗脸蒙霜一样冷酷，横行狂号，如恶虎一般阻塞要道。在阴间滥发淫威，使人们望而生畏，助纣为虐，让百姓如惧屠夫。应当在法场上剁掉你们的四肢，扔到大锅里煮烂，再将筋骨捞出。

"羊某：为富不仁，狡猾多诈，用金钱的光笼罩地府，使阎罗殿上风沙弥漫、铜臭熏天，使无辜者枉死城中，全无日月光华。多余的铜臭还能驱使小鬼，力大可以通神。应该查抄你的家产，奖赏席方平之孝义。

"以上罪犯，立即押往东岳大帝处执法！"

二郎神又对席廉说："我念你的儿子有大孝大义，你又禀性善良懦弱，再赐给你阳寿三十六年。"说罢，便派两个人送席氏父子回家。

席方平抄录了二郎神的判词，归途中父子二人一起诵读。回到家中，席方平先苏醒过来，让家人赶紧打开父亲的棺材。席廉僵硬的尸体仍然冷冰，等了整整一天才逐渐恢复温暖，复活过来。再找那份抄录的判词，却已不见了。从此，席家日益富裕起来，三年之内，良田遍野。而羊家衰败，楼阁田产都归席家所有。乡里的人有人想买他家的田产，便听梦里有神人呵斥："这是席家田产，你怎能占有！"起初有人并不相信，结果耕种之后颗粒无收，只好又卖给席家。席方平的父亲活到九十多岁，方才去世。

二郎神，即灌江口二郎，是儒、道、释三方和古代官方尊奉的神祇。关于二郎神流传已久的传说有二郎治水、二郎擒龙、二郎斩蛟等。在民俗中，二郎神是一位神威显赫、善于变化、英勇善战的天神，能安四方、守边陲、解民苦、助中兴。关于二郎神的来历，民间说法多样，但形象上却相差无几，都是头上三目、执三尖两刃刀、牵哮天犬的武将形象。二郎神的神像多是悠闲地斜坐着，并且一条腿搭在另一条腿之上。这个坐姿后来被民间叫作"翘二郎腿"。

口技

　　村里来了一个女子，年纪有二十四五岁。她携带着一个药袋，行医看病。有来看病的，她自己不会开药方，要等到晚上请问各位神仙。

　　到了晚上，女子打扫干净小房子，把自己关在房中。众人围绕在门外窗边，侧着耳朵静听，连咳嗽都不敢，屋里屋外静悄悄的。

　　大约到了半夜，忽然听到有人掀帘子的声音。女子在屋内说："是九姑来了吗？"一个女子回答说："是啊。"女子又说："腊梅也跟着九姑来了吗？"像有个丫头回答说："来了。"三个人就开始聊起来没完了。

　　一会儿，又听到门帘掀动的声音。女子说："六姑来了。"不知谁说："春梅也抱小郎子来了吗？"一个女子说："拗小子！哄也不睡，定要跟着来。身子又特别重，背着他累死个人。"紧接着听到女子的殷勤招待声，九姑的问讯声，六姑的寒暄声，两个丫头的慰劳声，小孩子的喜笑声，猫的叫唤声，一齐嘈杂。就听女子笑着说："小郎君也太喜欢玩耍了，大老远的抱个猫儿来。"

　　接着说话的声音渐渐稀疏，门帘又响，满屋里都喧哗起来，说："四姑来得怎么这么晚？"有一个小女子细声答道："有一千多里路呢。"于是各种嘘寒问暖

　　这个故事的核心是一场骗局，女子通过自己的口技，制造出各种声音，装神弄鬼，以此骗取钱财。骗术虽然高明，但最终还是因为没有效果而被识破，揭示了那些为了利益不择手段的人的真面目。尽管作者对女子诈骗的行径并不赞同，但钦佩她的口技精湛，文中对口技场景的描写，细致入微，生动形象。除了会口技的女子，作者还在最后加上了一段对口技少年的描写，表达了他对中国民间艺术的赞赏之情。

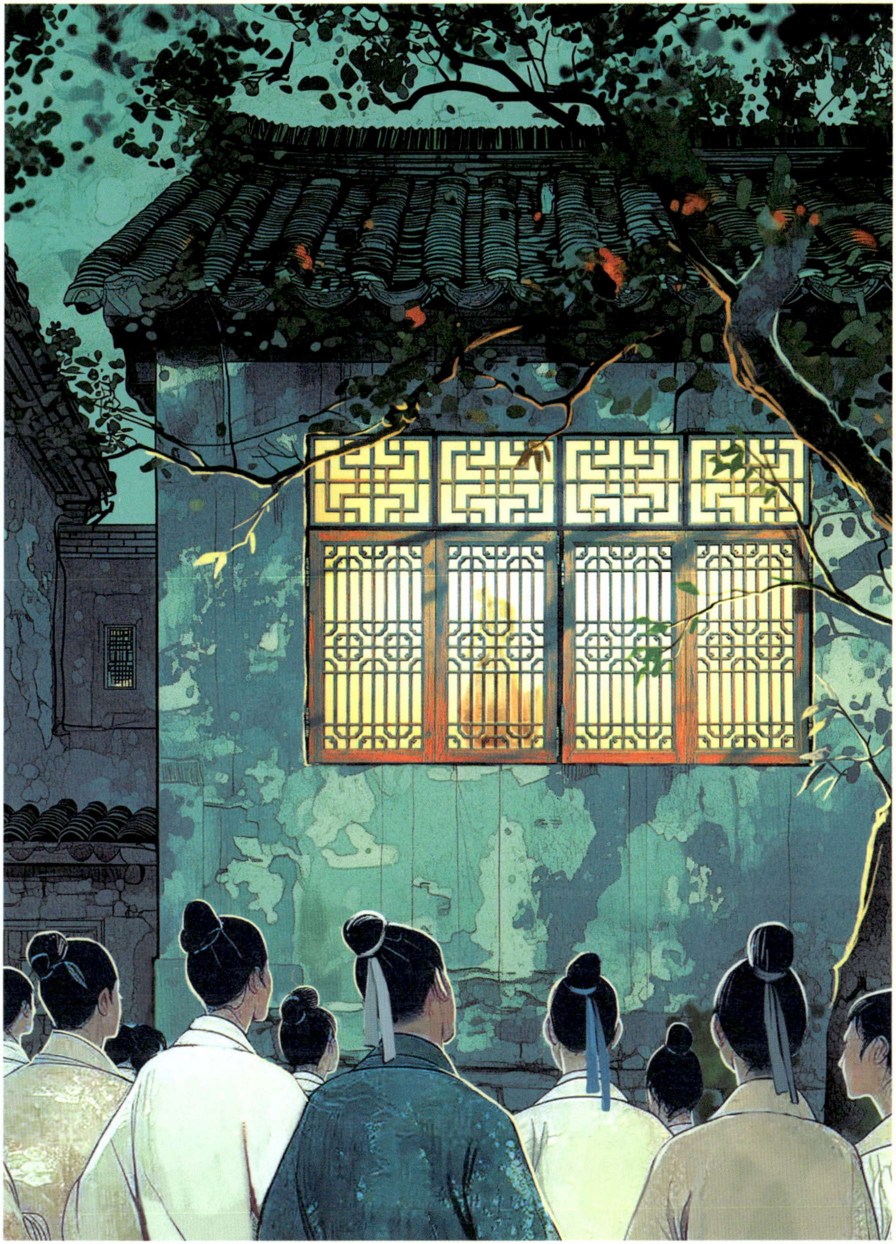

的声音，伴随着移动座椅的声音，满屋的喧闹，一顿饭的工夫才静下来。

接着听到女子问病的声音。九姑以为应用人参，六姑认为当用黄芪，四姑认为该用白术。商量了好一阵子，就听九姑叫人拿笔墨砚台来。不久，听到折纸的声音，拔笔扔笔帽的声音，磨墨的声音。接着是投笔碰撞到桌子上，震动得毛笔发出的响声，再接下来就听到撮药、包裹药的声音。

过了一会儿，女子推开房间的门，呼唤等候在外面的病人，递给药包和药方。当女子转身入室后，又听到三位姑娘的道别声，三个丫头的道别声，小儿哑哑的叫声，猫儿的喵喵声，一时并发起来。九姑的声音清脆而高昂，六姑的声音缓慢而苍老，四姑的声音娇细而宛转，包括三个丫头的声音，都各有特色，可以一一辨别。众人惊讶得以为是真神，可是回家试她的药方，也不是很有效。

这就是所谓的口技，特意借这种方法推销生意罢了，然而，她的口技水平，也够神奇的了。

　　以前，朋友王心逸曾说：他在京城时，偶尔经过集市，听到弹琴唱歌的声音，观看的人好像一堵墙。近前一看，只见一位少年以舒缓的声调唱着歌，并没有乐器，只用一个指头按着脸颊，一边按捺一边歌唱，听起来铿锵有声，与乐器伴奏没什么两样。这也是口技的一种吧。

　　口技，是优秀的民间表演技艺，是杂技的一种。口技实际上是一种仿声艺术：表演者用嘴巴或身体的其他部位模仿各种声音，使听的人产生一种身临其境的感觉。口技起源于上古时期，人们在狩猎时，模仿动物的声音，来骗取猎物获得食物。战国时期《孟尝君夜闯函谷关》的故事中，孟尝君的门客学鸡鸣、狗叫，助其脱险的故事是关于口技较早的历史记录。口技作为表演艺术，不晚于宋代。到了清代，口技从单纯模拟某一种声音，发展到能同时用各种声音，串成一个故事，被列为"百戏"之一。

红玉

广平县的老冯头有个儿子，叫冯相如。父子二人都是秀才。老冯头年近六十，性格耿直。他们家里很穷，经常吃了上顿没下顿。几年之间，老太太和儿媳相继死去，汲水、捣米等家务都由老冯头自己操持。

一天夜里，冯相如坐在月光下，忽然看见东边邻居家的女子从墙上向这边偷看。冯相如仔细看她，发现长得很漂亮，还在向他微笑。冯相如向她招手，示意她过来。女子不过来，也不走开。再三邀请，女子才爬梯子过来。冯相如问她的姓名，女子说："我是邻家的女儿，叫红玉。"冯相如很是喜欢她，与她

私订终身，红玉答应了。就这样，两人夜夜往来，大约有半年多。

一天晚上，老冯头半夜起来，听到儿子房里有说笑声。偷偷看去，看见了红玉。老冯头大怒，把儿子叫出来，骂道："畜牲干了些什么事！如此穷苦，还不刻苦攻读，反而学得轻浮啊？别人知道了，丢了你的品德，别人不知道，也损你的阳寿！"冯相如跪下，承认了错误，流着泪说要悔改。老冯头又呵叱红玉说："女子不守闺戒，既玷污了自己，又玷污了别人。倘若这事被人发现，不光是我们一家丢脸啊！"骂完了，气愤地回屋了。

红玉流着眼泪说："父亲的怪罪和责骂，实在让我感到惭愧。我们二人的缘分尽了！"冯相如说："父亲在，我不能自作主张。你如果有情，还应当忍辱为好。"红玉坚决说要绝交，冯相如就哭了起来。红玉劝阻他说："我与你没有媒妁之言、父母之命，又怎能白头偕老？本地有一个好姑娘，你可以聘娶她。"冯相如说自家贫穷，无可聘之礼。红玉说："明天晚上等我，我为你想办法。"

第二天夜里，红玉果然来了，拿出四十两银子给冯相如，说："离这儿六十里，吴村卫家的姑娘，十八岁了，彩礼要得很高，所以还没有出嫁。你以重金满足她家的要求，她一定会答应你的。"说完就告辞了。

冯相如找了个机会跟父亲说，想到吴村提亲，但

据统计，《聊斋志异》有80多篇中的主角为女性妖狐鬼怪。这些鬼怪不仅没有一丝凶残恐怖，而且楚楚可怜，容貌姣好，平易近人，美丽多情。而蒲松龄笔下的人鬼相恋，大多两情相悦，琴瑟和谐。

蒲松龄的一生与妻子聚少离多，又穷困潦倒，他的情爱心理和欲望都备受压抑。自然内心中渴望自由恋爱的甜蜜，憧憬爱情里双方如鱼得水般的痴缠。所以，在他笔下的女鬼们敢于主动求爱，不羞涩于表达自己的真实情感，是蒲松龄内心渴望男女平等、鼓励女性自由进步的体现，更是他渴望两情相悦、琴瑟和谐般美好爱情的呐喊。

隐瞒了红玉赠送银子的事。老冯头考虑到家里没钱，说去了也白去。冯相如说："试探一下嘛。"老冯头点了点头。冯相如借了仆人和车马，出发去卫家。

冯相如说明来意，卫父知道冯家是有声望的家族，又见他仪表堂堂、性情豁达，心里早已应允了，可还是担心他家拿不出彩礼钱。冯相如听他说话吞吞吐吐，明白了他的意思，就把四十两银子摆在了桌子上。卫父一见银子高兴极了，马上请邻居做媒人，写了红帖子，订下了婚约。

冯相如进屋拜见岳母。屋子十分狭窄，卫姑娘依偎着母亲。冯相如略微斜眼看她，卫家姑娘虽然是贫家装束，但神情光彩艳丽，他心中暗暗高兴。卫父说："公子不必亲自迎娶。等我为女儿稍微备些衣服嫁妆，就用花轿抬送过去。"冯相如和他订下成亲的日期，就回去了。

回家后，冯相如骗父亲说卫家喜爱清寒门第，不要彩礼，老冯头很高兴。到了日子，卫家果然送女儿来了。卫姑娘勤俭又孝顺，婚后夫妻俩感情深厚，过了两年，卫姑娘生了一个男孩，取名福儿。

清明节，卫姑娘抱着孩子去扫墓，途中遇见了一个姓宋的绅士。这位宋绅

士当过御史，因为行贿被免了职，只得回乡。他见卫姑娘很是艳丽，便向村里的人打听，得知是冯家的媳妇。宋绅士想，冯相如不过是个穷秀才，只要多出点钱，就可抱得美人归，于是便打发家人去露露口风。冯相如听到这消息，怒不可遏，但转念一想，自己终敌不过宋家势力，就收敛怒容，回去告诉老爹。老冯头大怒，跑出去对着宋家的人，指天画地一顿臭骂。

宋绅士很是生气，竟派了好多人闯入冯家，气势汹汹地殴打冯家父子。卫姑娘听到，把孩子扔在床上，跑出来大声呼救。那帮家伙一拥而上，将她抬起来就走。冯家父子伤的伤，残的残，在地上呻吟，小孩在屋里呱呱啼哭。邻居们都可怜他们，扶他们回屋。过了几天，冯相如能拄着拐杖站起来了。老冯头却伤得很重，不久就死了。冯相如大哭，抱着儿子去告状，所有的衙门几乎都告遍了，终是不能申冤。后来听说妻子不愿屈从，也死了。冯相如更加悲痛，可没有地方可以申诉，多次想在路上刺杀宋绅士，又忧虑他仆人众多，儿子没有地方寄托。他哀痛地思来想去，常常通宵不能合眼。

一天，突然有一个满脸络腮胡子的大汉来冯家慰问。冯家与他从无交往。

冯相如拉他坐下，想问问两家是不是有什么渊源。客人突然说："你有杀父之仇、夺妻之恨，难道忘了吗？"冯相如怀疑他是宋家的人，就用假话应付他。客人气得眼眶像要迸裂，猛然就往外走，说道："我以为你是一个君子，现在才知道是个不足挂齿的庸俗之辈！"冯相如见他不是寻常人，忙跪下挽留他，说："实在是怕宋家的人来试探我。现在把心里话全部告诉你：我卧薪尝胆，伺机报仇，已经很长时间了。只是可怜我这襁褓中的孩儿，怕断了冯家香火。您是位义士，能否为我抚养孩子？"客人说："这是妇人女子们的事，不是我所能做的！养孩子的事，请你自己去做，报仇的事，我愿意替你去办！"冯相如听了，跪在地上直磕响头。客人看也不看他，就出去了。冯相如追出去问他的姓氏名字，客人说："如不成功，不愿意受人埋怨；成功了，也不愿意受人报答。"说完就

走了。冯相如害怕受到接下来案情的牵连，抱着儿子逃走了。

当天夜里，宋家人都睡了，有个人影越过宋家几道围墙，杀了宋家父子三人。宋家拿了状纸告到衙门。宋家咬定是冯相如干的，县令于是派遣衙役捉拿冯相如。冯相如早已逃得不知去向。宋家仆人同官府衙役到处搜捕。搜到南山，听到小孩子啼哭，循声过去抓住了冯相如。而冯相如的小孩因为哭得厉害，那帮人嫌烦就给扔掉了。

冯相如被押回了衙门，县令问冯相如："为什么杀人？"冯相如说："冤枉啊！他们是夜里死的，我是白天出门的，而且抱着呱呱叫的孩子，怎么能越墙杀人？"县令说："没杀人，你为什么逃走？"冯相如无话可答，不能辩解。县令把他关进了监狱。冯相如哭着说："我死了不可惜，孤儿有什么罪？"县令说：

"你杀了人家的孩子,现在杀你的儿子,有什么可怨的?"冯相如被革除功名,遭到酷刑逼供,最后也没有招供。

这天夜里,县令刚躺下,就听到有东西击中了床,震震有声。县令大为恐惧,大声号叫,全家都惊醒起来了。聚集过来用蜡烛一照,是一把短刀,锋利得寒光刺眼,入木有一寸多。县令看了,吓得魂魄都丢了。衙役们拿着刀枪到处搜索,竟然毫无踪迹。县令心想,估计是有人为冤屈的冯家出头,姓宋的已经死了,宋家没什么可怕的了。次日,县令就把案件呈报上级衙门,并替冯相如辩解开脱,最后冯相如被释放。

冯相如回到家,四壁空空荡荡,米瓮里没有一点粮食,幸亏邻居们怜悯他,送些食物过来,这才勉强度日。想到大仇已报,冯相如露出了笑容,但想到遭受残酷的祸端,几乎全家被害,又泪流满面。他想到自己半辈子贫穷,却遭此变故,唯一的儿子下落不明,常常在没人的地方放声痛哭。这样过了半年,冯相如哀求县令,要求判还卫氏的尸骨。埋葬了妻子回到家里,冯相如悲痛欲绝,意欲轻生。

忽然有人敲门,冯相如凝神静听,听见一个女子在门外小声地与小孩说话。门刚打开,女子便说:"大冤已经昭雪,庆幸你没病没灾!"她的声音很是熟悉,但一时想不起是谁了。用烛光一照,原来是红玉。红玉牵着一个小孩,小孩在她腿边嬉笑。冯相如也来不及询问,抱着红玉呜呜地哭了。红玉也很悲伤,接着推着小孩说:"你忘记你父亲了吗?"小孩牵住红玉的衣服,怯生生地看着冯相如。冯相如仔细看他,原来是福儿。他大为吃惊,哭着说:"在哪里找到儿子的?"红玉说:"我以前说自己是邻居的女儿,那是假话。实际上我是狐仙,那天刚巧赶路,听到有孩子在谷口啼哭,就抱到了陕西抚养。听说你大难已经过去,所以带他来与你团聚。"冯相如挥泪拜谢。小孩在女子怀里,像依偎着母亲,竟然不认得父亲了。

第二天天没亮,红玉就起床了,冯相如问她干什么。红玉说:"我想回去。"

冯相如大急，跪在地上，哭得抬不起头来。红玉笑着说："我诳你的。如今家道新创，非早起晚睡不可。"说完就去薅除杂草、洒扫庭院了。冯相如忧虑家中贫穷，不能维持三人的生活。红玉说："你只管安心读书，不用管家里的柴米油盐，有我来操持不至于饿着你的。"红玉拿自己的钱买来了纺织机，又租了几十亩田地，雇了佣人耕作。

大约过了半年，三人的生活也好起来了。冯相如说："劫后余生，又白手起家，可是还有一件事没有安排妥当，怎么办？"红玉问他何事，冯相如回答说："考试的日期已经临近，我那秀才的身份还没恢复。"红玉笑着说："我前几天已把四两银子寄给了学官，已经恢复了你的名头，登记在案了。如果等你说，就耽误得太久了。"冯相如更觉得她神奇。这次考试冯相如考中了举人。

中国婚礼有很多传统习俗，如三书六礼、明媒正娶、八抬大轿、十里红妆等。三书即聘礼书、请帖和礼书/嫁妆；六礼是指迎亲、问名、定礼、纳吉、请期和迎亲。明媒是指媒人，也就是我们常说的要有"媒妁之言"；正娶则是指正式开展婚礼仪式。八抬大轿指的是由八个人抬着的豪华轿子。十里红妆则是指婚礼过程中新娘在婚车上的盛装。这些习俗不仅见证了中华文明的历史和文化，也体现了人们对于婚姻的尊重和珍视。

林四娘

　　福建人陈宝钥，曾在青州道任职。一天夜里，陈宝钥在书房独坐的时候，忽然一个陌生女子掀开帘子走进来。陈宝钥看着她，发现并不认得。这个女子长得艳丽无比，长长的袖子，是宫里的打扮。女子笑着说："冷清的夜里，独自端坐，难道不寂寞吗？"陈宝钥惊奇地问："你是什么人？"女子说："我家不远，就在你家的西边。"陈宝钥心想西边哪有什么邻居，料想她是个鬼，但很喜欢她的容貌，便让她坐下来。女子言词风雅，陈宝钥很高兴。女子说自己叫"林四娘"。陈宝钥询问她的详细来历。林四娘说："你若有心爱我，就图个永远相好，

絮絮叨叨地问来问去想干什么？"陈宝钥也不好意思再问了。不久，鸡打鸣了，林四娘起身走了。

从此，林四娘夜夜必来陈宝钥的书房。每次来了，都和陈宝钥雅谈对饮。林四娘能明辨韵律、通识五音。陈宝钥猜她善于作曲。林四娘说："小时候学过一些。"陈宝钥想听听她唱歌。林四娘说："很长时间没唱过了，音阶节奏多半都遗忘了，恐怕叫内行人笑话。"陈宝钥再次强求，她才低下头敲打节奏，唱出悲凉的调子，声调哀怨婉转。唱完，她已泪流满面。陈宝钥也被她的曲调打动了，心酸地安慰她说："你不要唱亡国曲调啊，使人心情抑郁。"林四娘说："声音就是用来表达自己情绪的啊，悲哀的人你没法叫

林四娘美貌绝世，才多艺佳，最可贵的是，她还有着宁折不弯的风骨。几近完美的她却是古典文学作品中悲剧色彩最为浓重的女性之一。她只唱令人心酸的亡国之曲，谈及衡府往事，哽咽难言。孤苦的她只能自我诵经来超度自己的亡魂。她因亡国而死，亡国之哀久伴其身，无法消弭，令人伤痛。林四娘的故事在清初广为流传，很多作品中都有她的名字。虽然故事不尽相同，但男主人公大多是陈宝钥。蒲松龄将故事情节进行改编、丰富，以小说、异事的形式演绎了林四娘这位节烈女子的动人故事。

他欢乐，就像欢乐的人你也无法使他悲伤一样。"陈宝钥大为感动。

时间长了，陈宝钥的家人也偷偷来听她唱歌，凡听之人，没有不落泪的。陈夫人偷偷见过林四娘的容貌，认为人世间没有这样妖艳美丽的女子，林四娘不是鬼，就是狐。陈夫人怕陈宝钥被妖魅缠身，劝陈宝钥断绝与林四娘的联系。陈宝钥不听，但还是想找林四娘问个明白。林四娘自知无法再回避这个问题，于是忧愁地说："我是衡王府里的宫女，十七年前遭难而死。因为你高雅有义气，才与你相爱，根本不会祸害你。倘若你怀疑或者害怕，就此告辞。"陈宝钥说："我不是嫌弃，既然关系好到这个份上，必须知道你的实情。"于是陈宝钥又问起宫中的事，林四娘向他娓娓道来，可谈到王府衰落时，就哽咽哭泣地说不成话。

平时，林四娘都不大睡觉，每夜都念准提经、金刚经等经文。陈宝钥问："九泉之下能自我忏悔吗？"林四娘说："一样呢。我想自己一生沦落，想超度来生呢。"林四娘还常常与陈宝钥评论诗词，遇到有瑕疵的句子就指出它的毛病，遇到好的句子就细声吟咏，情意风流。陈宝钥问："你善写诗吗？"林四娘说："也偶尔写过。"陈宝钥向她索要赠诗。林四娘笑着说："小儿女家的诗句，不敢在你面前献丑。"

就这么平静地过了三年，有一天夜里，林四娘忽然面色凄惨地来告别。陈宝钥吃惊地询问她。林四娘回答说："阎王因为我生前无罪，死后不忘念经诵咒，叫我投生到王家。分别就在今晚，以后再也没有相见的时候了。"说完，神情悲伤。陈宝钥也泪流而下，很是惋惜，但也没有办法，于是摆酒与她痛饮。林四娘低声吟唱，一腔哀伤凄凉的曲调，一字百转，每到了悲伤处，就呜咽哭泣，多次停下，又多次重启，终于唱完一曲，起身徘徊，想要告别。陈宝钥拉住她，又坐了一会儿。忽然鸡鸣声起，林四娘说："时辰已到，不可以久留了。之前，你每每怪我不肯献丑作诗，今日将要永别，我就仓促间写一首吧。"说完拿起笔来，一挥而就，说："心悲意乱，不能字斟句酌，音节都是错的，不要拿出去给别人看。"说完，就悲伤地离开了。

陈宝钥送她到门外，直到林四娘消失不见了。陈宝钥站在门口悲伤了好长时间，回屋再看她的诗，只见字态端正秀丽，其诗曰：

静锁深宫十七年，谁将故国问青天？
闲看殿宇封乔木，泣望君王化杜鹃。
海国波涛斜夕照，汉家箫鼓静烽烟。
红颜力薄难为厉，惠质心悲只问禅。
日诵善提千百句，闲看贝叶两三篇。
高唱梨园歌代哭，请君独听亦潸然。

上古时期，蜀国的国王名叫杜宇，他骁勇善战，政治开明，被尊称为"望帝"。为保蜀国风调雨顺，他去了西山修道，祈求上天赐福。他将王位禅让给鳖灵——这个跟随自己多年，为蜀国立下不少功劳的宰相。然而鳖灵身居高位后一反常态，变得性格暴躁，在蜀国推行暴政，实施各种苛捐杂税，使百姓们苦不堪言。望帝对当初的决定十分后悔，但已无计可施。因此抑郁，一病身亡。望帝死后，变成了一只杜鹃鸟，飞到蜀国宫殿周围的树林里夜夜啼叫，声音凄苦哀怨，为那些被暴政毒害的百姓鸣不平，为他当初错误的想法而懊悔。

梅女

　　太行人封云亭，年纪轻轻，妻子却早已离世。一次，他到县城去办事，办完事，闲躺在客栈床上发呆。忽然他看见墙上显出一女子的身影，朦朦胧胧地像画在墙上的一样。封云亭以为是幻象，揉揉眼睛再看，那影子既不动，也不灭。他好奇地起身走近墙边细看，影子是个少女，面带愁容，伸着舌头，脖颈上套着绳索，分明就是个吊死鬼。封云亭很是吃惊，那少女竟身形飘然，似乎要从墙内走出。封云亭虽然知道这少女是吊死鬼，但因是白天，胆子便大了不少，也不怎么害怕，便对那女子道："小娘子若有奇冤，小生可尽全力相助。"少女的影子居然从墙上走下来，道："萍水相逢，怎敢劳烦公子。可怜我这黄

泉之下的枯骨，舌不能缩回口中，绳不能从颈上取下，求公子将这屋梁取下烧掉。"封云亭连忙应下，那影子便不见了。封云亭随即叫来房主，将自己遇到女鬼的事讲了，并询问个中缘由。房主道："这房子十年前是梅家的宅子，一天夜里有窃贼入室，被梅家捉住，送交掌管治安的典吏法办。谁料这典吏受了窃贼三百钱的贿，就诬赖梅家小姐与窃贼通奸，要拘了她来审问。梅家小姐听说后气得上了吊。后来梅家老两口也相继病故，房子这才归了我。住这儿的房客老是见到一些怪事，可我也没办法啊。"封云亭便将女鬼的话告诉房主，房主盘算着拆房卸梁是笔大开销，感到为难，封云亭说他可以帮房主出这笔钱，房主便答应了。

有钱好办事，没过几天，房子修好了，封云亭仍住在原处。梅女当晚便来了，果然颈上套着的绳索没有了。梅女向封云亭道了谢，面带喜色，姿态翩然。封云亭心生喜欢。梅女面带羞涩，惭愧地说道："奴家身上带有阴气，对公子不利，再则，旁人生前泼在我身上的脏水，还未洗掉。你我二人日后有的是机会，只是今日还不到时候。"封云亭问道："要等到何时？"梅女笑而不答。封云亭又问道："小姐可愿饮酒？"梅女答道："不饮。"封云亭道："佳人在前，只能呆看，有何趣味？"梅女道："奴家生前只会双陆棋。可两个人玩太冷清了些，夜里也没地方去弄棋盘。这漫漫长夜一时找不到消遣的法子，就先陪公子玩翻绳吧。"封

本篇讲了三个故事，一个是善心书生意外得佳偶的故事，一个是贪心典吏横遭报应的故事，一个是含冤女鬼报仇雪恨的故事。三个故事穿插在一起，颇具匠心。作品写了人鬼仇，也写了人鬼情，等仇人先等来情人，由情人引来仇人，仇报情深，共赴良缘，读起来感慨良多。文章的画龙点睛之笔在于阴间老妇痛骂典吏的那句痛快淋漓、适用于所有贪官污吏的话："袖有三百钱，便而翁也。"古人用文言文讽刺人的水平的确非常雅致又入木三分。

云亭答应了。二人促膝而坐，翘指绷线，玩了起来。封云亭有些糊涂了，不知该怎样接下去。梅女一边给他讲翻绳的方法，一边以下巴示意封云亭下一步该怎样翻，花样愈翻愈多，变幻无穷。封云亭笑道："这真是闺房之中精妙的游戏。"梅女道："这都是奴家自己想出来的，只要有两根线绳，便能翻出无穷花样。只是一般人没看出其中的奥妙罢了。"深夜，封云亭感到倦意袭来，梅女道："我们阴司地府的人是不用睡觉的，公子安歇吧。奴家略通一些按摩之术，愿皆尽所能，助君好梦。"说完，梅女便双手相叠为封云亭按摩，手法轻柔，从头顶至脚底通体按摩一遍，手到之处，顿觉骨酥神清。接着梅女又蜷起手指，轻轻捶打，好似棉团柳絮碰撞身体，浑身舒畅，无以言表。捶打至腰间，已经睁不开眼了，捶至腿部，封云亭已沉沉入睡了。封云亭一觉醒来，已是中午了，只觉得骨轻体畅，与平日大不一样。封云亭心中越发喜爱梅女，满屋子地喊她的名字，可并未有半点回应。太阳落山，梅女才来。封云亭道："小姐究竟居于何处，小生屋内喊遍也寻不到你。"梅女道："阴间之鬼哪有居所，住在地下就是了。"封云亭问道："难道这地底有裂隙可容身？"梅女道："鬼在地下，就像鱼在水中。"封云亭握住她的手腕道："要是小姐能还阳，小生不惜倾家荡产也要将小姐娶过门。"梅女笑道："何须公子倾家荡产。"二人玩翻绳至半夜，封云亭觉得翻绳玩久了太无聊。梅女道："这客房北厢

　　双陆，是古代博戏用具，同时也是一种棋盘游戏。棋子的移动以掷骰子的点数决定，第一个把所有棋子移离棋盘的玩者可获得胜利。关于双陆棋的起源众说纷纭，有一种说法是曹植在印度传入的波罗塞戏的基础上糅合六博（又作陆博，是古代民间一种博戏类游戏，因使用六根博箸，所以被称为六博）的特点而创设的。双陆棋在唐代尤为盛行，受到上至官廷下至黎民百姓的广泛喜爱。到了清代，由于统治者大力禁赌，同时因其益智功能的缺失，双陆棋逐渐退出历史舞台。

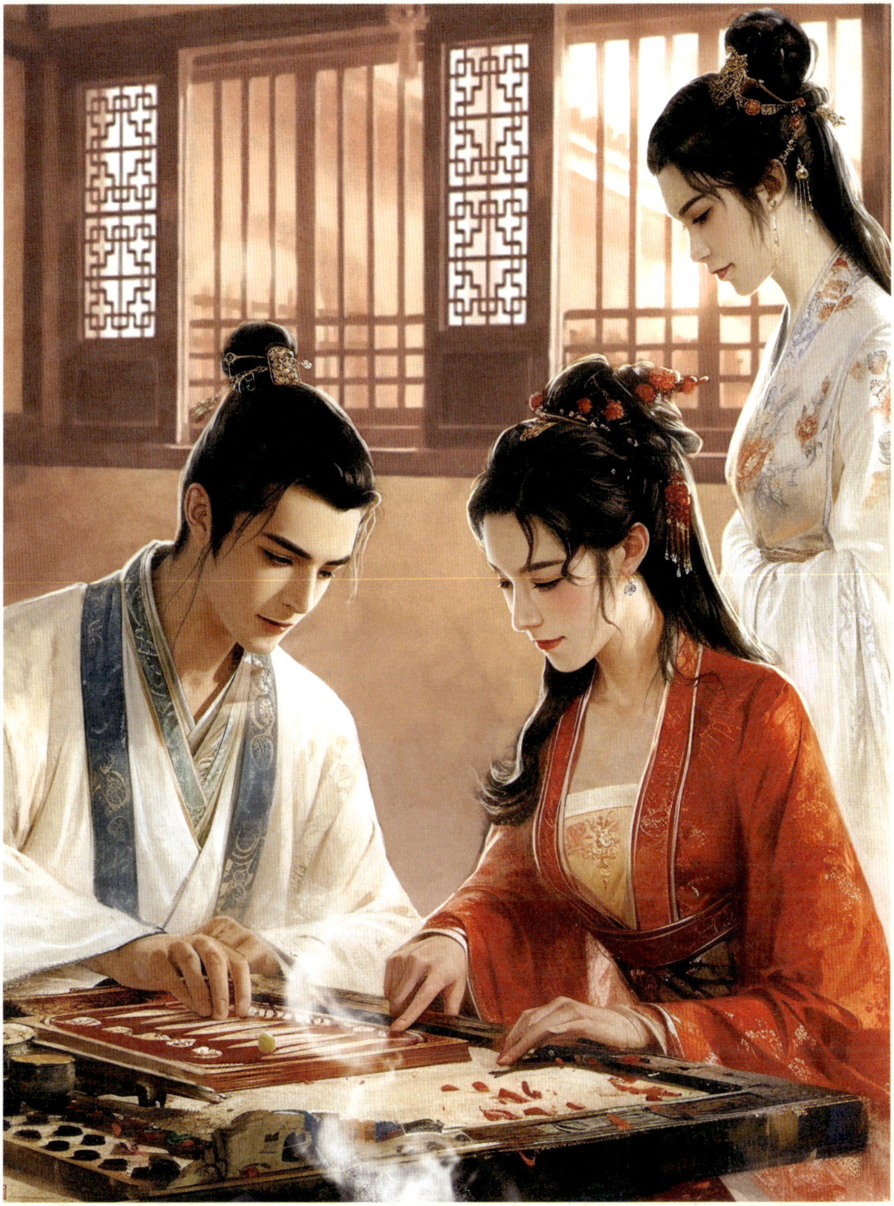

刚搬来一女子,江浙人,名唤爱卿,相貌标致。明晚奴家叫她同来,一起玩双陆棋,公子意下如何?"封云亭同意了。第二天晚上,梅女果然带来一位少妇,那少妇年近三十,眉目含情。三人坐在一处,玩起双陆棋。一局刚完,梅女便起身告辞,封云亭想留没留住。封云亭只好与爱卿饮酒聊天,问及爱卿的家世,爱卿言语含糊,不肯明说,只道:"郎君若是需要人陪,只需轻叩北墙,低声唤'壶卢子',妾身便到。若唤三次我都不来,那是有事不得脱身,郎君就不必再唤。"天快亮时,爱卿由北墙缝隙处离去。第二天,梅女来了。封云亭问她爱卿怎么没一起来,梅女道:"爱卿被高公子招去陪酒,故不能前来。"于是二人于烛下闲谈。这梅女似有话要说,但每每话到了嘴边却又说不出口。封云亭几次问她,梅女都不肯讲,只是不停叹气。封云亭拉她玩翻绳戏,直到四更才离去。此后,梅女、爱卿常来封云亭这里玩,三人欢笑之声通宵不止,整座县城都听得清楚。

　　本地县衙里有个典吏,原配妻子因德行有亏被他休了。之后,这典吏又娶了顾氏,夫妻二人感情挺好的,可新婚刚满一月,顾氏就病死了。典吏心中挂念亡妻,听说封云亭交了个女鬼做朋友,就想向他打听阳间如何与阴间通情缘,

于是骑马来见封云亭。封云亭一开始不肯答应，典吏再三恳求，无奈答应招鬼前来。天近黄昏，封云亭敲着北墙唤"壶卢子"，不等唤三次，爱卿已进房中。爱卿抬头看见典吏，突然脸色大变，回身便走。这典吏瞧见爱卿，勃然大怒，抓起手边一只大碗就朝爱卿砸去，爱卿忽然消失不见。封云亭大吃一惊，不解其中缘故，正要向典吏问个究竟。突然房中阴影处走出一老妇人，冲典吏骂道："你这贪婪卑鄙的贼子！"说罢扬起手杖向典吏打来，正中头颅。典吏抱头哀号道："这女鬼正是我妻顾氏，年纪轻轻的就死了，我正为她伤心难过，谁知她做了鬼却……与你这老妇何干？"老妇人气冲冲地说道："你原是浙江的一个泼皮无赖，使银子买了个芝麻大小的官儿，就鼻孔向天抖起来了！你做官是非不辨，给了你三百钱，你就当人家是老子了！人神共愤，本来你的死期已经到了，你死去的爹妈替你向阎王求情，让你媳妇替你偿命，你还不知道吧？"说完举杖又打。典吏被打得哀号不止。封云亭惊诧不已，不知怎样才能解救，忽见梅女现身房中，瞪眼吐舌，脸色大变，走近典吏，拿长簪刺他的耳朵。封云亭大吃一惊，忙挡在典吏身前。梅女仍怒气难消，封云亭劝道："此人即使

有罪，但倘若死在我这儿，那责任便在我。小姐体谅在下，莫使我受此牵连。"梅女于是拉住老妇道："暂留他一条命吧，就当是为了我顾全一下封公子。"典吏吓得抱头鼠窜而去，回到县衙，头痛不止，半夜就死了。

第二天夜里，梅女来了，笑着说道："痛快！这口恶气终于出了！"封云亭问："小姐与他有何仇怨？"梅女道："奴家原先同公子讲过的，就是这个典吏收受他人贿赂，诬陷我有奸情。我泉下含恨多年，本想托公子为我昭雪，但我又从没对公子有过恩德，心里愧疚，所以话到嘴边又止住了。昨晚恰好听见公子屋内有争吵之声，没料想竟是仇人在此。"封云亭惊讶道："原来他就是诬陷小姐的人？"梅女道："他在此地做了十八年典吏，奴家冤死也有十六个春秋了。"封云亭又问爱卿现今如何，梅女道："卧病在床。"又嫣然一笑，道："公子曾言，愿倾尽家财来娶我，可还记得？"封云亭道："今日仍不改此念。"梅女道："实话告诉公子，奴家冤死那日，已投生到延安府展举人家。只因冤仇未报，所以至今魂魄还留在此处。烦请公子用新绸缎做个装魂魄的口袋，妾身便能进口袋和公子一同前去展家求亲，展家定会应允。"封云亭觉得自己和展家地位身份相差甚远，担心求亲不成。梅女道："公子只管去，莫要担心。"封云亭依梅女的话照办了。梅女又嘱咐道："一路上千万莫唤我，待到入洞房喝交杯酒时，公子将这口袋蒙在展小姐头上，且立即喊道：'莫失莫忘！'"封云亭一一答应下了。刚将口袋打开，梅女就跳入袋中。

封云亭带着绸缎口袋到了延安府，一打听，果然有个展举人，生了个女儿。这女孩容貌姣好，只可惜害了痴病，舌头老是伸出来，就像大夏天的狗一样。这展小姐今年已十六了，可还未有人上门提亲。展家二老为这事愁得都病了。封云亭来到展家拜访，递上名帖，报了自己的家世。回去没多久，封云亭便托人前来说媒。展举人很高兴，就将封云亭招赘。展小姐痴呆得厉害，根本不懂礼数，由两个丫环连扶带拖，领进了新房。丫环们一走，展家小姐便冲封云亭傻笑。封云亭将口袋蒙在她头上,唤道:"莫失莫忘!"展小姐凝神瞧着封云亭,似乎在回想着什么。封云亭笑道:"小姐不认得在下了?"说着举起口袋给她看。展小姐这才想了起来,二人重新相认,在房中欢喜谈笑。第二天清早,封云亭来拜见岳丈。展举人安慰他道:"我这女儿痴呆无知,承蒙贤婿青眼有加,家中伶俐丫环不少,贤婿若有看得上的,定当送与你。"封云亭极力向岳丈言明展小姐并不痴傻,展举人一时不解其意。不一会儿展小姐来见父亲,言谈举止都很得体,展举人吃惊不已。展举人仔细询问个中缘由,展小姐想说却不好意思开口。封云亭就将前因后果大致讲述了一番。展举人喜出望外,对女儿更加疼爱。他还让儿子展大成与封云亭一道读书,对封云亭的吃穿用度供给齐备。过了一年多,展大成渐渐容不下封云亭,封云亭和小舅子的关系也不太融洽,展家下人们也对封云亭横挑竖拣。展举人成天听着这些闲言碎语,对封云亭的礼数也不那么周到了。展小姐对此亦有所察觉,便对封云亭道:"看来岳丈家是不可久住的,凡是赖在岳丈家不走的,都是无用之辈。趁现在还没彻底撕破脸,咱们应该即刻搬回老家去。"封云亭也觉得是这个理,便向展举人告辞。展举人想将女儿留下,展小姐一定要跟封云亭走。展举人和儿子都发了火,不给封云亭两口子提供车马。展小姐拿出嫁妆租来车马,小夫妻二人回了封云亭老家。后来展举人要女儿回门看望父母,展小姐也坚决不去。直到封云亭中了举人,两家才又和好。

鲁公女

招远县的张于旦，在一座寺庙里读书，他性情豪爽不羁，不拘礼仪。当时招远县的县令鲁公，是个辽东人。鲁公有一个女儿爱好打猎。一天，张于旦遇到了打猎归来的鲁公女，见她风姿娟秀，穿着锦缎貂皮袄，骑着一匹马，像画上的人一样美。张于旦极其爱慕。没过多久，听说鲁公的女儿忽然死了，张于旦悲恸欲绝。因为招远县距辽东很远，鲁公一时不便把女儿的灵柩运回老家安葬，便寄存在寺庙里。这个寺庙正好是张于旦读书的地方。

张于旦每天早晨对着鲁公女儿的灵柩上香祭奠，就像对待神明一样恭敬，还祷告说："见了你半面，但你一直留在我梦里。现在你近在身边，却远如万里，何等遗憾啊！活着要受礼法约束，死了就没有禁忌了。你若九泉之下有灵，当姗姗而来，安慰我的倾慕之情。"就这么祷告了将近半个月。

一天晚上，张于旦正在灯下读书，忽然抬头，见一个女子含笑站在灯下。

张于旦惊讶地站起来询问。女子说:"见你天天祷告,感念你的深情,我不能自持,就不避讳私奔的嫌疑了。"原来女子是鲁公的女儿,张于旦大喜。自此,女子每晚都来与张于旦相见。

她对张于旦说:"我生前爱好骑马射箭,以射獐杀鹿为快事,罪孽深重,死后无处可去。如果你诚心爱我,烦请替我念诵《金刚经》五千零四十八遍。我生生世世永远不忘记。"张于旦恭敬地接受了她的嘱托。每天夜里起来,就到灵柩前,捻着佛珠,诵念经卷。

如果碰上节日,张于旦就带她一起回家。就连科举考试,张于旦也带着她一块去。

过了四五年,鲁公被罢了官,穷得没钱雇车运走女儿的棺材,打算就在当地埋了,但苦于没有埋葬的地方。张于旦自去陈说:"我有块薄地,近在寺旁,愿葬你家女公子。"鲁公高兴地同意了。张于旦

故事讲述了书生张于旦与鲁公之女的鬼魂的爱情故事。书生张于旦对鲁小姐情有独钟。没想到鲁小姐年纪轻轻就死了。张生昼夜为鲁小姐祷告,终于引来鲁小姐的鬼魂现形。一人一鬼在一起生活了五年,直到鲁小姐重新投生。十五年后,张生按照两人的约定来找鲁小姐,但鲁小姐误以为张生负约抑郁而终。最终卢公向土地祠招魂,使鲁小姐复生,有情人终成眷属。作为一篇爱情小说,它的奇特之处在于,它以人类婚姻大义中普遍存在的年龄阻隔等作为主要矛盾冲突,并以想象的方式解决了这一矛盾,在同类题材的小说中具有独特的审美价值和艺术魅力。

又竭力帮忙料理葬事，鲁公很感激他，但不理解他为什么这么做。最后，鲁公回老家去了。

一天夜里，女子流泪说道："我们五年相好，现在要分别了！"张于旦惊讶地问她原因。女子说："承蒙你帮我这九泉之下的人诵经念咒，现在已经满一藏之数了，阴司让我托生到河北姓卢的户部官员家。如果你不忘我们今日的感情，再过十五年，八月十六日，烦请你前去相会。"张于旦流泪说道："我现在已经三十多岁了，再过十五年，就快入棺材了，相会又能怎样呢？"女子也泪水涟涟地说道："愿意做奴为婢报答你。"

到了托生的时辰，张于旦送她到了大路上，见路旁有一辆以金花为装饰的车子，挂着朱红绣帘，有一个老婆子坐在里面。见女子来了，招呼她说："来了？"女子回头跟张于旦说："就送到这里，你先回去吧！不要忘了我说的话。"张于旦答应了。女子行走到车前，老婆子拉着她的手上了车，车马轰隆隆地离去，转眼就不见了。

张于旦惆怅地回去，将相会的日期记在墙上。因为想到诵经念咒的作用，持经诵念得更加虔诚。忽然有一天，张于旦梦见神人告诉说："你志气实在可嘉，但须要到南海去。"张于旦问神人："南海有多远？"神人说："远在方寸之地。"醒后，他领悟了神人的意思，渴望领悟佛理，修行更加虔诚。

《金刚经》，也就是《金刚般若波罗蜜经》，是大乘佛教重要经典之一，为出家、在家佛教徒常所颂持，具有深远的影响。《金刚经》于公元前994年间（约中国周穆王时期）成书于古印度，是释迦牟尼在世时与长老须菩提等众弟子的对话记录，由弟子阿傩所记载。《金刚经》通篇讨论的是空的智慧。在佛教的观念中，通过念《金刚经》能够消除业障，摆脱过去的恶业，净化心灵，还能增长智慧和福德，修身养性。

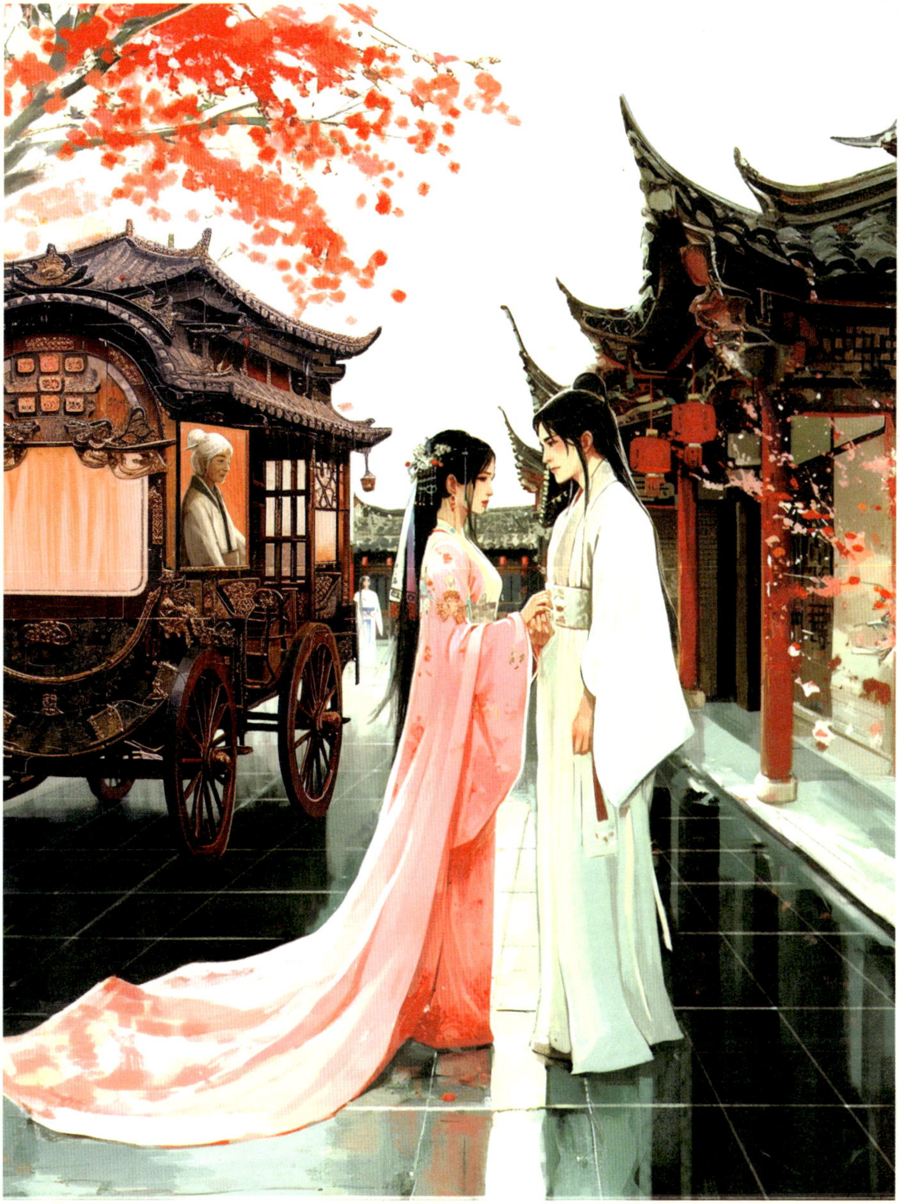

三年后，张于旦的二儿子张明、大儿子张政，相继科举高中。张家虽然慢慢富贵起来，但张于旦念佛善行仍然不变。

一天夜里，张于旦梦见一个青衣人邀请他前去，见到宫殿中坐着一个人，像菩萨一样，迎接他说："你行善可喜。可惜不能长寿，庆幸已向上帝请命。"张于旦伏地叩头。那人唤他起来，赐他坐下，请他喝茶，那茶味道芳香，犹如兰花。又令童子领他去池子里洗澡。池水清洁，游动的鱼，清晰可见。进入池中，水很温热，捧起来闻有荷叶香味。一会儿，渐渐到了池子深处，失足陷落，水没过了头顶。一下子惊醒了，才发现是一个梦，感到十分奇怪。

自从做了这个梦之后，张于旦的身体更加健壮，眼睛更明亮了。又过一些时候，脸上的皱纹也逐渐舒展了。又过了几个月后，张于旦的皮肤变得光溜溜的，面容返老还童，就像十五六岁时的样子。

不久，张于旦的夫人因为年老生病去世了。儿子想给他娶大户人家的女儿作继室。张于旦说："等我到河北去一趟，回来再娶。"张于旦屈指一算，已经快到约定的日期，就命仆人备马，一路到了河北。一打听，当地果然有个在户部为官的卢姓人家。

十五年前，卢公生了一女儿，生下来就会说话，长大了更加聪慧美丽，父母最钟爱她。富贵人家来求婚，女儿都不愿意。父母觉得奇怪，询问她。女儿详细说了生前的誓约。大家算了一下年岁，大笑着说："傻丫头！你的张郎到现在已年过半百了，人事变迁，怕他的尸骨都腐朽了，纵使他还在，也是头秃牙缺了。"女儿不听。母亲见她决心不动摇，与卢公商量，等张于旦来时叫看门的人不要通报，等过了约期，以绝了女儿的念想。

不久，张于旦来到卢家，看门的果然拒绝了为他通报。张于旦回到旅店，颇为惆怅，也无计可施。于是到郊外去闲游散心。

女子以为张于旦负约，流泪不吃饭。母亲说："他不来，一定是去世了。

即使没死，违背盟约的责任，也不在你。"女子不说话，只是整天躺着。

张于旦在郊外竟然巧遇了卢公。卢公一看，怎么是个少年啊，十分惊讶。同时，他又担忧女儿，于是就坐在柴草堆上与张于旦交谈了起来。他发现张于旦风流潇洒，很是喜欢，便邀请张于旦到家里去。

回到家，卢公还没来得及叫客人住下，就匆匆进入房内告诉女儿。女儿很高兴，偷偷来看，却觉得不像张于旦，就流着眼泪回房了，埋怨父亲欺骗她。卢公极力表明他就是张于旦。女儿不说话，只是哭个不停。卢公很是懊丧，待张于旦也没了热情。张于旦觉得他慢待自己，就告辞走。

女子哭了几天就死了。张于旦夜里梦见女子说："来找我的果然是你吗？年纪相貌相差很大，见了面竟没能认出。我已因忧愁愤懑而死。烦请你去土地祠招回我的魂，还能复活，晚了就来不及了。"张于旦醒来，急忙去卢家打探。果然卢家女儿已死了两天了。张于旦大为悲恸，进到屋里吊唁。

张于旦见到卢公后，把梦告诉了他。卢公听从了他的话，去土地祠招魂。一会儿，卢家女儿吐出一口冰块一样的痰，渐渐地发出呻吟声。卢公很高兴，置办酒宴招待张于旦。详细询问张于旦出身门第，才知道张家也是大户人家，卢公更加高兴。卢家选择良辰吉日，为他们举办了婚礼。

住了半个月，张于旦夫妻返回了张家。张于旦夫妇就像小两口一样。不知情的人都误以为张于旦是儿子，儿子和儿媳是张于旦的父母。

卢公一年后就得病死了。卢公的儿子很小，被当地豪强人家欺侮，家产几乎散尽。张于旦就把他接过来抚养，帮他也在招远县安了家。

念秧

　　县里有个秀才叫王子巽,他有个本家前辈在京城翰林院当官,他准备前去探望。王子巽准备好行装从济南出发北上,行了几里路之后,遇到一个骑着黑驴的人,追上来与他同行。这个人不时说些闲话,王子巽也时不时回答。这人说:"我姓张,是栖霞县的差隶,被县令派遣到京城办事。"他说话很谦卑,也很殷勤,与王子巽相随着走了几十里,又提出要同王子巽住一个旅店。王子巽的仆人觉得他很可疑,不让他跟着,张某觉得没意思,就扬鞭打驴,加快脚步走了。到了晚上,王子巽找到一家旅店住下,闲来在门前散步时,偶然看见张某也在这家店里吃喝。王子巽没有多想,但仆人还是对张某很戒备。第二天一早,张某又过来叫王子巽一起赶路,仆人不让他同行,张某自觉无趣,就先走了。

　　等了好一阵,太阳升得很高了,王子巽和仆人才上路。走了半天,看见前面有个四十多岁的人,衣帽穿戴整洁,骑着一只白驴打盹,差点从驴背上掉下

来。白驴一会儿走到前面，一会儿落在后面，这样走了十数里路。王子巽觉得很奇怪，就问骑白驴的人："夜里做什么了？困成这样。"那人听到有人问话，猛然伸了个懒腰，说："我是清苑人，姓许。临淄的县令高檠是我的表亲。家兄在他那个衙门里教书，我到那里探望，得到了一些馈赠。昨天夜里住宿，不留神跟江湖骗子住在一起，我怕丢钱，一夜没敢合眼，所以白天这么困。"王子巽故意问他："江湖骗子是怎么回事？"许某说："现在有一类匪徒，用甜言蜜语诱骗出门在外的旅客，和你纠缠，一起走一起住，寻找机会骗你钱财。"王子巽点头称是。之前临淄县的县令和王子巽有些交往，王子巽在那里做过幕僚，认识他的门客，其中的确有个姓许的，于是不再怀疑这个人，开始说起家常，还打听他哥哥的情况。许某就约王子巽天黑后住同一个旅店，王子巽答应了，王

人们出行，向来最怕的不是天气的好坏，而是遇到歹人，一不小心自己的钱财就可能被抢了或者被骗了。《念秧》这篇故事，蒲松龄以生花妙笔向我们描述了两场骗人的详细经过。两则故事既相互独立又彼此关联，在人物、情节和结局上做了巧妙安排，不但体现了蒲松龄高超的叙事技巧，而且生动地展现了这伙念秧者的诈骗过程和伎俩，充分暴露了他们丑恶阴险的嘴脸，具有独特的文学价值和深刻的批判意义。

子巽的仆人却怀疑这个许某有问题，私下和主人商量要甩开许某。于是，王子巽故意走得很慢，结果许某在前面走得没影了。

第三天，王子巽继续赶路，正午时，又遇到一个少年，大概十六七岁，骑着一匹健壮的骡子，衣服和帽子华丽整洁，姿容俊秀。他和王子巽同行了很长时间，不曾说话。渐渐地，太阳偏西了，少年说："前面离曲律店不远了。"王子巽略略答应他一声。少年唉声叹气，好像很难过。王子巽询问缘故，少年说："我是江南人，姓金。三年的努力，希望能够高中，没想到名落孙山。因我的兄长是某部主持政务的官员，于是就想带着家眷去京城散散心。我不习惯长途跋涉，扑面而来的沙尘让人烦恼。"说完，他取出红色面巾擦脸，不断叹息。少年说话乃是南方口音，婉转得像个女孩。王子巽稍微安慰几句，少年说："刚才是我先走的，家眷久等也不来，怎么仆人也不来？天也快黑了。怎么办呢？"少年呆在原地，不停回望着来时的方向，走得很慢。王子巽依然正常赶路前行，于是和金姓少年越来越远了。

天黑了，王子巽在旅店投宿。走进一间客房，发现靠墙边的一张床上有人，王子巽一看竟然是许某，许某要让出这间房，王子巽提议和他同住这一间房，许某便留了下来。没过一会儿，又有人带着行李进来，王子巽一看，原来是那个金姓少年。王子巽没说话，许某起身让他留下。许某打听少年的家族和祖籍。少年又说了一遍。不一会儿，少年打开钱袋掏出银两，请店主预备酒菜。没过多久，酒菜送上来。饮酒之间，少年谈论起文章之道，非常风流儒雅。王子巽问他今年江南科举考试的考题，少年都告诉了王子巽，还把自己文章中成题破题以及得意的句子背诵出来，说完露出了愤怒不平的样子。大家都为他叹息。

过了一会儿，许某从口袋里摸出骰子，用骰子行酒令，大家愉快地喝酒，很尽兴。许某又请大家掷骰子赌钱玩，王子巽说自己不会，许某就和少年进了另外一屋。不久，就听到了闹哄哄赌博的声音，王子巽偷偷去看了一眼，发现第一天路上遇到的栖霞县张姓差人也在里边玩骰子，也没多想，就打开被褥，睡觉了。过了一阵儿，大家都来拉王子巽去赌，王子巽坚决地说自己不会玩，拒绝了。许某提议自己代王子巽去赌，王子巽还是不肯，最后他们决定要找个人代替王子巽赌，还时不时跑到王子巽床前，说："你又赢了几个筹码了。"王子巽实在是太困了，在梦里迷迷糊糊地回应着。

后来又有几个人推门进来，说着听不懂的番语。领头的说自己姓佟，是来抓赌博的。当时禁赌令很严，大家都很害怕，姓佟的大声吓唬王子巽，王子巽就报出了本家前辈的官名。姓佟的立即换了一副嘴脸，和王子巽扯起同乡交情来，还请大家继续。众人继续赌，姓佟的也参与进来一起赌。王子巽打着哈欠对许某说："不要代我下注了，我只想睡觉，不想被打扰。"许某还是不听，依然往来报信。直到深夜赌局才散，各自计算筹码，王子巽输了很多。姓佟的搜王子巽的行李，想要搜出银子来抵债，王子巽生气地起床和他们争执。少年拉着王子巽的手臂小声说："他们都是土匪，不知道会干出什么伤人的事来，我们是文人，要互相关照。刚才我赢了不少钱，可以抵你的债，我本来应该从许

某那里拿赢的钱，现在换一下，让许某偿还给姓佟的，你把输的钱还给我。暂时这样掩人耳目，过了这段时间，我把钱再还给你，你想想，作为朋友，我还能真的让你给钱吗？"王子巽本来是个厚道人，听他一说就信了。少年走出房去，把相换抵债的方法告诉了姓佟的，当着大家的面打开了王子巽的行李，估算值钱的东西所值的银两，装入了少年口袋，姓佟的转身去找许、张讨债去了。

  少年把被褥抱过来，和王子巽各自安睡。天刚亮少年就起床了，催促着王子巽一起走，还说："你的那些钱财，到前面再还给你。"王子巽没来得及说话，少年装好行李骑上骡子就走了，王子巽不得已只好赶紧起床收拾。少年骑着骡子眼看着在大路上跑得越来越远。王子巽本来想着少年会在前面的路上等他，开始不在意，后来越想越觉得可疑，惊呼："如今被骗子骗了！"转念又一想，这少年谈吐文雅，不像是那样的人，他赶紧骑马急追了几十里，还是不见少年踪迹。这才醒悟到，这些人都是一伙的，一个骗局不成就换一个，一定要让人

钻入圈套，他们搞的还债换装，企图已经很明显了。如果换装的计策行不通，说不定就会强抢而去。这么多人，为了王子巽这几十两银子尾随了几百里路，各种角色扮演，也真是不容易啊。

过了几年，又发生了吴生的事。吴生是城里人，三十岁时妻子去世了，他便独自住在书斋。有一天，有个秀才来和他聊天，两个人很投机。秀才身边跟着一个仆人，名叫鬼头。这个鬼头和吴生小仆人报儿的关系也很好。时间长了，吴生知道他们都是狐狸变的，也不在意，还像以前一样交往。吴生出远门，狐狸一定要跟着，虽然住在一间屋子里，可是别人却看不见狐狸。吴生在京城里住了一段时间，准备回老家去。这时候听说了王子巽被骗钱的事，就告诫仆人做好戒备。狐狸笑着说："没事，这次出门没有什么不顺利的。"

就这样他们上路了，一路行到了涿州，看见前面有个人拴住马，坐在烟铺里，穿着讲究整齐。这个人看到吴生，渐渐和吴生搭起话来，说自己是山东人，姓黄，是户部的官员，准备回老家，很高兴大家同路。吴生停下来休息，姓黄的人也停下来休息，每次吃饭都是姓黄的主动掏钱，吴生表面感谢他，而内心起疑，私下问秀才，秀才只是说："不碍事。"于是吴生就松懈下来。到了晚上，大家一起找到一家旅店，走进店，发现已经有个俊俏少年坐在旅店里了。黄生进门就与少年见礼，高兴地问道："何时离开京城的？"少年说："昨天。"姓黄的拉着他，一起住宿，还向吴生介绍说："这个人是我的表弟史郎，也是个文人，可以和先生一起谈论诗文，夜里不冷清了。"说完拿出钱来置办菜品一起喝酒。史郎风流文雅，和吴生相互倾慕。饮酒间史郎向吴生示意姓黄的喝酒作弊，于是强行让姓黄的喝酒。大家高兴地拍掌大笑，吴生更喜欢这个少年了。

　　不久史郎和姓黄的商量赌钱，拉着吴生玩，他们又从口袋里拿钱来做赌资。秀才让报儿暗地把房门锁上，又嘱咐吴生说："如果听到喧哗声，就躺着睡觉，不要动。"吴生答应了。吴生每次掷骰子下注，押小就输，押大就赢，前后一共赢了二百多两银子，史郎和姓黄的掏干了钱袋，商量用马做抵押。这时听到激烈的敲门声，吴生马上把骰子扔进火里，蒙上被子假装睡觉。过了许久，有几个人破门而入，气势汹汹闯进来要抓赌。史郎他们都说没赌，有人竟然掀起吴生的被子，说他赌钱。吴生驳斥他们，还有几个人要强行搜身。吴生快要顶不住时，门外传来大队官府人马呵道开路的声音。吴生急忙喊叫，众人害怕了，求吴生不要声张。等仪仗走远了，姓黄的和史郎装出一副惊喜的样子，要寻找床铺睡觉。姓黄的叫史郎和吴生睡在一起。吴生把腰间缠着的包袱枕在头下，拉开被子睡觉。天明时，史郎得了病起不了床，请二人先出发。吴生在路上才知道夜里的官府行道的车马声都是秀才干的。

　　在路上，姓黄的向吴生大献殷勤，晚上还是同住一个旅店。来到一间客房，房间狭小，仅有一张床，很暖和洁净。吴生觉得窄小。姓黄的说："住俩人窄了些，你一个人住就宽敞了。"吴生也喜欢自己住，就答应了。姓黄的吃完饭就去了别的房间，吴生独自坐了一会儿，忽然有人叩门，吴生打开门栓，有个

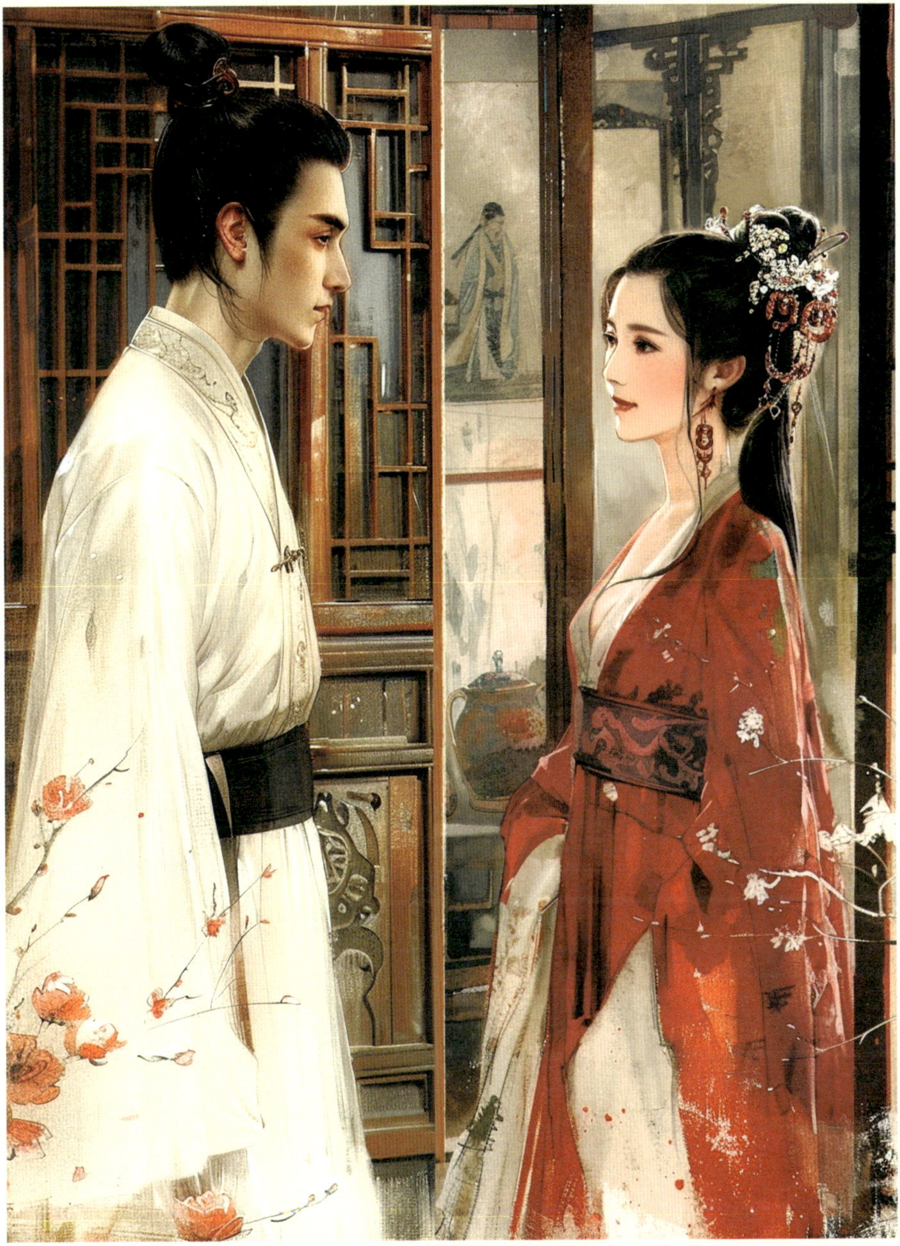

年轻女子穿着鲜艳的衣服跑进来,朝着吴生露出笑脸,原来是店主的儿媳。不料,女子插上门后却伤心地掉下泪来。吴生惊问:"怎么了?"女子说:"不敢隐瞒,是店主人派我引诱你,我进屋不久应该就会有人来捉奸,不知今晚为什么捉奸的人这么久还不到。"又哭着说:"我是良家女,不甘心做这种事,现在把心里话对你讲了,救救我好吗?"吴生很害怕,又想不出好办法,只好叫她快回去,女子不肯走,只是低头哭。

忽然,姓黄的和店主人敲起门来,声音急促,像开了锅一样,姓黄的大声喊:"我一路看中你的为人,认为你是君子,为何引诱我兄弟的媳妇儿?"吴生更害怕了,逼着女子快走,门外打门的声音很大,吴生急得汗如雨下,女子也只伏着身子哭泣。这时听到屋外有人在劝店主人,说:"你想怎么办?想杀了他们?有我们这几位客人在场,不会让你们行凶的,如果屋里的两人中有一个人跑了,抵罪时怎么说?想告到公堂吗?那说明你家教不严,是自找屈辱。而且你开旅店玩这个套路,明明是陷害欺诈,怎么能保证女子不说实话供出是你指使。"店主人顿觉无话可说。吴生暗暗敬佩劝说的人,但不知是谁。

原来旅店快打烊时,有个秀才带着仆人到店的外院住下来了,他还拿出自带的酒让所有的客人喝了一遍,对店主人和姓黄的更热情。店主人和姓黄的想要脱身去捉奸,秀才扯着他们衣服苦苦挽留不让走。后来他们找机会溜走,才抄起棍棒来敲打吴生的房门。

吴生扒着门缝看,原来刚才劝解的人是秀才。看到店主人的气势已经被压下去,吴生就说大话吓唬他们,然后又转头对女子说:"你刚才为什么一声不吭?"女子说:"只恨自己,被人驱使干这种事情。"店主人听到女子在屋里这么说,吓得面如土色。秀才就呵斥道:"你们这伙禽兽不如的东西,已经完全暴露了。"姓黄的和店主人忙放下手中的刀棍,跪地请求原谅。吴生开门出来,把他们大骂了一顿。秀才又来劝吴生,双方和解。那边出来几个女丫环揪住女子往屋子里拉,女子趴在地上哭得更厉害了。秀才劝店主人高价把这个女子卖给吴生。店主人低着头说："三十年的老娘，倒赔了孩子，既然这样，有什么好说的？"就听从了秀才的话。吴生不肯花大价钱，最后谈妥五十两银子，双方交割。晨钟已经响了，吴生赶紧收拾行李，带着女人离开了。

女人从没骑过马，一路累得精疲力竭。快到中午时，吴生让大家在路边休息，可想再上路时，报儿却不见了，等了很久，太阳偏西了还不见回来。吴生就问秀才。秀才说："别担心，他快回来了。"天黑时报儿才回来。吴生怪他不告而走，报儿说："公子花五十两银子便宜奸人了，我心里不平，和鬼头一合计，返回去要钱了。"于是把银子拿了出来。吴生惊奇地问他怎么要来的。原来鬼头知道女子有个哥哥，出远门十多年不曾回来，于是鬼头变成她哥哥的样子，又让报儿假冒女子弟弟，找店主家嚷嚷着要姊妹。店主人被唬住了，惊慌地说她已经得病死了。这两个人说要报官去，店主人更害怕，赶紧拿银子贿赂他们，渐渐加到四十两，两个人才离开。吴生听了觉得很解气，就把这些银子都送给了报儿。吴生回到家后，来细细询问女子，才知道路上遇到的美少年竟然是她的丈夫。史郎跟姓金的是同一个人。女人穿着的一件披肩，据说是他们一伙人从山东一个姓王的那里骗来的。原来这帮人成员很多，包括旅店主人都是一伙的。谁能想到，吴生遇到的正是让王子巽吃亏的那些人。古话说："骑者善堕。"这些江湖骗子也没想到会栽在吴生等人手里。

在古代江湖上，有一些人，靠着一些骗人手段谋取钱财，形成了古代江湖十大骗术：风（团伙作案）、马（单枪匹马，一个人行骗）、燕（同"颜"字，用女子的美色进行诈骗）、雀（利用大户人家办红白喜事的空当，混吃骗喝，顺走东西）、瓷（也就是现代的碰瓷）、金（算命先生）、评（说书先生）、皮（卖假药的）、彩（变戏法的）、挂（做出让人们惊讶的事来行骗，如胸口碎大石）。防骗小妙招：遇事多想后果，谨记不贪便宜，避免上当受骗。

小二

滕县有个叫赵旺的人,在乡中有"善人"之称,他和妻子都信佛,不吃荤腥,他家境也算是小康。家里有一个女儿叫小二,极其聪明美丽。六岁时,小二就跟着哥哥赵长春去学堂读书,学了五年,熟读了五经。同学中有个姓丁的学生,比小二大三岁,文采风流,二人互相倾心爱慕。丁生私下把心意告诉母亲,让母亲向赵家提亲。赵旺却期望女儿嫁个豪门大户,所以没有答应丁家的提亲。

不久,赵旺受白莲教蛊惑,带着一家人入了教。等白莲教公开造反后,赵旺一家人也成了反贼。小二冰雪聪明,凡是剪纸作马、撒豆成兵的法术,一见就会,一学就精。跟白莲教首领学艺的共六个小女孩,唯有小二学得最好,并

且学得了首领的所有法术。赵旺也因为女儿的原因，大受首领的重用。

几年后，十八岁的丁生已经是县学的生员，但一直不肯谈婚论娶，只因心里忘不了小二。后来他偷偷逃走，投到白莲教旗下。小二见了他很高兴，招待他超出了平常规格。小二平日主持军中事务，白天黑夜地出入忙碌，父母都不常见得到她。丁生却每晚都与她相见。丁生跟小二说："我这次来，你知道我的意图吗？"小二说："不知道！"丁生说："我不是为了想攀龙附凤，我就是为了你才来的。白莲教是旁门左道，他们造反无济于事，最后只会是自取灭亡。你是聪明人，没想到这一点吗？你若能跟我逃走，我决不

在《聊斋志异》中，"小二"并不是名篇，既没有缠绵悱恻的爱情，也没有惊心动魄的故事情节，反而还时时充斥着荒诞不经的"法术"。其实，这是一个在奇异故事的外壳下，绽放出女性生命光辉的传奇。在男权时代下，一个女子凭借自己的才华和智慧主宰命运，掌控生活与爱情，是妥妥的人生赢家。"小二"有着超越农耕时代的新思维，她的管理才能、商品经济意识都非同凡响，是女性创业者的先驱。

会辜负你。"丁生一番分析，小二听了如梦方醒。她对丁生说："背着父母一走了之是不义，得带着他们一起走！"

二人前往赵旺夫妇的住处，陈述了事情的利害，赵旺却依然不觉悟，要死心塌地地跟着白莲教。小二知道劝不动父亲，决定与丁生私奔。她拿出两个纸鸢，与丁生一人骑一只，纸鸢慢慢展开双翅，像比翼鸟，载着他们并翅而飞。

天明时，飞到了莱芜地界。小二用手捻纸鸢的脖子，纸鸢忽然就收了翅膀慢慢落了地，落地后又变成了两头驴子。驴子驮着两人跑到了一处山村，他们假装是躲避战乱的流民，在当地租房子住了下来。

二人匆匆出逃，带的衣服不多，柴米也没有，丁生很是忧愁。向邻居家借粮食，一粒没借来。小二却毫不在意，把自己的簪子、耳环等首饰都典当了，置办过日子的东西。

西边邻居姓翁，是个绿林中人。小二说："有这么富裕的邻居，我们愁什么生计？我想向他借一千两银子，你猜他会借给我们吗？"丁生认为借不到。小二说："我要让他自愿拿出银子来！"于是她用纸剪了个判官的样子，放在地上，盖上鸡笼，然后拉着丁生煮酒，行酒令。

两人正喧闹间，听到鸡笼里嘎嘎有声。小二说："来了！"打开鸡笼去看，地上有一个布袋，布袋中装有大量的银子，满满得都快溢出来了。丁生不禁又惊又喜。

一天，邻居翁家的老妈子抱着小孩来串门，聊天时随口说："我家主人刚回来那天晚上，地面忽然暴裂，深不见底，一个判官从里面出来，说：'我是地府的官吏。泰山帝君要召集阴曹官吏，造恶人罪行录，需要银灯一千架，每架计重十两银子。施舍一百架，就能消你的罪孽。'我家主人又惊又怕，烧香叩头祈祷，捐上了一千两银子。判官慢慢地进入地缝，地面也就合上了。"夫妻二人听了她的话，故意"啧啧"表示诧异。他们慢慢购买了牛马，租种了田地，

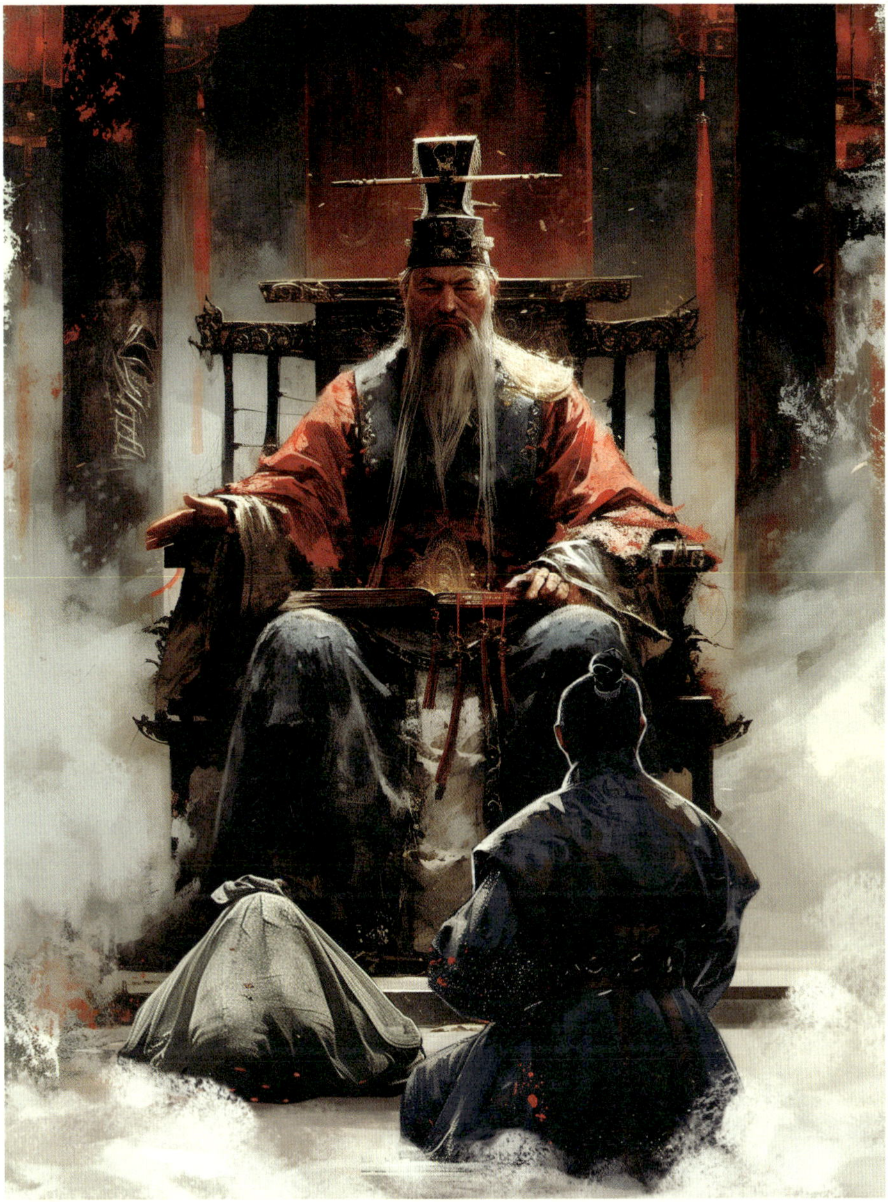

蓄养了仆人、婢女，还盖起了自己的房子。

村里的无赖见他家富裕，纠集了一伙人，跳墙进来抢劫。丁氏夫妇被惊醒，只见火把照得通明，贼寇聚集，满满一屋。两个贼人捉住丁生，又一个贼人把手伸向小二。小二用手一指呵斥道："停！"贼寇个个都吐着舌头，呆呆站着一动不动，傻乎乎地像木偶。小二呼叫仆役家人过来，把盗贼一个一个都反绑了。小二训斥贼人说："我们外地人来这里隐居，本来希望大家互相扶持，为什么你们这些本地人竟不仁不义到这种地步？谁都有一时窘困的时候，真有急事缺钱了，不妨明说，我岂是那小气的人？你们这种豺狼行为，本该全都杀掉，但我不忍心，姑且放你们回去，要是再犯，决不饶恕！"贼寇叩头谢恩而去。

几年后，白莲教的首领被官府擒住了，赵旺家人也被官府或杀或擒。丁生带了银子去官府将赵长春的三岁幼子赎了回来，让他改姓丁，起名承祧，当作自己儿子一样抚养起来。于是村里的人，渐渐知道了丁家是白莲教的亲属。

这年正遇蝗灾，小二剪了几百只纸鸢放在地里，蝗虫远远避开，不进入她家田地。村里人都嫉恨他们，集体向官府告发，说他们是白莲教余党。官府垂涎丁家富有，就借这个名义把丁生关了起来。后来丁生用重金贿赂县官，才得以免灾。小二说："咱们的钱来得也不正当，破点财也是应该的。但这里是人心险恶的蛇蝎之乡，不可以久住。"于是，低价变卖了家产，迁居到别处去了。

小二心灵手巧，善于理财，经营家业胜过男人。他们开了一家琉璃厂。每次招进工人，小二都亲自指点。她家生产的琉璃，样式精巧，色彩缤纷，无人能比。因此，价钱很高，依然卖得很快。

几年下来，丁家财富更加雄厚。小二管理婢女、仆役也很严格，几百口人没有一个闲人。钱粮出入以及奴婢、仆役的工作，每五天检查一次。小二拿着算盘亲自核算，丁生拿着名册点名看账报数，对勤快的进行奖赏，对懒惰的鞭打罚跪。小二明察秋毫，仿佛神明，人们都不敢欺骗她。村中二百多户人家，凡是贫穷的,小二都酌量给他们谋生的资本,所以,村里没有游手好闲的懒汉。

有一年大旱,小二让村里人在野外设坛,她乘轿来到野外,仿效大禹的步态作法求雨,大雨倾泻如注,五里之内都泽溉,人们更奉她如神。

每年秋天,村里那些不能干重活的小孩,小二都给他们钱,叫他们去采苦菜和蓟草,晾干了储藏起来,二十年来,积满了所有的仓库。村民私下里都笑话她这个行为。有一年,赶上山东闹大饥荒。小二用这些储藏多年的野菜,掺杂粮食赈济饥民,周围村子的人都活了下来,没有外出逃荒的。

白莲教是我国自唐宋以来流传于民间的一个秘密宗教组织。纵观其发展历史,很难简单地界定它是正义或邪恶的。当朝政腐败时,它以宗教教义团结劳苦大众,反抗暴政;但社会趋于安定时,少数首领也会为个人利益蛊惑大众作乱,破坏社会安宁。传说,公元1133年,茅子元创立佛教分支白莲宗,后逐渐演化为白莲教。明朝末年,白莲教教主徐鸿儒发动起义,历时半年多,震动了朝廷,给予明王朝沉重打击,后失败被捕。

连琐

书生杨于畏，搬到了泗水岸边居住。他的书房靠近空旷的荒野，墙外有很多古墓，夜晚风刮得白杨树哗哗作响，声音如同汹涌的波涛。有一天夜深时，忽听墙外有人吟诵道："玄夜凄风却倒吹，流萤惹草复沾帷。"反复吟诵，声音悲哀凄楚。仔细听，轻细婉转像是个女子，杨于畏心中很是疑惑。

第二天，杨于畏到墙外巡查，发现并没有人来过的痕迹，但是在荆棘丛中发现一条紫色带子。杨于畏把它捡了回来，放在了窗台上。到了晚上二更左右，吟诵的声音传来。杨于畏搬了个凳子到墙脚，登上去向墙外张望，吟诵声立即停止了。

第三天夜里，他埋伏在墙头上等着。一更天将结束时，只见有一个女子姗姗从草丛中出来，手扶小树，低着头哀伤地吟诵那两句诗。杨于畏轻轻咳嗽了一声，女子立刻闪进荒草中不见了。杨于畏就隔着墙壁吟诵道："幽情苦绪何人见？翠袖单寒月上时。"等了很久，寂静无声，杨于畏就进屋了。

进屋刚坐下，忽然看见一个美丽的女子从外面进来，整衣施礼说："您原来是位风雅之士，我却过分害怕了。"杨于畏大喜，拉她坐下。女子身躯瘦削，举止畏怯，肌肤凝聚了一股寒气，似乎连衣服的重量也承担不起。杨于畏问："你家乡是哪里？怎么长久寄住在这里？"女子回答说："我是陇西人，随父

《连琐》是《聊斋志异》中一个关于人鬼相恋的故事，但和别的爱情故事又不太一样，处处充满了诗意。连琐虽然只是一个鬼，但是她不但爱读诗，更能作诗，而且生活得也有诗意。故事不仅赞美了杨于畏的正直和勇气，还揭示了连琐对于封建礼教束缚的抗争精神。

亲流落到这里。十七岁时得急病死了,至今二十多年了,住在阴间荒野,孤单寂寞得像失群的野鸭。所吟诵的诗,是我自己作的,以寄托幽恨之情。想了很久也对不出下句,承蒙您替我续上了,我在九泉之下也满心欢喜。"杨于畏听她说果然是鬼,也并不怎么害怕,反而还有些喜欢。他瞥见女子月白色的锦袜上系着一缕彩线,再看另一只脚,却系着一条紫带子。问道:"怎么不都系带子?"女子说:"昨夜不知丢落到哪里了。"杨于畏说:"我替你换上。"便去窗台上取来那条紫带递给女子。女子惊讶地问哪来的,杨于畏以实情相告。女子高兴地解下彩线,系上紫带子。

两人渐渐熟悉之后,女子翻阅杨于畏桌上的书籍,忽见元稹写的《连昌宫词》,感慨地说:"我活着时最爱读这首诗。现在看到它,好像是在睡梦里。"杨于畏和她谈论起诗文,发觉她聪慧可爱。二人在窗下剪着灯花夜谈,如同一对好朋友。

从此，每天夜里，只要听到杨于畏低声吟诗，女子就会前来。女子常嘱咐说："我的事要保密，不要对别人讲。我自幼胆小，恐怕有坏人来欺负我。"杨于畏答应了她。两人相谈甚欢，关系日渐亲密。

女子常在灯下替杨于畏抄书，字态端正柔媚。她还选了一百首宫词，抄录下来吟诵。她让杨于畏置办了围棋、琵琶，每夜教杨于畏下棋，或者弹奏琵琶。她演奏的《蕉窗零雨》，曲调中充满了酸楚之情，杨于畏心酸到无法听完。演奏《晓苑莺声》时，杨于畏立马感觉心情舒畅安适。两人灯下玩游戏，有时玩得会忘了天明，直到窗口上有了曙光，女子才仓惶逃走。

一天，薛生来访，正遇上杨于畏白天睡觉。薛生看到屋子里的琵琶、棋具，就感到好奇，因为他知道这些并非杨于畏所擅长的。薛生又在翻阅书籍时，看到抄写的宫词，字迹端正秀丽，更加起疑了。等杨于畏醒来，薛生指着琵琶、棋具问道："这些东西哪里来的？"杨于畏回答说："打算学学。"薛生又问抄写的诗卷是怎么回事，杨于畏假称是借朋友的。薛生翻来覆去地检查把玩，见诗卷最后一页有一行细小的文字："某月某日连琐书。"笑着说："这'连琐'是女子的小名，为什么欺骗我？"杨于畏感到十分尴尬，不知说什么好。薛生苦苦追问，杨于畏就是不说。薛生便卷起诗卷，以拿走相要挟。杨于畏更加为难了，就告诉了他。薛生要求见一见女子，杨于畏迫不得已，答应帮他转达。

半夜，女子来了。杨于畏为薛生表达欲见之意。女子发怒地说："怎么跟你说的？竟多嘴多舌地告诉别人！"杨于畏拿实情为自己辩白。女子说："我和你缘分尽了！"杨于畏百般安慰解释，女子终究不高兴，起身告别，说："我暂时躲躲他。"

第二天，薛生来了，杨于畏告诉薛生女子不愿见他。薛生怀疑杨于畏在推托，晚上还邀请了两个同学一起来杨于畏家，说是不见到人就不肯走，整个晚上都很哗闹，气得杨于畏直翻白眼，但又无可奈何。众人见闹了几夜都没有见到女子的踪影，就有了回去的心思，喧闹声渐渐平息。忽然听到吟诵声，令人凄婉欲绝。薛生正全神贯注地倾听,同学中有一个练武的王某,捡起块大石头朝吟诵的声音处投了过去,大喝道:"装样子不肯见客人,什么好句子?呜呜恻恻,让人烦闷!"吟诵声顿时停止。大家都埋怨王生。杨于畏更是恼怒,变了脸色,说了些难听的话。

第二天,那帮人都无趣地走了,杨于畏独宿空房,盼望着女子再来。过了两天,女子忽然来了,哭泣着说:"你招来的凶客,差点吓死我!"杨于畏忙不迭地道歉。女子匆匆出去,说:"我说过我们缘分尽了,从此分别吧!"杨于畏想挽留她,发现她早已不见了踪影。这样过了一个多月,女子再没有来过。杨于畏因思念她,形体日渐消瘦。

一天晚上,杨于畏正独自喝酒,忽然女子掀开门帘进来。杨于畏欣喜之极,说:"你原谅我了吗?"女子泪流不止,默不说话。杨于畏急忙询问。女子想说又忍住,就说:"我赌气走了,现在又有急事来求你,真是惭愧!"杨于畏再三询问,女子才说:"不知哪里来了一个肮脏鬼役,逼着我做他的小妾,我一个弱小女子,怎能抗拒过他?"杨于畏大怒,但又不知道应该怎么做。女子说:"明天夜里你早点睡觉,我邀你到梦中去。"于是两人重归于好,倾心交谈,坐到天亮。女子临去,嘱咐他不要白天睡觉,留着等待夜晚之约。杨于畏答应了。

因此,在傍晚时,杨于畏喝了一点酒,乘着酒意上了床,盖了件衣服躺下睡着了。忽见女子来了,交给他一把佩刀,拉着他的手走进了一个院子,刚关上门,就听到有人拿着石头砸门。女子惊恐地说:"是鬼役来了!"杨于畏打开门,猛然窜出。看见一个红帽青衣的鬼役,刺猬毛一般的刚硬胡须环绕嘴边。杨于畏愤怒地呵斥他,鬼役立起眼睛仇视,言语凶横狂妄。杨于畏大怒,拔刀向他冲去。鬼役抓起石头投过来,打中了杨于畏的手腕,刀掉在地上。正在危急时候,远远望见一个人,腰里挂着弓箭,正在打猎。仔细一看,是那天扔石头的王生。杨于畏大喊救命。王生急忙开弓,射出两箭,正好射中,鬼役死了。

杨于畏很高兴,向王生道谢。王生询问缘故,杨于畏全都说了。王生也很高兴，于是和杨于畏一块进了女子的住室。女子战战兢兢，羞怯地远远站着，不说一句话。屋内的桌子上有把小刀，长仅一尺多，用金玉装饰，从匣中抽出，光芒四射，能照见人影。王生连连赞叹，爱不释手。又见女子羞愧害怕得如此，于是跟杨于畏略说了几句话，就告辞走了。杨于畏也独自返回自己的住处，翻墙时跌倒在地上，于是从梦中惊醒，正好听到村中的雄鸡打鸣了。他直觉得手腕疼得很，一看，皮肉都红肿了。

中午，王生来了，向杨于畏说起夜晚做了个奇怪的梦。杨于畏说："没梦见射箭吗？"王生奇怪他怎么知道。杨于畏伸出红肿的手给王生看，并且告诉他缘故。王生回忆着梦中女子的样子，自觉有功，又请杨于畏引见。

夜间，女子来拜谢。杨于畏就转达了王生想与她相见的愿望。女子说："他武夫的样子，我实在害怕！"过了会儿又说："他喜欢我的佩刀。那刀是我父亲出使粤中时，花一百两银子买来的，我很喜欢，就要了过来，缠上金丝，镶上明珠。父亲可怜我年幼死去，用这把刀为我陪葬。现在我愿割爱，把刀赠给他，见面就不用了。"

第二天，杨于畏转达了女子的意思。王生大喜。

到夜晚，女子果然带着刀来找杨于畏，说："告诉他珍重，这把刀不是中华产物。"从此二人往来像以前一样。

《连昌宫词》是唐代诗人元稹创作的长篇叙事诗。此诗通过一个老人之口叙述连昌宫的兴废变迁，反映了唐王朝自唐玄宗至唐宪宗时期的兴衰历程，探索了"安史之乱"前后唐朝政治混乱的缘由，表现了人民对于再现升平、重开盛世的向往。全诗语言丰富，笔触细腻，是唐诗中长诗名篇之一。元稹，唐朝时诗人、文学家、小说家，字微之、威明，与白居易齐名，世称"元白"。为悼念亡妻，曾写下"曾经沧海难为水，除却巫山不是云"的千古名句。

王六郎

有一个姓许的人，家住在淄川县城北门外，以打鱼为生。每天夜里，他都带着酒去河边，一边喝酒，一边打鱼。每次饮酒，都要祭洒一些酒在地上，还说："河里的淹死鬼请来喝酒吧。"别人在这里打鱼，总是一无所获，唯独许某每次都能打到满筐鱼。

一天夜里，许某又在一边打鱼一边独自喝酒，有一个少年走过来，在他身边徘徊。许某就叫少年和他一起饮酒，少年便坐下来与他一起喝酒。结果，一整夜也没有打到一条鱼，许某心里很不是滋味。少年站起来说："我去下游为你把鱼驱赶过来。"随后就飘然而去。不一会儿，少年回来了，说："鱼大群大群地都来了。"许某一抬渔网，果然得到好多条鱼，每条都有一尺多长。许某高兴极了，向少年道谢。要回去的时候，许某赠给少年一些鱼，少年不收，对

王六郎是阴间的淹死鬼，却胜过了阳间多少人：重情重义、知恩图报、恪尽职守、正直善良。在世俗的名利场里，人们都是"利"字当先，人与人之间的交往都是怀揣着各自的利益在精打细算，唯利是图成为人与人交往心照不宣的法则。作者塑造了王六郎这样一个感人的形象，以其弥足珍贵的品质，衬托出红尘俗世的庸俗和势利。而王六郎和许渔夫的故事，也并不存在于现实生活中，以此对比，批判那些位尊爵显后就转脸不识贫贱之交的人。

他说："多次喝你的好酒，这么点小事儿哪里谈得上报答。"许某说："我们才第一次喝酒，怎么说是多次呢？今天你帮了我，只是很惭愧没有什么可以送给你的。"接着许某询问少年的姓名，少年说："我姓王，没有名字，以后见面可以叫我王六郎。"

第二天许某卖了鱼之后，多买了些酒。晚上拎酒到了河边，王六郎已经等在那里了，许某于是与他高兴地喝起酒来。喝了数杯后，王六郎就起身帮许某驱赶鱼群，许某又打到许多条大鱼。他们就这样交往了半年。

一天，王六郎忽然告诉许某："这些日子以来，我们比亲兄弟还好，不过分别的日子就要到了。"语气十分凄凉。许某大吃一惊，问他是怎么回事。王六郎几次想说又停下来没说，最后终于说道："如今就要分别了，不妨告诉你，我其实是个鬼。生前特爱喝酒，是喝得大醉后淹死的，在这河里已好几年了。之前你捕到的鱼远比别人多，都是我在暗中为你驱赶鱼群。明天我就业满了，会有别的替死鬼来，我也要去投胎了，今天是最后一次相聚了。"

许某初听这番话，很是惊怕，然而想想和王六郎交往已久，也就不再害怕了，于是也因此而叹息。他倒了一杯酒对王六郎说："六郎，喝了这杯酒，不要悲伤了。你的罪孽期满脱身苦海，正应该庆贺，再悲伤就不合情理了。"于是，二人继续畅饮。许某问王六郎："来替你的是什么人？"王六郎说："兄长明天可在河边看着，正当午时，有一女子渡河，溺水而死，她就是替我的人。"就这样聊到村里的鸡开始报晓，二人方才洒泪而别。

第二天中午，许某怀着恭敬之心等候在河边，果然有一个妇女抱着婴儿过来，走到河边时，一不小心就掉进河里了。婴儿被她抛到岸上，手脚乱动地啼哭不止。妇女在河里沉浮了好几次，忽然浑身湿淋淋地攀着河岸从水里爬上岸，在岸上休息了一会，抱着婴儿直接走了。

在妇女溺水的时候，许某心里很是不忍，想要跑过去救她，转念一想她是来代替王六郎的，所以就停住没有去救。等那妇女自己从水里爬上岸，他就很纳闷了。

到了傍晚，许某还在老地方打鱼。王六郎又来了，笑着说："暂且不用说分别了。"许某就问是什么原因。王六郎说："那个妇女本应该代替我，我可怜她怀里抱着孩子，她死了，她孩子也活不了，所以我就放弃了。下一次找到人代替不知道是什么时候，或许是我们两人的缘分还没有尽吧？"许某感叹地说："这样的仁人之心，可以直通天帝了。"从此两人跟以前一样每晚相聚。

几天之后，王六郎又来告别。许某怀疑又有替代者了。王六郎说："不是。上次的那一点恻隐之心，果然通达上天了。现在我被任命为招远县邬镇的土地

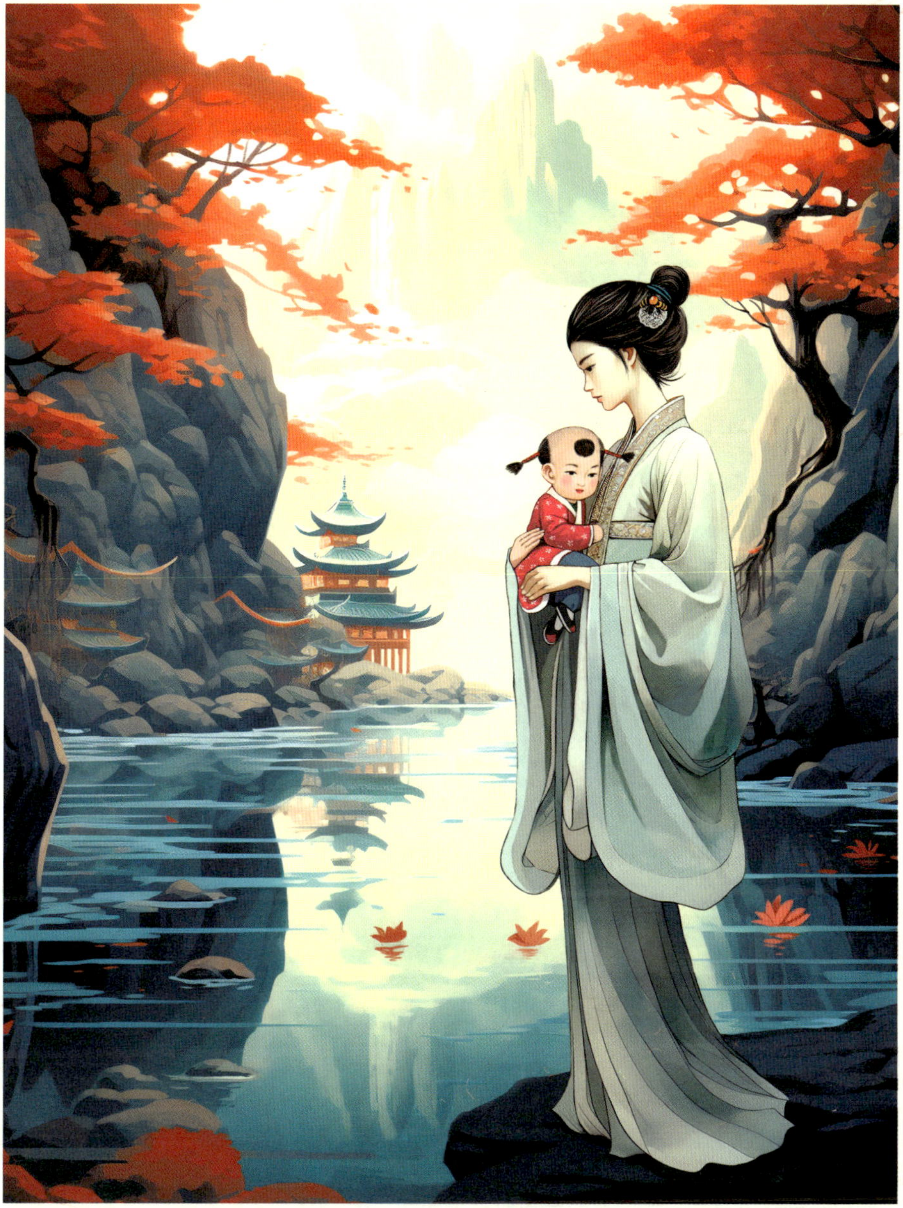

神,明天就要去赴任。如果你不忘我们的交情,有空去探望我,不要害怕路远。"许某祝贺说:"你成为神仙,真让人欣慰。但是人神殊途,我应该怎么探望你呢?"王六郎说:"只管去,别担心。"再三叮嘱,然后离去。

许某回到家里,马上就要收拾行装动身去招远县。妻子笑着说:"这一去好几百里,即使有这地方,恐怕这泥塑神像也没法和你说话啊。"许某不听,长途跋涉最终到达了招远县。问当地居民,果然有个邬镇。到了邬镇,住在旅店里,然后向店主人打听土地庙在哪里。店主人吃惊地问:"莫非客人姓许?"许某说:"是的。你怎么知道?"店主又说:"莫非客人家乡是淄川?"许某说:"是的。你怎么知道的?"主人不答话,急匆匆走出了客店。

不一会儿,店主人抱着孩子,带着媳妇、闺女回来,纷纷攘攘地还跟来了好多看热闹的人,像一堵墙似的把许某围在中间。许某有些吃惊。众人告诉他说:"几天前,睡觉时梦见土地神说:'淄川许姓朋友应当马上到来了,可以资助他一些盘缠。'我们恭候好久了。"许某对此也深感奇怪,就前往土地庙里去

祭祀，祷告说："自从跟你分别之后，睡觉都睡不踏实。今天远道而来，赴从前的约定。又多亏你托梦给当地居民，感激之情，铭刻在心。惭愧的是我没有什么丰厚的礼物，只带了一些薄酒，如不嫌弃，就像当初在河边上那样喝了吧。"祷告完毕，就焚烧了些纸钱。

一会儿，只见一股风从神座后刮起，盘旋移动多时，方才散去。晚上许某梦到王六郎来了，衣帽穿戴整齐漂亮，大不同于平时。他对许某道谢说："有劳你远道来看望，我很高兴，但我担任着这个小官，不方便与你见面，你我虽近在咫尺，却如隔山河。这里的人们赠送的一点薄礼，就当是我酬谢往日的交情。"

许某在邬镇住了几天之后，想要回去。众人一再挽留，殷勤诚恳，许某极力辞谢，坚持要走。大家于是拿着礼帖，抱着礼品，纷纷前来送行。

忽然，平地卷起一股旋风，跟着许某走了十多里路。许某拜了几拜说："六郎珍重！不劳再远送了。你心地仁慈有爱，自能够造福一方，不用老友再嘱咐什么了。"这股风盘旋了好久，方才散去。

许某回来，家里稍微宽裕了，就不再打鱼了。后来遇见招远县来的人，问起土地神，都说十分灵验，有求必应。

土地神，即管理一方的社神。在道教的诸多神仙中，"土地"是排在最后一个等级的，位卑权轻，甚至连个芝麻官也谈不上。但正因为如此，"土地"管辖的都是地方老百姓身边鸡毛蒜皮的小事，所以在民间所供奉的许多神仙中，恰恰正是"土地"的名气最响亮。"土地"在民间的影响力很大。古时，几乎每一个村庄都有一座土地庙。"土地"与"城隍"不同，"土地"管辖的是乡下的村子，"城隍"管辖的则是县城或州城。村民们都亲切地尊称"土地"为"土地爷"或"土地爷爷"。一般土地庙中，除塑土地神外，还塑其配偶，称其为"土地奶奶"。

夜叉国

交州有一个姓徐的,出海做买卖,商船被大风吹得偏离了航向,几天之后搁浅了,徐某探头一看,不识得是什么地方,只见深深的大山,苍苍莽莽。他希望这里能有人居住,就拴好船背着干粮和干肉登上岸探察。

刚进山,看见两边山崖上都是洞口,密布如蜂房,洞内隐约有声音。徐某来到洞外,停下脚步往里一瞅,只见里面有两个夜叉,牙齿繁密,状如排列的剑戟,眼睛闪闪如两盏灯,用爪子撕开一只鹿,拿起生肉就吃。徐某吓得魂飞魄散,急忙想跑开,然而夜叉已经看见他,抓他进洞。两个怪物互相说着话,声音就像鸟鸣兽叫,争着撕开徐某的衣服,好像要吃了他。徐某万分恐惧,取出袋子里的干粮和干肉送给他们。他们吃后觉得味道很美,又去翻徐某的袋子。徐某摇摇手,表示没有了。夜叉大为生气,又抓住了他。徐某哀求他们说:"放开我。我船上有锅和蒸笼,可以做给你们吃!"夜叉不明白他的话,仍然发怒。徐某只好与他们打着手势交流,夜叉似乎稍微明白了点。

随后,徐某被夜叉押着来到船上,取了炊具,回到洞中,抱来柴禾,把夜叉吃剩的那些鹿肉煮了煮,两个怪物吃了后,觉得很好吃。

蒲松龄一定深入研究过《山海经》,所以他把夜叉国、毒龙国、罗刹海市之类的绮丽想象植入作品中。这个故事描绘的就是夜叉生活的国度。故事里的夜叉们虽然茹毛饮血,残忍杀戮猎物,但是心地善良,待人和善。反观人类社会,争名逐利、贪财妄为,远比生活在野蛮环境中的夜叉更可怕。这个故事也传达出作者的爱情观:爱情不受种族限制,只要双方真心相待,即使是人类与非人类的夜叉也能够建立深厚的感情。

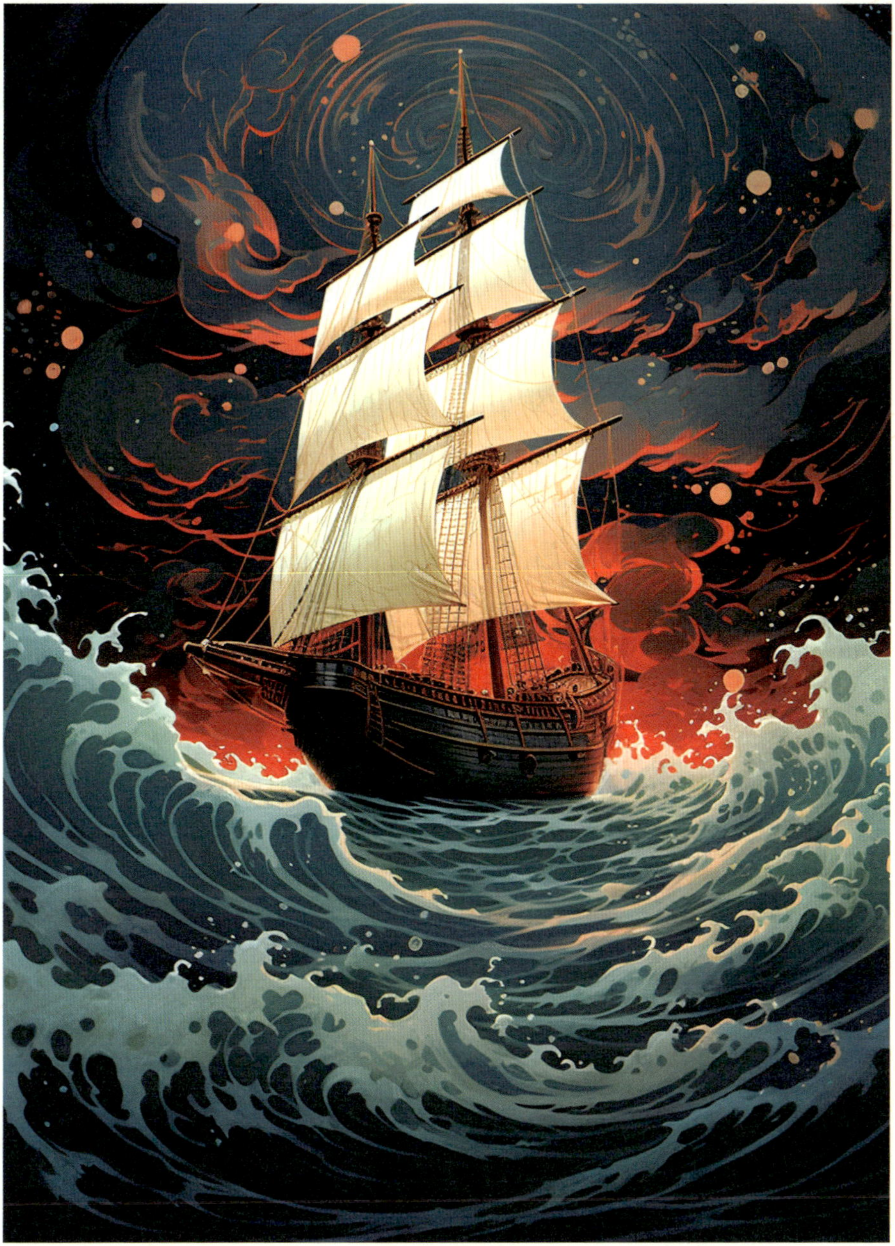

夜晚，夜叉用巨大的石头堵住洞口，像是怕徐某逃跑。天明后，两个夜叉出去，又用巨石堵上洞口。不一会儿，夜叉回来了，带回来一只鹿交给徐某。徐某剥了鹿皮，到洞深处打了水，煮了好几锅才把一只鹿煮完。一会儿，又有几个夜叉来了，聚到一起吃徐某煮的鹿肉。吃完后，他们一齐指着锅子，似乎嫌太小。

过了三四天，一个夜叉背来一口大锅，像是人们常用的那种。于是，众夜叉送来狼、麋鹿等动物，煮熟后，还招呼徐某一起吃。

过了几天，夜叉渐渐和徐某熟悉了，出去时也不再限制他，与他相处得像一家人。徐某渐渐能辨别夜叉的语言，理解他们的意思，还模仿他们的声音，说夜叉语。夜叉们更加高兴，带来一个母夜叉给徐某当老婆。起初徐某很害怕，后来不得已，只好听从了夜叉们的安排。从此之后，母夜叉常常留肉给徐某吃，像恩爱夫妻一样。

一天，众夜叉早早起来，脖子上各挂着一串明珠，轮番出门，像是等候贵客的样子，还吩咐徐某多煮些肉。徐某纳闷，就问母夜叉，母夜叉说："今天是天寿节。"说完，母夜叉又对众夜叉说："徐郎没有骨突子！"众夜叉各自摘下自己的五颗珠子，一起交给母夜叉。母夜叉又从自己脖子上解下十颗，共凑得五十颗，用野生苎麻搓成绳子，穿珠挂在徐某脖子上。徐某看看这些珠子，一颗足值百十两银子。一会儿，夜叉们都出去了。

徐某煮完肉，母夜叉来请他一起去，说："去接天王！"

来到一个有好几亩地那么大的大山洞，中间有一块石头，光滑平整得就像桌子，四围都摆着石凳，上首的石凳上蒙着豹皮，其余的都是蒙着鹿皮。二三十个夜叉，整齐地坐着。

一会儿，一阵大风刮起尘土吹进洞来，夜叉们慌忙奔出迎接，只见进来一个巨大的夜叉。大夜叉直接奔入洞中，叉开两腿坐着，用鹰隼般的目光左右环视。众夜叉跟着一块进洞，东西两列站好，都仰起头，双臂交叉成十字状。大夜叉问道："卧眉山上的都在这里了吗？"众夜叉乱哄哄地应答。大夜叉看见了徐某，又问："这个人是从哪来的？"母夜叉上前回答说是自己的夫婿。众夜叉又一起夸赞徐某的烹饪手艺高明。随即有两三个夜叉跑去取了些熟肉来，摆放到石桌上。大夜叉捧着吃了个饱，吃完极力夸赞好味道，并且责令要经常供给。他又看着徐某说："你的骨突子怎么这样短？"众夜叉说："他刚来，还没准备好。"大夜叉从自己脖子上摘下明珠串，脱下十颗明珠交给他。这些珠子都大得像拇指，圆得像弹丸。母夜叉急忙接过来，替徐某穿好挂上。徐某也双臂交叉，用夜叉语说着感谢的话。又过了一会儿，大夜叉便走了，踏风而行，快得像飞。众夜叉这才分享了他剩下的熟肉，然后散了。

就这么过了四年多，母夜叉怀孕了，一胎生下两个男孩、一个女孩，都是人的模样，不像他们的母亲。众夜叉也都很喜欢他们的孩子，常常抚摸逗弄他们。

又过了三年，子女都能走路了。徐某就开始教他们说人的语言，咿咿呀呀中，有人气了。这几个孩子虽然还小,但像夜叉一样身体特别强悍,在山上奔跑如走平地,而且很是依恋徐某,父子情深。

一天,母夜叉跟一个儿子、一个女儿外出,半天没回来。当时北风大作,徐某凄伤地想起故乡,就领着儿子来到海岸边散心,一看原来的船还在,便和儿子商量着趁这阵北风返回老家。儿子想告诉母亲后再走,徐某怕有变数,劝阻了儿子。父子俩便登上船,航行了一天一夜,终于抵达交州。

徐某回到老家后,发现妻子已经改嫁,一切早已物是人非。徐某拿出两颗明珠,卖了上千两银子,家境立刻富裕起来。徐某给儿子取名徐彪。徐彪十四五岁,就能举起几千斤重的东西,粗莽好斗。交州的驻军主帅见后很惊奇,便让他做了千总。那年,正赶上边疆叛乱,徐彪战场上所向披靡,立了很多功劳,十八岁就升为了副将。

后来,又有一个交州的商人出海,也是遭遇大风,漂荡到了卧眉山。刚上岸,看见一个少年。少年见了商人大吃一惊,知道他是中国人,便询问他的家乡。商人把家乡告诉了他,少年拉着商人进入深谷中的一个小石洞里,洞外都长满荆棘,少年嘱咐商人躲在这里不要出去。

过了一阵子,少年又回来了,带来一些鹿肉给商人吃,还自我介绍说:"我父亲也是交州人。"商人询问他,得知少年的父亲是徐某。正好商人经商时曾认识徐某,便说:"他是我的老朋友。现在他儿子已是副将。"少年不知"副将"是什么意思。商人说:"这是中国的官名。"少年又问:"什么是官?"商人说:"出门乘坐车马,回家住高堂大厦,在上一声呼,下面百人应,见到他的人都不敢正眼看,只能侧身站立,这就是官。"少年听得欢欣鼓舞。商人说:"既然你父亲在交州,你为什么长久留在这里?"少年把情况告诉了他。商人劝少年回交州。少年说:"我也常常这样想。但母亲不是中国人,语言相貌完全不同。因此反复不定。"说完便走出洞,又回过头说:"你安心地在这洞里等着,我会经常过来给你送食物,等半年后北风刮起时,我来送你回去,麻烦到我父亲哥哥那里,

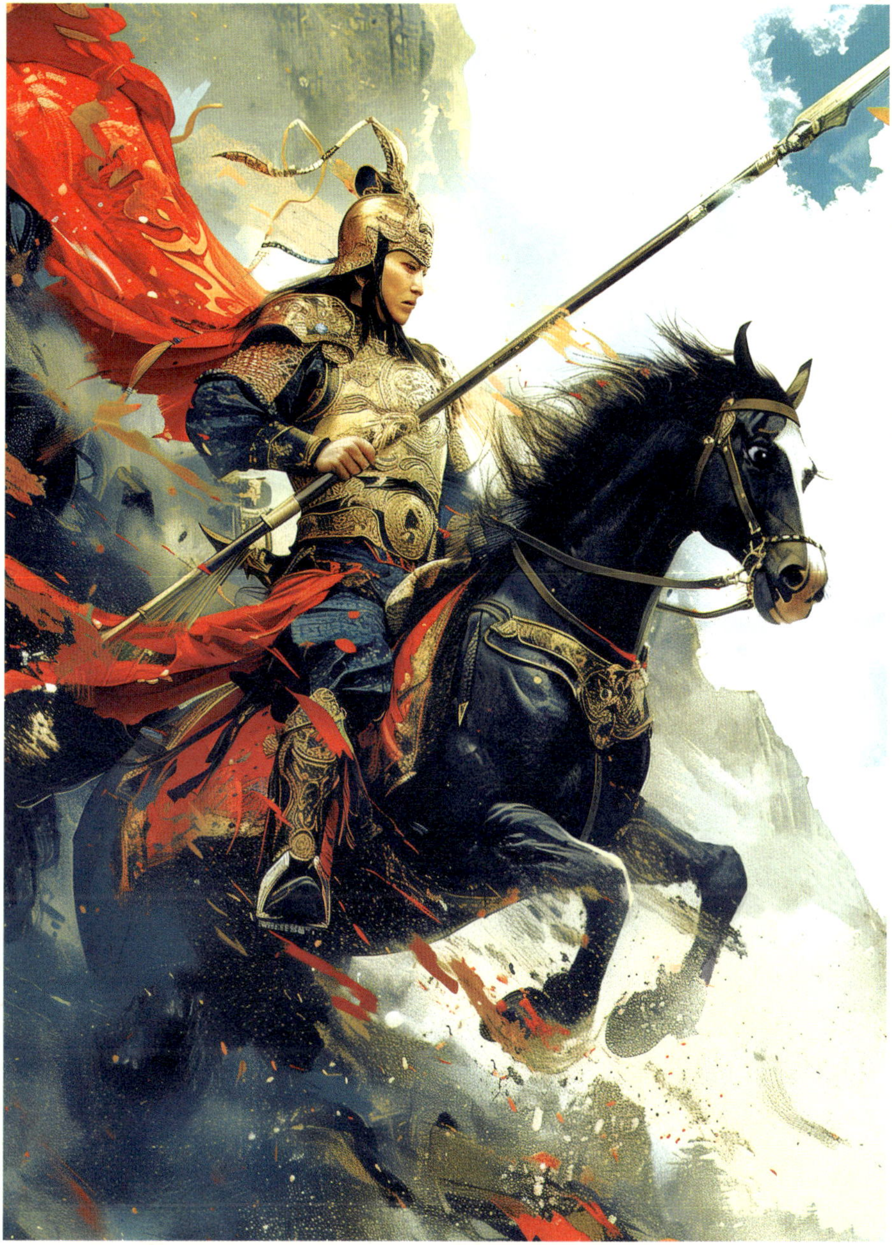

捎个消息。"

商人蛰伏在洞中将近半年。不时从洞口荆棘丛中往外偷看，见山中总有夜叉来来往往。他很恐惧，不敢轻举妄动。

一天，北风呼啸而起，少年忽然来了，领着商人急忙直奔海边。嘱咐说："我嘱托的事不要忘了！"商人答应了他。

商人的船趁着北风顺利地直抵交州，上岸后，商人不忘少年的托付，直接到副将府，详细讲述了自己的见闻。徐彪听了很是悲伤，便什么也不顾，带了两个士兵，就驾船下了海。此时正值逆风，船在大海上颠簸了半个月，四周望去漫无边际，眼前一片迷茫，无法辨别南北。忽然，海上涌起连天波涛，船顷刻间被颠覆，徐彪落入海中，随着波涛浮沉。

过了很久，徐彪漂到岸上昏迷了过去，被一个怪物拖拉到了一个地方。徐彪醒来后一看，一个像夜叉样子的怪物站在他身旁。徐彪就说夜叉语和他交流，告诉他自己要去的地方。那个像夜叉样子的怪物很是吃惊地说："卧眉山是我的故乡。冒犯你了，多有得罪。你离开原来的航道已有八千里了。这路是去毒龙国的，去卧眉山不是这条路。"于是找来船送徐彪。夜叉在海水里推，船像飞箭一样，瞬间就是一千多里。过了一夜，船已到达卧眉山北岸。

徐彪远远地看见一个少年，站在海边眺望。徐彪知道深山里没有人类，怀疑那少年就是弟弟。走近他，果然是弟弟，徐彪拉着他的手哭起来。不一会儿，母亲与妹妹也来了，看见徐彪都哭了起来。徐彪告诉母亲，这次来是要接大家一起回交州的。母亲担忧地说："恐怕去之后会被人家欺负。"徐彪说："儿在中国很有地位，人们不敢欺负咱们的。"

回去的计划已定好，准备工作也做完，苦恼这时正是逆风期，难以行船。母子正徘徊忧思时，忽见船上布帆向南飘动，发出瑟瑟声响。徐彪高兴地说："北风来了，天助我也！"大家赶紧登船启航。

三天后船终于抵达交州岸边。当他们从船上走下来，看见他们的人都吓得四处奔逃。到了家中，母夜叉见到徐某，生气地大骂徐某没良心，恨他走时不商量，徐某连忙道歉。家里的仆人拜见主母，个个吓得颤抖。

徐彪劝母亲学说中国话，还把母亲锦衣玉食地供养起来，母夜叉大感欣慰。

几个月后，母夜叉稍微能说一些中国话了。徐彪的弟弟妹妹皮肤也逐渐变得白皙。弟弟叫徐豹，妹妹叫夜儿，二人也都强壮有力。

徐彪嫌自己不识字，便请老师教弟弟读书。徐豹最为聪慧，经史书籍，一过目就明白了。徐彪不想他靠耍笔杆子出人头地，便让他拉硬弓、骑烈马。后来徐豹考取了武进士，娶了游击将军的女儿为妻子。

夜儿因是夜叉种，没人与她成婚。正好徐彪部下有个姓袁的守备死了妻子，于是硬嫁妹妹给袁守备。夜儿能拉开百石重的弓，百余步的距离射小鸟，百发百中。袁守备每次出征，总是与妻子一起，他升职到同知将军，所立的功劳多半出自妻子之手。

徐豹到三十四岁任持印将军。母亲曾经跟随他南征，每次面临强敌，总是穿着盔甲，手持兵器，为儿子接应，见到她的敌人都四散逃避。

传说，在古代的印度，有一个神秘的国度，就是"夜叉国"。夜叉国又称泥离国，其记载始见于唐朝。唐朝史书《通典》记载："流鬼在北海之北，北至夜叉国，余三面皆抵大海。"关于夜叉，佛教、民间传说各有记载，常被描述成鸟身人面的怪物，身着黑衣，面目狰狞，行动轻捷，类似于西方的吸血鬼。唐朝史书中这样记载："叉人，皆豕牙翘出，噉人"。在中国古代文学作品中，也有不少关于夜叉的故事。

汪士秀

庐州人汪士秀，一身肌肉，刚强勇猛，有力气，能轻易地举起石舂。另外，他与父亲都喜欢踢球，球技非常不错。可惜他父亲四十多岁的时候，过钱塘江时被淹死了。

事情过去八九年之后，汪士秀乘船去湖南，晚上停泊在洞庭湖过夜。当时，满月东升，明净的湖水好像平铺的白绢。汪士秀正眺望这美景的时候，忽然看到不远处的湖面上，有五个人从湖中冒出来，其中一个人携带着一张半亩地大小的席子，将其平铺在水面上，众人纷纷摆出酒具菜肴。

不一会儿摆好了，三个人入席坐下，另外两个人在旁伺候。伺候的两人都穿褐色衣服，一个像是童仆，另一个像是老翁。坐着的三人中，一个穿黄衣服，

一个穿白衣服,一个穿淡绿色衣服。只听黄衣人说:"今晚月色极好,值得痛饮一场!"白衣人说:"今晚的风景,大有广利王在梨花岛摆宴时的样子呢!"三人互相劝酒,举杯痛饮起来。但说话的声音越来越小,慢慢听不到了。船家看到这个场景,早已吓得藏了起来,不敢动也不敢出大气。

汪士秀仔细察看伺立着的人,发现那个老翁非常像自己被淹死的父亲,但听他说话,又不是父亲的声音,好奇地继续观察。

二更将尽时,汪士秀听到席上有一个人说:"趁着这明月,应该踢球为乐!"接着,就见那童仆没入水中,取来一个圆球,有双手合抱那么大,从里到外发着光,把四周照得通明。席上坐着的三个人都站起来。黄衣

《聊斋志异》中共有183篇写到了酒,占总数的三分之一还多,从侧面折射出我国明清时期丰富多彩的酒文化。古时,有"山饮""水饮""郊饮""野饮"之习,人们颇喜欢在游览观光中饮酒。以自然风光或精致楼阁佐以饮酒,的确能增添不少情趣。本文中,蒲松龄用20余字为我们描绘出一幅"水饮"场景——于月色下携大席铺于洞庭湖面饮酒,想象奇特,场景美妙。

人招呼侍立一旁的老翁一起踢。球被他们踢起一丈多高，亮光摇摇，直刺人眼。

一会儿，那球不知被谁踢中，"轰"的一声，腾空而起，远远地飞落在了汪士秀的船上。汪士秀不觉脚下技痒，运足气力朝那球踢去，只觉那球异常轻软。这一脚踢得猛了，似乎把球给踢破了，只见球飞起几丈高，从破洞中漏出一道银光，垂下时犹如彩虹，"嗤"的一声，急速坠落，如同天空中划过的彗星，径直投入水中，滚滚的沸腾声散发出来，不一会儿，气从破洞中泄完，球消失了。

席上的人一起发怒地说："哪里来的陌生人，败坏我们的兴致！"老翁却笑着说："不错，不错。这是我们家的'流星拐'踢法。"白衣人怪老翁多嘴，嗔怒地说："我们都在恼怒，你个老奴怎么这么开心？快去把那狂小子捉来！不然，打断你的狗腿！"汪士秀看到有人要来抓他，本能地想逃，可一看到四面是水无法逃脱，干脆把心一横，拔出腰刀立在船上。

转瞬间，老翁握着兵器踏着水面冲了过来。汪士秀仔细一看，这个冲过来的老翁真是他父亲，急忙呼喊："阿爹，儿子在此！"老翁大吃一惊，跃上船来，发现立在船上的果然是自己的儿子，父子四目相对，黯然神伤。老翁忽然醒悟过来说："你赶紧藏起来。不然，咱爷俩都得死了！"可话还没说完，那三人拿着兵器已经登上船，向汪士秀父子冲过来。汪士秀什么也顾不得了，把父亲往船舱里一推，把心一沉，紧握腰刀迎击三人。三人并排而立，三把刀高高举起，同时向汪士秀砍下来。汪士秀左脚陡然发力，身形向右前方一闪，同时右手握刀斜斜向上一撩。下一秒，汪士秀已经出现在了三人的身侧。三人的刀，有两把刀砍在了空处，第三把刀连同握刀的胳膊一起掉在了船板上，过了一会儿，才响起黄衣人的惨叫。汪士秀不等站稳，右脚陡然发力，身形向左前方一闪，已来到三人的背后，头也不回地反手一刀平平削去，只听见"咕噜噜"一声，有头颅掉在船板上，最后"噗通"一声滚落水里。船摇晃不止，三人顷刻间一死一伤。汪士秀转过身来，嘲讽道："功夫如此稀松，却还喜欢行凶，不知是如何活到这个年纪的?"黄衣人二话不说,纵身向水里一跳,逃走了。只剩一个白衣人,眼看打不过汪士秀,恶狠狠地说了一句:"你等着!"突然消失了。

汪士秀觉得此地不可久留,从船舱里叫出船家和父亲,商量着连夜渡湖离开这里。忽然一张巨大的嘴冒出水面,四周的湖水哗哗地流向这张大嘴。一会儿,那大嘴又把水往外一喷,湖面顿时被激起巨浪,船也猛烈地颠簸起来。正好船上有两个石鼓,重达百斤,汪士秀举起一个,投向那大嘴里,立刻激起滔天巨浪,浪渐渐停息了。汪士秀又朝刚刚大嘴出现的地方投下另一个石鼓,终于风平浪静。

汪士秀这才有功夫和父亲交谈,问起父亲为何会出现在这里,老翁说:"我没死。那次落水的有十九人,都被妖怪吃了。我因为会踢球,妖怪留我陪他们踢球玩,才得以保全性命。后来那些妖怪得罪了钱塘江神,所以到洞庭湖来避难。三人都是鱼精,刚才踢的球就是鱼鳔啊。"父子团聚,十分高兴,连夜划着船走了。

足球运动,最早的起源在中国。"蹴鞠"就是现代足球的前身,又称"蹋鞠"。据史料和考古发掘,"蹴鞠"起源于黄帝时代。《战国策》是最早记录"蹴鞠"的文献典籍。到了汉代,由于社会经济的繁荣,蹴鞠得到了更大的发展,成为宫廷和民间的主要体育活动,在唐宋时期最为繁荣。蹴鞠最初使用的是塞满毛发的实心球,到了唐代以后则出现了充气球,形态已与现代足球很相近了。唐代还发明了球门。后经阿拉伯人传到欧洲,发展为现在的足球。

梦狼

直隶人白老汉,有个大儿子叫白甲,在南方做官,整整两年时间毫无音讯。一天,有个姓丁的远房亲戚来看他,白老汉置办酒菜招待。这丁某因为特殊的机缘当了个阴差,席上闲谈,白老汉问起阴曹地府的事,丁某把地府说得神乎其神,白老汉却并不信,一笑了之。

二人分别几天后,白老汉正在睡觉,忽然丁某又来了,还请他一道出去转转。白老汉便跟着去了,没多久就来到一座城前面。进了城门,又走了一会儿,丁某指着一座门对白老汉说:"这是你外甥家。"白老汉的外甥正在山西当县令,白老汉惊讶道:"我外甥怎么会在这儿?"丁某道:"你若不信,进去一看便知。"白老汉将信将疑地进了门,果然看见自己的外甥,头戴官帽身着官服端坐堂上,左右两排仪仗整齐地列于堂前,官仪威严。白老汉想近前相认,却没有人代为通传。丁某拉白老汉出来,道:"你家公子的衙门离此不远,不想见见吗?"白老汉答应了。两人向前没走多远就又到了一座官衙,丁某道:"就是这里了,进去吧。"白老汉抬头一瞧,见一只大狼挡在门前,吓得白老汉不敢进门。丁某道:"只管进去。"白老汉壮着胆子跟着丁某走进门,只见堂上、堂下、堂前坐着的、躺着的,都是狼,而堂前台阶上白骨都堆成了山,白

这篇小说写的是一个梦境,但梦幻之中也交织着现实生活内容。白老汉思念在外地做官的儿子,但惊愕地梦见儿子堂上、堂下坐卧的都是狼,环顾四周,白骨如山,更有甚者,儿子竟然想以死尸来招待自己。原来儿子因为官不仁,已经变成了恶狼。小说揭露了贪官污吏的凶残面目,深刻讽刺了当时贪官如狼似虎的社会现实。在原著的篇尾,作者还附录了两个小故事,印证了"即官不为虎,而吏且将为狼",点明这种社会现实是难以根治的。

老汉更加害怕了。丁某便用身体护着白老汉走进屋内。白甲正好从后堂走出来，看见父亲和丁某来了十分高兴。白甲陪父亲稍坐了一会儿，便吩咐下人去置办筵席。这时一头大狼忽然叼了个死人进来，白老汉战战兢兢地起身问："这是何意？"白甲道："让厨房拿这尸体对付着做几样菜。"白老汉连忙阻止，心中惶恐不安，想告辞离开，却被群狼拦阻，正进退两难，忽然见群狼纷纷号叫奔逃，有的钻到床下，有的趴在桌底，一时间白老汉不知发生了何事。不一会儿，两个身披金甲的武士走了进来，双眼圆睁，拿出一条捆绑犯人的绳索将白甲绑起来。白甲趴在地上立时化作猛虎，虎牙交错，闪着寒光。一位金甲武士拔出

剑来要砍掉虎头,另一个武士道:"且慢!要杀也是来年四月的事,不如先将虎牙敲去。"说罢便取出大锤猛敲虎牙,虎牙一颗颗掉落在地,老虎疼得大吼,吼声震得地动山摇。白老汉吓得魂飞魄散,突然醒了,才知道是一场梦。白老汉越想越奇怪,便派人去请丁某来问个明白,可丁某却推辞不来。

白老汉将所做之梦写在信中,叫二儿子送到大儿子那儿,信中对白甲反复劝诫,言辞恳切。白老二到了大哥的衙门,见大哥门牙全都没了,很是吃惊,问白甲是怎么回事,白甲说是前些天酒醉骑马,从马上摔下来所致。白老二又问何时摔伤,一算日子,正好是白老汉做梦那天,惊异不已,便将父亲的信拿给大哥看。白甲看完信后脸色大变,过了一会儿道:"这不过是和怪梦巧合罢了,没什么可奇怪的。"原来,白甲刚向当权者行了重贿,得了保举升迁的资格,所以并不在意白老汉的这个怪梦。白老二在大哥这儿住了几天,见白甲手下全是贪赃枉法之徒,来给白甲行贿的从早到晚没断过,便流着泪苦劝大哥。白甲却不以为然道:"二弟你整日住在乡下,哪里知道这官场的门道。官场上的升降,取决于上官而不在百姓,上官喜欢的才是好官,光是爱护百姓,那如何讨好上官呢?"白老二知道劝不了大哥,只好回了家,到家后将这些向父亲讲了。白老汉听后大哭不止,实在没法子,只好散了家财接济穷人,整日求拜神灵,只求老天若要报应,便报在逆子白甲身上,莫要连累妻儿老小。第二年,有消息说白甲被举荐到吏部为官,来白家道贺的不少,白老汉却伤心落泪,卧床托病不见客。没过多久,又听说白甲在上任途中遭遇盗匪,主仆几人都丢了性命。白老汉这才起床出门,对乡邻道:"鬼神发怒,只报应在老大白甲身上,全家上下皆未遭难,这可是天大的恩德了。"因而焚香祷告拜谢上天。有乡邻来安慰白老汉,说这消息是道听途说,不一定可信。可是白老汉深信不疑,还为白甲选好了墓地。可白甲果真还没死。

原来,白甲四月卸任原职,正要去京城走马上任,刚离开县境就遇上盗匪。白甲拿出所有携带的钱财给盗匪,只求留他一条性命,这伙盗匪却说:"我们是来给这一县百姓报仇雪恨的,难道是为了这几个钱吗?"说罢便将白甲的头砍下。又问白甲随行的人:"哪个是司成大?"这司成大是白甲的心腹,专门助纣为虐,盗匪将司成大也杀了。还有四个鱼肉百姓的差役,平日专帮白甲搜刮钱财,白甲准备把他们带去京城做爪牙,这些人全都被指认出来一一杀了。盗匪们这才分了白甲的不义之财,打马飞奔离去。

其实白甲死后,他的灵魂游荡在路旁并没有散去。没多久,一个县令的仪仗经过这里,县令问道:"路边被杀的是何人?"前面开路的随从道:"是白县令。"县令道:"原来是白老汉的儿子,不该让老爷子见到儿子尸首异处的惨状,还是替白县令把头接上吧。"于是一个下人便把白甲的头接到了颈上,一边接还一边说:"坏人的头不该正着接,就让他下巴对着后背好了。"就这么把白甲的头反着接好之后就走了。不久,白甲的尸体居然慢慢醒了过来。白甲的妻子听到消息后赶来给他收尸,见白甲还有一口气,便将他抬到车上继续赶路,慢慢喂他些汤水,也能喝下了,但是只能寄住在客栈里,没有盘缠回家。又过了半年多,白老汉才知道白甲还活着,于是派白老二去接白甲回来。这白甲虽说死而复生,但眼睛只看得到自己的后背,完全没了人样。白老汉的外甥因有政绩有声望,通过考试选拔升任御史,白老汉先前的怪梦一一应验。

我们常说:日有所思,夜有所梦。梦是人类睡眠时的一种心理活动,也是一种意象语言。古人相信,做梦总是有原因的。中国是最早对梦进行研究的国家,早在商周时期,就有一本关于梦的专著《周公解梦》。这本书是根据人的梦来占卜吉凶的解梦书籍,它对人的七类梦境进行了解释。但是基于当时的社会科学技术条件,这本书对于梦的解释有很大的历史局限性,也并不科学。历史上也有不少著名的梦,如庄周梦蝶、黄粱一梦、南柯一梦等。梦,既真实,又虚幻,它到底属于心理还是想象,人类至今还不能给出明确的解释。

庚娘

中州地区有一官宦人家的子弟叫金大用，娶了尤太守的女儿庚娘。庚娘美丽又贤惠，婚后夫妻感情深厚。后来，因为流寇作乱，金大用便偕家眷向南方逃难。

在逃难的路上遇到一位少年，也带着妻子逃难，他自称是广陵人，叫王十八。王十八说自己对路途熟悉，愿意为金大用他们引路。金大用很高兴，一路吃、住、行都与王十八一起。有一天，到了河边，庚娘偷偷告诉金大用说："不要和王十八同乘一条船。他多次盯着看我，眼珠乱转，神色变幻，内心不可测度呢。"金大用答应了。

王十八很是殷勤，找了一条大船，说足够两家人共乘，又替金家搬运行李，忙忙碌碌，非常周到。金大用不忍拒绝，又想到他也带着家眷，应该没啥问题。

王十八的妻子与庚娘同住在一起，神态行为很温顺和气。一切都安顿好后，王十八来到船头坐下，与船夫攀谈起来，好像十分熟悉的朋友。

没多久，太阳落山了，水面弥漫着雾气，分不清东西南北。金大用环顾四周，幽暗阴险，很是疑惑。一会儿，月亮初升，只见两岸满眼都是芦苇。这时，王十八邀金大用父子出舱透透气，金大用刚刚到甲板上还没站稳，王十八突然用肩膀挤向金大用后背，金大用一个趔趄，从船上掉落水里。金大用的老父亲在两人身后正好看到了这一幕，惊恐地刚想要呼喊，船家一竹篙打在金大用老父亲的头上，老头一晕，也掉落水中。金母听到声音走出船舱来察看，也被一竹篙打落水中。王十八这才假惺惺地喊救人。

金母出船舱时，庚娘跟在金母后边，已隐约看到

蒲松龄笔下有许多"贞洁"的女子。一个"贞"字的背后，往往充满着悲情和痛苦，女子为了守住贞洁，付出的代价是巨大的，有时候甚至是性命。在《聊斋志异》中，有一个贞烈的女子，在极为不利的局面下，不但守住了自己的清白之身，还顺利将仇人杀死，最终还脱离了魔掌，与丈夫惊喜重逢。这女子就是本文的主人公——庚娘。她在坚持底线的前提下忍辱求生，还能用最稳妥的方法复仇，这正是庚娘的智慧之处。

了刚才发生在甲板上的事。眼看一家人都死于非命,庚娘非常伤心害怕,也顿时明白了王十八的狼子野心,便收起惊慌,只是哭着说:"公婆都死了,我回哪里安身呢!"王十八进来劝说:"娘子不要忧虑,请跟我到金陵。我家有田地房产,很是富裕,保你不用发愁。"庚娘假意收住眼泪说:"能这样,我的心愿也就满足了。"王十八大为高兴,立即赠送了庚娘不少首饰,十分殷勤。

到了晚上,初更过后,庚娘听到隔壁舱里王十八夫妻俩吵闹起来,不知什么原因。只听到王十八妻子说:"你做这种事,是要天打雷劈的!"王十八就打他妻子。妻子呼喊道:"死了算了!实在不愿做杀人犯的妻子!"王十八大怒,揪着他妻子出了船舱,就听"咕咚"一声,扔她入河了。

过了几天,船到了南京,王十八就领着庚娘回了家,登堂拜见母亲。王母惊讶庚娘不是原来的媳妇。王十八说:"媳妇落水里淹死了,新娶了这个。"

回到房里,王十八便要和庚娘亲热。庚娘笑着说:"小户人家的孩子成亲,都必须置一杯薄酒,你家富裕,难道还办不到?"王十八很高兴,马上叫人置办了酒席,两人对饮。庚娘拿着酒杯,殷勤地劝酒。王十八渐渐醉了,推辞不喝。庚娘斟了一大碗,强作媚态劝他喝。王十八不忍拒绝,又喝了一大碗。没过多久,王十八酩酊大醉,催促庚娘上床。庚娘撤了酒器,熄灭灯烛,借口上厕所,到厨房里拿了把刀进来,暗中用手摸索王十八的脖子,用力切了下去,结果因为力气太小,又紧张,一刀下去切得太浅,王十八没死,号叫着爬起来想跑。庚娘壮着胆子挥刀追砍了好几刀,王十八才死。

王十八的弟弟王十九发觉了。庚娘知道难免一死,急忙自刎,可是刀口已经钝缺,割不进皮肉,庚娘就打开门往外跑。王十九追赶上来,发现庚娘已经跳进池塘里了。王十九急忙呼告邻居打捞庚娘,过了好一阵终于捞起来了,庚娘已经淹死了,可是脸色艳丽,就像活着一样。

众人一同检验了王十八的尸首,看见床上有一封信,打开一看,原来是庚

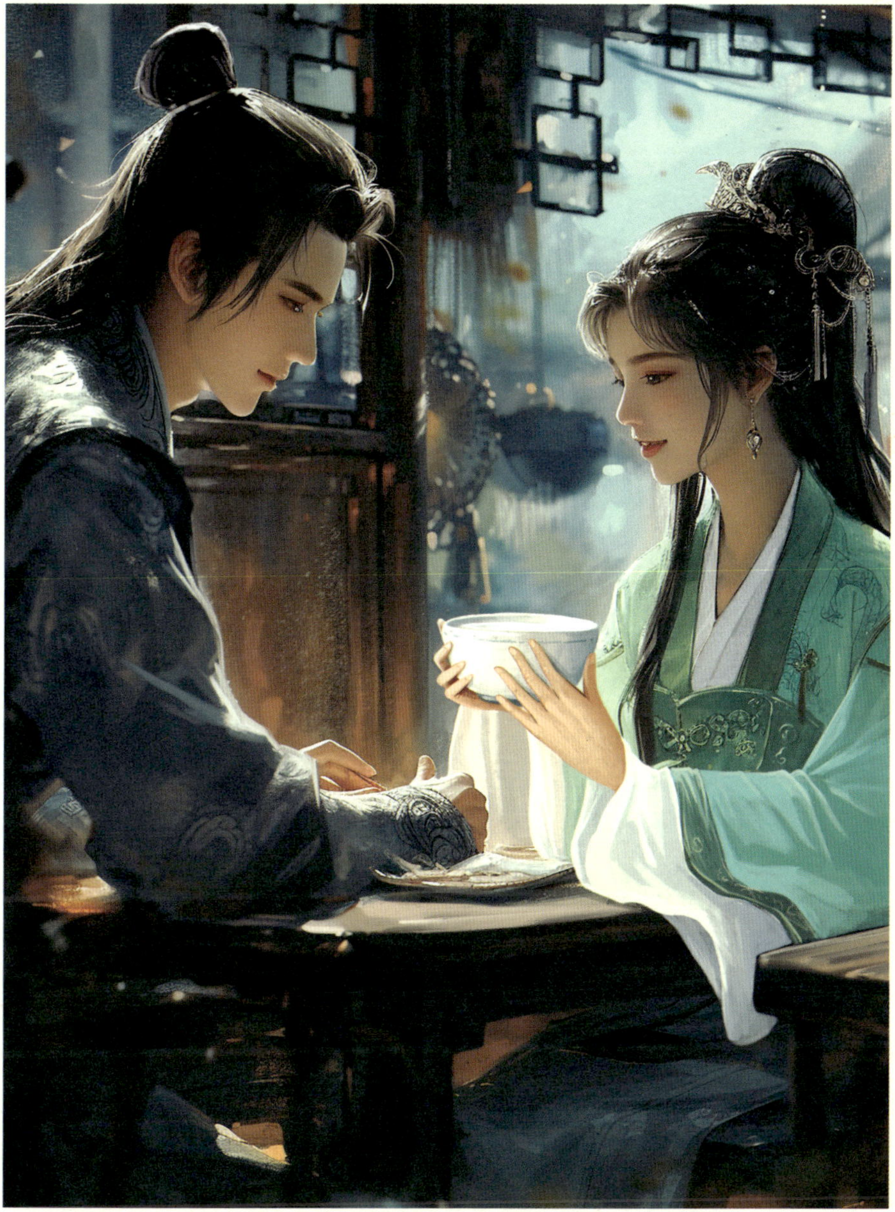

娘详细讲述她的冤情。众人都认为她是个烈女子,商量凑钱给她出殡。

这个消息一传十,十传百,天亮后,十里八乡赶过来好几千人,大家都来祭拜,并捐上钱财。一天时间,就凑得了上百两银子。热心的人用这些钱为庚娘买了珠冠袍服,陪葬的物品也十分丰厚,最后把庚娘埋葬在了南郊。

可是庚娘并不知道,她的丈夫金大用并没有死。原来,那天晚上金大用被王十八挤落水后,胡乱地抓到了一块漂在河面的木板。天快亮时,金大用漂到淮河边上,被一条小船所救。这条小船是当地富户尹老汉专门用来拯救落水者的。金大用清醒后,到尹老汉家表示感谢。尹老汉热情地招待他,还留他教自己的儿子读书。金大用因为不知道亲人的消息,犹豫不定。

不一会儿,有人来禀告说:"又捞上来了一个淹死的老头和老太太。"金大用怀疑是自己的父母,跑去一看,果然是。

金大用正哀伤痛哭，又有人来禀告说："又救了一个落水的妇人。"金大用擦干泪，以为是自己的妻子，惊疑地跑出去，发现那女子并不是庚娘，而是王十八的妻子。妇人向金大用叙说了王十八的恶行后大哭，请求金大用不要不管她。金大用说："我心绪已乱，哪有心思替你打算！"那妇人更加悲伤了。尹老汉问明缘故，庆喜这是天公的报应，劝说金大用收纳妇人。金大用以服丧为借口推脱，还说："况且我打算找王十八去报仇，怕有家室累赘。"妇人说："如你所说，若是庚娘还在，会因为报仇和居丧抛弃庚娘吗？"尹老汉认为妇人的话在理，就提出暂时代金大用收养她。金大用就应允了。

　　金大用选了坟地，埋葬父母，妇人披麻戴孝，痛哭流涕，如同死了自己的公婆。

　　葬事完毕，金大用怀揣利刃、手托讨饭的钵头，要去广陵报仇。妇人劝止

他说："我姓唐，祖居金陵，和那个豺子是同乡。以前他说是广陵人那是骗人的。况且江湖上的水寇，多半是他的同党。你这样去报仇，不仅冤仇报不了，反而会招来灾祸。"金大用犹豫不定，不知怎么办好。

没过几天，庚娘杀人报仇的消息从金陵一路传到了这里，沸沸扬扬地流传在河渠一带，姓甚名谁非常详细。金大用听到王十八死了，先是一阵痛快，但听到庚娘也死了，悲痛万分。

正巧有个姓袁的副将，同尹老汉是老交情，正要向西发兵，出征前来看望尹老汉，见到金大用，非常喜爱，便请金大用当了军中的书记官。

后来，流寇作乱造反，袁将军平叛立有大功。金大用因为参赞军务，论功行赏，被授游击的官职后回乡，这时才放下所有心事，和唐氏成了亲。

婚后，金大用带唐妇去金陵，准备去给庚娘扫墓。刚过镇江，他想顺路登览金山。船在江心荡漾时，忽然一条小船驶过。船中有一老太太和一个少妇，金大用发现那少妇长得很像庚娘。小船疾驶而过，那少妇从窗中窥看金大用，神情更像庚娘。金大用惊疑又不敢追问，急忙呼喊说："看群鸭儿飞上天耶！"少妇听了，也急忙呼喊："馋狗儿想吃猫吃剩的鱼了吧！"这是当年闺房内夫妻开玩笑的隐语。金大用大惊，掉转船头靠近小船，果真是庚娘。丫头扶庚娘过船来，两人相互拥抱，放声大哭。

唐氏用妾室见正妻的礼节拜见庚娘。庚娘惊奇地询问原因，金大用才仔细地述说了缘由。庚娘拉着唐氏的手说："同船时一席话，心中常不能忘，想不到成了一家人。多亏你代我葬了公婆，理应首先谢你，怎能用这样的礼节对我呢？"于是按年龄排序，唐氏小庚娘一岁，当了妹子。

金大用问起庚娘后来的遭遇。原来，庚娘被埋葬后，自己也不知道经历了多长时间，忽然听到有人对她说："庚娘，你丈夫没死，还应当重新团圆。"庚娘仿佛从梦中醒来，睁眼一看，黑漆漆的什么也看不见，可用手去摸，发现四面全是板壁，这才醒悟自己是被埋葬了。就这么躺在棺材里，庚娘也没觉得有什么痛苦，只是闷得慌。

在这同时，有几个品行恶劣的少年盯上了庚娘的陪葬品，便趁夜挖开坟墓，打破棺材，正要搜括，见庚娘仍然活着，都十分恐惧。庚娘恐怕他们会加害自己，便哀求他们说："幸亏你们来，使我得以重见天日。头上的簪环首饰，都拿去吧。再卖我去当尼姑，多少还可以得点钱，我也不会告发你们的。"盗墓贼叩头说："娘子贞烈，所有的人都钦佩。我们不过是穷得没有办法了，才做这不仁义的事。只要你不说，我们便万幸了，怎么敢卖你为尼姑呢？"庚娘寻思自己亲人都不在了，也没有去处，说："这是我自愿的事。"一个盗墓贼出主意说："镇江有个耿夫人，一直守寡，而且没有孩子，如果见到娘子，一定会很高兴收留。"庚娘谢过他们，自己拔下珠宝首饰，全都给了盗墓贼。盗墓贼不敢接受，庚娘坚持给，他们才一起拜谢接受了。

盗墓贼用船送庚娘去了耿夫人家，借口说行船遇风迷路。耿夫人是个大户，但家里没有亲人，老寡妇一人，独自过活，见了庚娘非常喜欢，当作亲生女儿一样。刚才是母女二人从金山回来，正巧遇见了金大用。金大用听完感慨不已，登船拜谢耿夫人。耿夫人像对女婿一样款待金大用，邀到家中，留住了几天才回。从此后，两家来往不断。

关于披麻戴孝的起源，有多种说法。一种说法认为，这个习俗最早可以追溯至周代，至今已有2000多年的历史。在周代，披麻是一种礼仪，用以表示对国君或亲王的尊敬和忠心。在春秋战国时期，披麻开始转变为悼念逝者的标志。在中国传统文化的丧葬仪式中，披麻戴孝涉及的丧服，根据血缘关系的亲疏远近有所不同，服丧期限长短也有区别。丧服颜色通常为白、黑、蓝和绿，其中儿子、媳妇、女儿的关系最为亲密，需要穿棉制的白色衣裤。

雷曹

乐云鹤和夏平子，从小是街坊邻居，长大后又同窗读书，成为莫逆之交。夏平子很聪明，十岁的时候就因为才华横溢出了名。乐云鹤虚心向他学习，夏平子也是尽心竭力地帮助他。因此乐云鹤的学问才思也一天天长进，后来乐云鹤也有了不小的名气。可是，二人科举考试很是失意潦倒，每次考试都以落榜告终。

不久，夏平子染上瘟疫死了，夏平子家里穷得连丧事都办不起。乐云鹤挺身而出，出钱出力帮助料理了夏平子的丧事。夏平子遗留下褴褛中的孩子和寡妻，乐云鹤也按时接济他们。每次得到一点粮食，都会分为两份，给他们孤儿寡母一份，自己留一份，夏平子的老婆孩子正是靠着乐云鹤才得以活下来。于是，当地读书人更加敬重乐云鹤。乐云鹤的家产并不多，又要替夏平子操心家务，家里的生计一天比一天窘迫。乐云鹤自叹道："像夏平子这么有文才的人，尚且无所作为地死了，更何况我呢！人生求富贵要抓紧时机，一年到头凄凄惨惨地活着，辜负了此生，不如早点想别的办法。"于是放弃读书转而经商，只是半年时间的奔波，乐云鹤家里就渐渐富裕起来。

由于经年累月忙于攻读八股文，夏平子家中贫困潦倒，死后无法安葬，只留下一对孤儿寡母。此情此景，令人唏嘘。明清时期的科举着实害人不浅。而乐云鹤因生活所迫，放弃读书考取功名的人生之路，转而经商。虽然经商之路走得很成功，一举解决了之前所有的生活困顿，但对于乐云鹤而言，这个无奈之举，一定很痛苦。这意味着对自己数十年科举入仕梦想的全盘否定。也许蒲松龄在无数的日夜里，也曾怀疑过自己选择的道路，也曾动摇过科举入仕的梦想吧。

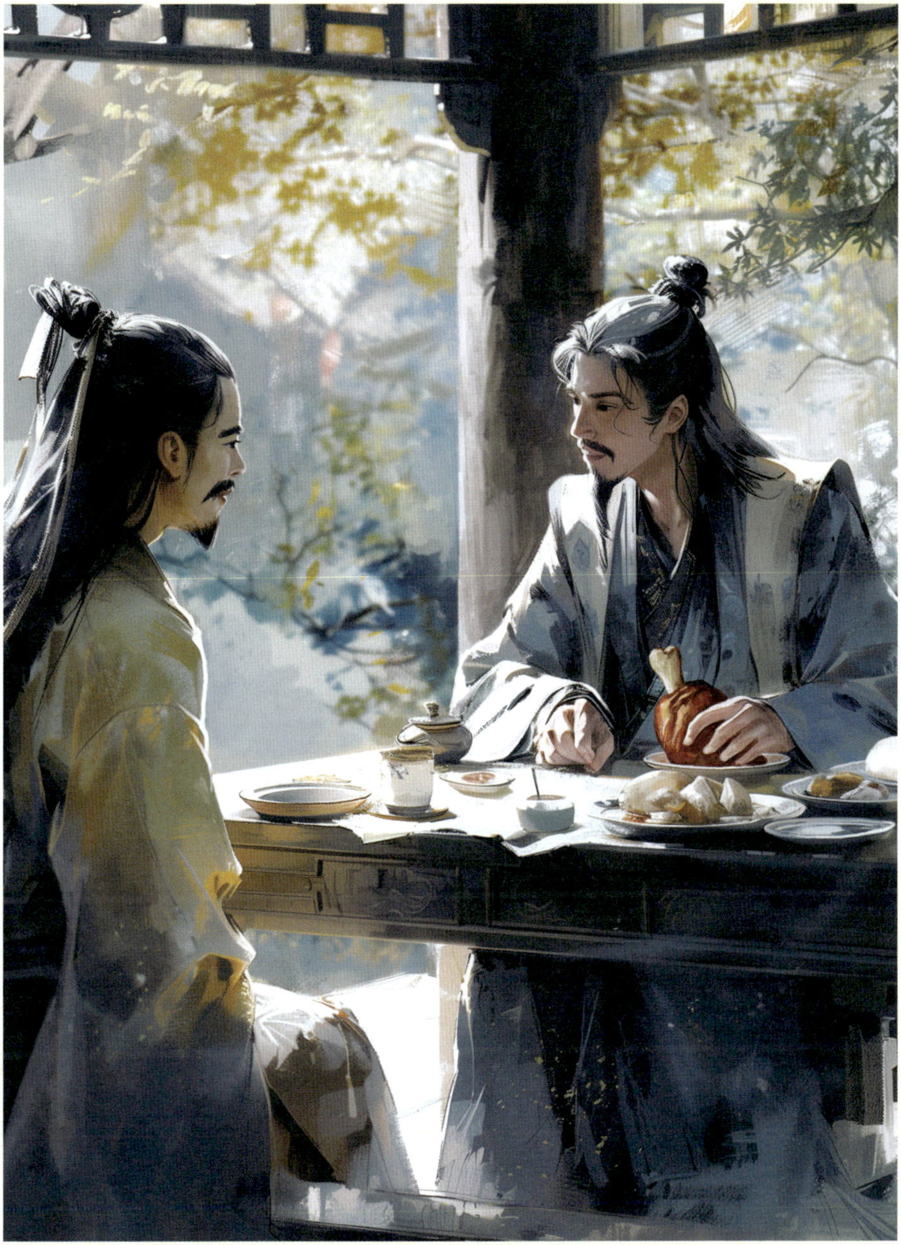

一天，乐云鹤到金陵做买卖，在旅馆里休息时，看见一个人身材修长，筋骨隆起，神色黯淡，满脸愁容。乐云鹤起了恻隐之心，问："想吃点东西吗？"那人也不说话。乐云鹤就将饭食推到他面前。那人用手抓着就吃，一会儿就吃完了。乐云鹤又加了两人份的饭，那人又吃完了。乐云鹤又叫店主人切了一个猪肘子，还加了一盘馒头端上桌来，那人吃完这些才吃饱，感谢乐云鹤道："三年以来，从未如此饱过。"乐云鹤好奇地问："你本是个壮士，为什么沦落到这地步？"那人说："我有罪，上天惩罚我。"乐云鹤问他家住哪里，那人回答说："四处飘零，哪有什么家。"乐云鹤整理好行装想走，那个人恋恋不舍地跟着。乐云鹤问他为什么跟着自己，那人说："你将有大难，我不忍心就这么看着你遭难。"乐云鹤感到奇怪，就与他同行。途中拉他一起吃饭，那人推辞说："我一年只吃几顿饭。"乐云鹤更加感到奇怪。

第二天，渡江时，风浪突然大作，商船都被掀翻了，乐云鹤与那个人都落入江中。一会儿，风浪平息后，那人背着乐云鹤踩踏着波浪浮出水面。没过多久，他又拖来一艘船，扶着乐云鹤进了船，接着又跳进江里，打捞落水的货物，一件件掷到船里。几次入江，又几次出来，货物摆满了一船。乐云鹤感谢他说："你救了我的命，已经足够了，哪里敢奢望货物失而复得呢！"清点货物，发现并没有丢失一件。乐云鹤更惊叹那人为神人。

乐云鹤解开缆绳，准备启程。那人却要告辞了，乐云鹤苦苦挽留才留住。就这样，乐云鹤带着他一起回到家。那人每十多天才吃一顿饭，但食量惊人。

那人在乐云鹤家住了好一阵，想要告辞，乐云鹤再三挽留他。正好这时乌云滚滚而来，雷声阵阵，眼看要下雨了。乐云鹤随口说："云间不知是什么样子？雷又是什么东西？要是能到天上看看，这些疑问就能解开了。"那人笑着说："你

真的想到云里去游玩吗？"乐云鹤突然感到十分疲乏，就伏在床上打起盹来。一觉醒来，觉得身子摇摇晃晃，不像是躺在床上。睁开眼睛，发现自己竟在云气之中，周围一朵朵的云像是棉絮。乐云鹤吃惊地站起身，晕眩得就像在船上。用脚踩云，柔软无比。抬头看星斗，好像近在眉眼间。乐云鹤怀疑自己是在做梦。仔细观察星星，发现都是镶嵌在天上，就像成熟的莲子长在莲蓬上，大的像瓮，中等的像坛子，小的像酒盅饭碗。用手摇它，大的坚固不可动摇，小的可以摇动，好像可以摘下来。乐云鹤摘下一颗，藏在了衣袖里。接着又好奇地拨开云向下看，只见城镇如豆粒般大。乐云鹤惊愕地想：假如一失足，这身体可到哪里去找。

一会儿，乐云鹤看见两条龙伸屈自如，驾着彩车而来。龙尾一甩，发出甩牛鞭一样的声响。龙车上有些器具，长有好几丈，里面装满了水。有几十个人，用器具舀水，遍洒云间。他们忽然看见乐云鹤，都感到奇怪。乐云鹤细看，发现那人也在车上这一群人中，只见他对众人说："这是我朋友。"接着取过一件舀水的器具，交给乐云鹤，叫他洒水。当时地上苦旱，乐云鹤接过器具，拨开云雾，向着大约是故乡的方位，尽情地洒水。

不一会儿，那人对乐云鹤说："我本是雷神。之前耽误了行雨，被罚人间受苦三年。现在期限已满，请就此告别。"于是将驾车的万丈长绳扔到乐云鹤跟前，叫他抓住绳子的一端往下降。乐云鹤怕有危险。那人笑着说："不会有事的。"乐云鹤听了他的话，抓住绳子飐飐地瞬间就落到了地上。

看一下四周，乐云鹤发现自己落在了村外。绳子渐渐收入云中，看不见了。当时久旱，十里外的地方，雨水仅仅下了一指多深就停了，唯独乐云鹤的家乡雨下得特别大，沟渠里都涨满了水。

乐云鹤回到家，摸了一下衣袖，摘的星星还在。拿出放在桌子上，黑黝黝地像块石头，到了夜里，就光明焕发，映照得四壁通亮，正视它，则光芒刺眼。乐云鹤更加把它当宝贝，层层包裹收藏起来。每当有贵客来访，才拿出来，在喝酒时照明。

一天夜里，乐云鹤的妻子正在梳头，忽然看见星星渐渐变小，最后变得像萤火虫一样大，四处乱飞。妻子正感到奇怪，那萤火虫般大小的星星已经飞入她口中，咳也咳不出，竟然已经下咽了。她惊恐地跑去告诉乐云鹤。乐云鹤也感到奇怪。

当天晚上，乐云鹤梦见了夏平子，在梦里夏平子说："我本是少微星，已经回归天上，最近又承蒙你从天上把我带回来，可以说是有缘分。现在我投生成为你的孩子，来报答你的大德吧。"乐云鹤三十岁了，还没有儿子，做了这个梦很是高兴，而妻子自从咽下那星星之后，果然怀孕了。等到分娩时，满房都是光辉，像那星星放在屋里照明一样。因而乐云鹤给孩子取名"星儿"。星儿非常机智聪明，十六岁就进士及第。

雷神，又称雷公或雷师，是中国古代神话中的司雷之神，道教奉之为施行雷法的役使神。据《山海经》记载，雷神居住在雷泽，外形为龙身人头，拍一下自己的腹部，就会发出打雷的声音。到汉朝时，雷神的外形已渐渐人格化，常以一个大力士的形象出现。传说，雷公和电母是一对夫妻。雷神的权力极大，力量极强。在众多故事中，雷神赏善罚恶，行云布雨，斩妖伏魔。

翩翩

　　邠州人罗子浮，八九岁时父母就去世了，被叔叔罗大业收养。罗大业任国子监祭酒，家境富裕，但没有儿子，所以拿罗子浮当亲生儿子对待。罗子浮十四岁时，被坏人引诱去嫖妓。当时有个从金陵来的女子，暂居邠州，罗子浮很喜欢她，被她迷住了。当这女子返回金陵时，罗子浮也偷偷地跟她走了。

　　在金陵的妓院居住了半年，钱财都花光了，不久，他又得了梅毒，溃烂发臭，就被妓院驱赶了出来。罗子浮只能在街市上讨饭，街市上的人见他都远远地躲开。罗子浮害怕死在异地他乡，讨着饭一路往西走。每天行走三四十里，渐渐

到了邠州地界。近乡情怯，罗子浮想到自己衣衫破烂，脓疮污秽，没脸回去见叔叔，就徘徊在临近县里讨饭。

一天，天快黑了，罗子浮想去山里的寺庙投宿，走在山路上时遇见一个美若天仙的女子。女子问他去哪里，罗子浮以实相告。女子说："我住的山洞不远，你可以寄宿。"罗子浮很高兴，就跟她走了。

进入深山中，见有一座洞府。进入洞里，洞门前横淌着溪水，有石桥架在上面。又走了几步，有石室两间，里面一片光明，不需要灯烛。女子让罗生脱下破衣服，到溪水中洗澡，还说："洗一洗，你的疮就好了。"女子又拉开帷帐，打扫被褥，催促罗子浮洗

在《翩翩》的故事中，蒲松龄笔下的芭蕉叶比牛魔王的芭蕉扇还要厉害。牛魔王的芭蕉扇，面对的只是火焰山有形的大火；蒲松龄的芭蕉叶，面对的却是人心中看不见却更加凶猛的欲望之火。罗子浮旧习难改、禁不住人间的诱惑，他内心的所有潜台词，内心之外所有堂而皇之的遮掩，都被这芭蕉叶剥得精光。读到此处，我们不禁感叹人世之外还有一个世界，可以将人性中种种丑陋的弱点、卑劣之处，都清清楚楚地呈现出来，无法隐瞒。这个世界，就是蒲松龄笔下的狐魅世界。

完澡早点睡觉，又说："我要给你做套衣裤。"说完取过一些像芭蕉的大叶子，裁剪缝制起来。罗子浮躺下看着她，只见她不一会儿就制作好了，把衣服叠放在床头，说："明早可以穿了。"说完就在罗子浮对面床上睡了。

　　罗子浮洗澡后，就觉得长脓疮的地方不再痛了。第二天醒来后，抚摸一下，感觉疮痂结得厚实了。起床后，取过昨天那套芭蕉叶做的衣服来一看，却是绿色的锦缎，异常光滑，罗子浮顿感惊奇。过了会儿，女子准备了早饭，罗子浮过来一看，都是一些山里的树叶，女子却说是饼，罗子浮狐疑地拿起一片树叶一吃，果然是饼。女子又把叶子剪成鸡和鱼的样子烹制，罗子浮吃起来就像真的鸡肉鱼肉一样。室内角落里有个小坛子，储存着美酒，喝没了就灌满溪水，再倒出来喝，就成了酒。

　　就这样过了几天，罗子浮日渐痊愈。两人情投意合，恩爱非常。

　　有一天，一个少妇笑着走进洞来，看到女子就笑骂道："拐了这么个风度翩翩的小鬼头来，几时成就的好姻缘啊？"女子不答，反而迎上去笑着问："花城娘子，今天西南风紧，把你吹过来了！生了儿子没有？"少妇翻了个白眼，回答说："又生了一个小妮子！"女子笑着说："花娘子是个瓦窑啊！孩子带来了吗？"少妇说："没来，睡下了！"于是一齐落座，女子设宴款待。

　　少妇又看着罗子浮，调笑说："小郎君交桃花运了。"罗子浮看她，有二十三四岁年纪，很有风韵，心里很喜欢她。剥果子时误落到桌子底下，罗子浮俯身假装捡拾果子，暗地里捏她的小脚。少妇看着别处笑笑，像不知道。罗子浮正在神魂颠倒地遐想，突然觉得衣服不暖和了，低头一看，锦缎衣服全变成了叶子。他差点吓死，赶忙正紧端坐，过了好一会儿，衣服又渐渐变回了原来的样子。他暗自庆幸两个女子正聊得开心，没有看见他的窘样。

　　过了会儿，劝酒时，罗子浮又用手指挠少妇的手心。少妇坦然地说笑着，装作一点也没知觉。罗子浮心怦怦乱跳，心神恍惚间，衣服又化成了叶子，罗

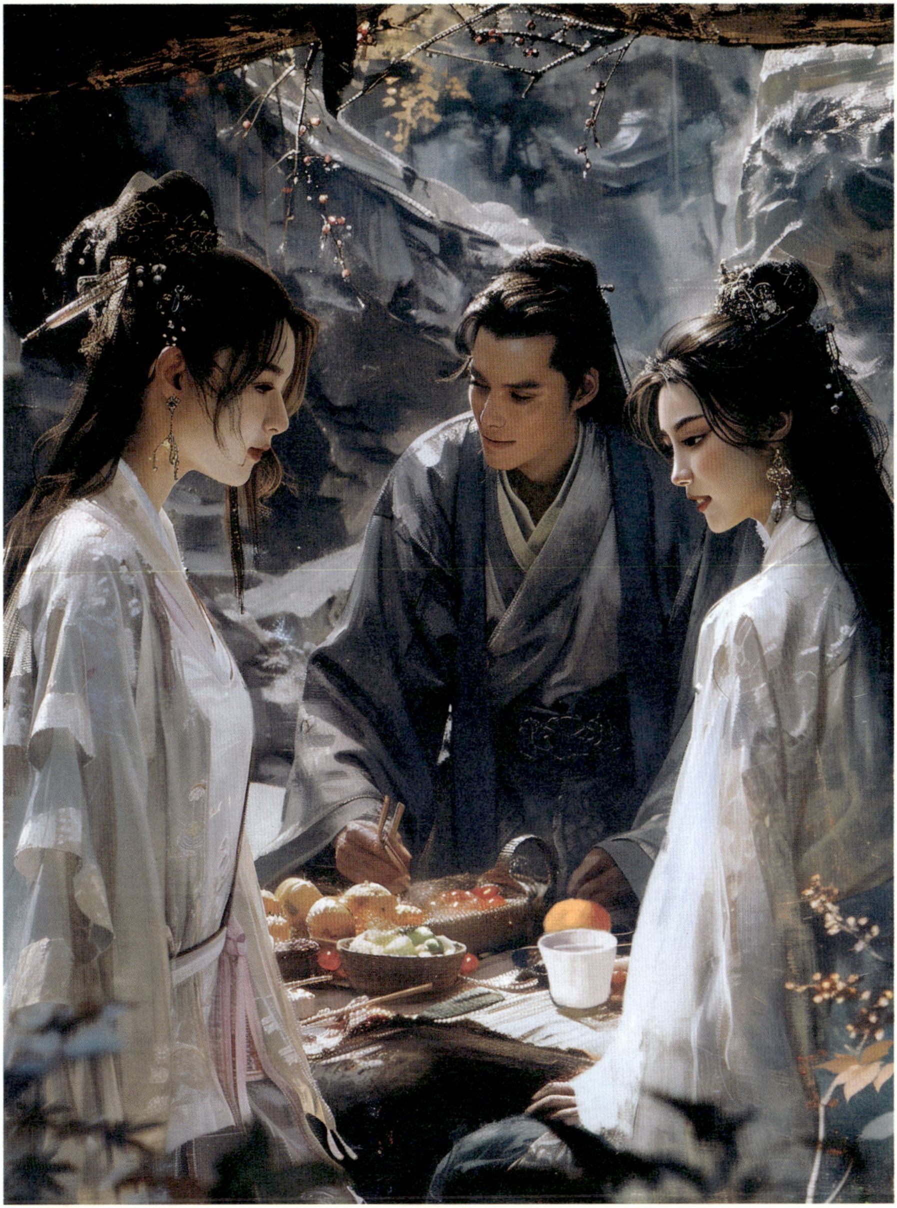

子浮大惊，过了一阵子才又变回来。罗子浮满脸羞愧，从此打消了杂念，不敢妄想。少妇笑着对女子说："你家小郎君，太不正经。如果不是有你这个醋坛子，恐怕他早快活到云霄里去了！"女子也讥笑说："这种轻薄的人，就该活活冻死！"两人一起鼓掌而笑。罗子浮在旁边听得一脸通红。过了一会儿，少妇离席说："我得回去了，小妮子醒了，恐怕把肠子都哭断了。"女子也起身相送说："恐怕早不记得小江城成泪人儿了。"少妇离去后，罗子浮害怕受到女子的谴责，但女子像什么事都没发生过，还是和平常一样对待他。

秋深风寒，霜打叶落，日子一天比一天凉起来。女子捡拾落叶，储藏起来准备过冬。转眼看到罗子浮冻得瑟瑟发抖，她就拿个包袱，收集洞口的白云来当棉絮，制成棉衣。罗子浮穿起来，真像棉袄一样温暖，还更轻便。

光阴似箭，眨眼过了一年，女子生了个儿子，非常机灵。罗子浮天天在洞里逗弄婴儿，但时常想起家乡，于是恳求女子与他一同回去。女子总是说："我不能跟你去，要不，你自己回去吧。"

就这样拖延了两三年，儿子渐渐长大，就与花城娘子的女儿订了亲。罗子浮常常惦念年迈的叔叔。女子说："叔叔年龄固然已经很高，庆幸还很强健，不用你挂念。等儿子结婚后，是走是留，都随你。"女子在洞中，总是取树叶写上字教儿子读书，儿子一看就明白了。女子对罗子浮说："我们的儿子有福相，放他到人世间求功名，不愁做不到高官。"

转眼间，儿子已经十四岁。花城娘子亲自送女儿江城过来完婚。江城衣着华美，容光照人。罗子浮夫妇非常高兴，合家欢宴。女子敲着头钗，唱道："我有好儿子，不羡作高官。我有好媳妇，不羡穿绸缎。今夕聚一起，大家要欢喜。为君敬杯酒，劝君多加餐。"宴后花城娘子离去。罗子浮夫妇让儿子、媳妇住在对屋。

新媳妇很孝顺，依恋在女子膝下，就像亲生女儿。罗子浮又说起要回去这事。女子说："你有俗骨，终究不是成仙的料。儿子也是富贵中人，儿子、儿媳可以都随你去，我不耽误儿子的前程。"儿子儿媳恋恋不舍，热泪盈眶。女子就安慰说："只是暂时离去，以后还可以再回来。"说完，女子就把树叶剪做毛驴，叫三人一人一匹骑了上去。

罗大业已经告老还乡，以为侄子早已死在了外面。忽然见罗子浮带着孙子和孙媳回来，欢喜得像得到了宝贝。三人进了家门，穿的衣服都变成了芭蕉叶，三人赶紧重新换了衣服。

后来，罗子浮想念女子，带着儿子回去探望，只见黄叶满路，洞口迷失了，再也找不到路，只好流着眼泪返了回来。

《翩翩》的故事和中国一个古老的神话传说——"刘阮遇仙"很相似。那个传说讲的是刘晨、阮肇二人到天台山采药，偶遇两个仙女，并与之结为夫妇的故事。半年之后，二人下山回家，没想到山下已经到了第七世。二人无奈，只好返回采药处再去寻找妻子，却终究没有找到当时的路。整个故事非常简短，却洋溢着浓厚的人情味，叙述细致动人，长期以来广为流传，已成为后来文学作品中常用的典故，去而复来的人常被称为"前度刘郎"。两个故事都通过美好仙境的描述，表达了人们对美好生活的向往。

余德

　　武昌府有个叫尹图南的人,家里有座闲置的宅院。他把这套宅院租给了一位秀才,大半年的时间,也从没过问此事。

　　有一天,尹图南路过这处宅院,在宅院门口遇见了一位年纪轻轻、俊逸出尘的秀才。尹图南上前与他客套地交谈了几句,惊讶地发现这个秀才温恭有礼、谈吐不凡。回来后,尹图南把这件事告诉了妻子,让他的妻子准备了礼物,派丫环到秀才家探望,窥探下他家的情况。丫环来到秀才家里,发现秀才的家眷都娇媚艳丽,家里陈设的花草、异石、衣服、器具都是以往不曾见闻的。尹图南猜不透秀才的来历,于是专程去拜访,碰巧这天秀才出门了。

　　次日,秀才到尹家回访答谢。尹图南看了名帖才知道秀才名叫余德。交谈

时，尹图南询问起余德的家世。余德含糊其词，用别的话搪塞。尹图南坚持追问，余德回答说："您想和我深交，我不敢拒绝。要知道，我也并不是什么逃犯，您又何必苦苦逼问我的来历呢？"尹图南急忙赔礼道歉，让仆人设酒相待。席间两人说说笑笑，气氛非常融洽。暮色渐晚，余家派了两个健壮的仆人前来，挑灯牵马，把余德接回家去了。

又过了一天，余德写了便柬回请尹图南。尹图南步入他家，发现屋内的墙壁都是用明光纸裱的，像镜子一样光滑，金猊猊香炉里异香袅袅，碧玉瓶里插着凤尾和孔雀翎各两只，都有两尺多长。水晶瓶里有株叫不上名字的花树，开着粉色花，花树也有两尺多高，枝条繁茂，低垂的枝条延伸到桌子外面去了。花密叶疏，

故事的主人公，名字叫余德，在古代汉语里，"余"可以翻译为"我"，从这个角度来看，余德也就是我的品德。作者是否是在借这简单的名字反映自己的品德呢？作者所处的时代，科举制度变得死板而没有变通，为了仕途许多人都攀附权贵，作者是想借这个故事来表达自己不愿与世俗同流合污的追求吗？余德的形象被描绘得既神秘又有趣，同时也反映了作者对社会现象和人性的深刻洞察。当然尹图南也没有什么坏心思，只是有些虚荣心。倒是那些听说了奇闻异事的人，前去巴结余德，正应了那句"穷在闹市无人问，富在深山有远亲"。

含苞欲放，花枝倒垂，看上去就像沾水后收拢翅膀的蝴蝶，花蒂就像是蝴蝶蜷曲的须子。余德设宴招待尹图南，席上虽然只有八个菜，但全是稀罕的珍馐美味。为了助兴，余德命童子击鼓传花行酒令。鼓声一响，花树上的花朵颤颤悠悠的，花瓣像蝴蝶的翅膀一样缓缓绽放，鼓声渐渐低沉，花凋落了，竟然变成一只硕大的蝴蝶，轻轻落在尹图南的衣服上。余德笑着起身，拿来一只硕大的酒杯为尹图南倒酒。酒刚斟满，蝴蝶就飞走了。尹图南喝了这杯酒。一会儿，童子又击鼓。鼓声停下时，花树上飞下来两只蝴蝶，落在余德的帽子上。余德笑着说："我这是自作自受啊。"于是他也喝了两杯酒。第三次击鼓，鼓声一停，蝴蝶纷纷飞来，落在两人的衣服和帽子上。敲鼓的童子笑着走近来数了数，说尹图南该喝九杯，余德该喝四杯。尹图南已经略有几分醉意，于是他勉强喝完了三杯，就告辞走了。

从此，尹图南更认定余德是个奇人。

余德为人孤僻，不愿意和人交际，总是闭门独居，婚丧庆吊之类的往来应酬，他也不喜欢参与。尹图南逢人就讲述他在余德家的精妙经历，人们得知余德的异事，争相来拜访他。余家门外达官贵人到访的车马达到了前后相望的地步。余德渐渐不耐烦，就退掉了尹图南家的宅院，偕家眷搬走了。

余家辞别后，尹图南来到宅院查看。只见空落落的庭院打扫得一尘不染，青石阶下堆放着一些烧剩的残烛，窗棂间一些零散的线帛，还留着清清楚楚的指痕。尹图南只在屋后找到了一个白石水缸，容积大概有一石。尹图南把这个水缸拿回家里，盛满了水，养了几条红鱼。过了一年，缸里的水仍然清澈如初。后来，水缸被仆人搬动时不小心打碎了，缸虽然碎了，里面的水却像凝固了一样，竟然没有流淌出来，用手摸上去软绵绵的，好像水缸还在。把手伸到水中，水就顺着手向外流；拔出手，水又自动合拢，让人不由得啧啧称奇。就算是到了寒冬，水也不结冰。

一天晚上，缸中的水突然凝结成水晶状，但鱼儿依然在里面游来游去。尹图南怕别人知道这是件珍宝，就把缸藏在密室里，除了儿子、女婿这样的至亲，从来不拿给别人看。但时间久了，这个消息还是传了出去，要求观看的客人纷纷登门。

腊月初八那天夜里，水缸忽然裂解在地上变成水，地面都润湿了，红鱼也不见了，只有碎缸的残片还在。这时，门外来了个道士，想找尹图南索看碎缸片。尹图南拿出碎缸片让他看。道士说："这是龙宫中用来盛水的器皿。"尹图南又讲述了缸破后水不外泻的情景，道士说："那是缸的魂魄啊。"说完，道士恳请尹图南赠送给他一小块残存的碎片。尹图南问他这有什么用，道士回答："用这缸的石屑调和药物，能做出使人长生不老的药。"于是尹图南就给了他一片，道士非常感谢，欢欢喜喜地走了。

龙宫，又名水晶宫，在中国古代神话传说中是东海龙王居住的海底宫殿。据说，龙宫内有"珠宝库""龙殿""龙牢""龙寝宫"等，还有众多的虾兵蟹将，以及"龙王""龟丞相""龙太子"。龙宫的珠宝之首是"东海龙珠"。东海龙王，名敖广，是龙族之王，位于"四海龙王"之首。其他三位分别是南海龙王敖钦、西海龙王敖闰、北海龙王敖顺，他们分别统治着不同方位的海洋，主宰着雨水、洪灾、海潮、海啸等。

考弊司

有个叫闻人生的河南人,有一天生病了,卧在床上休养。忽然,一个秀才走进屋,在床下恭恭敬敬向他敬拜,礼数很周全,然后秀才请闻人生出去走走。闻人生面子薄,就答应了。秀才拉着他的手臂,走了几里路还不停。闻人生有点走不动了,拱手告别,想要回去。秀才说:"你再走几步,我有事相求。"闻人生问:"什么事?"秀才说:"我们归考弊司管,主官是虚肚鬼王,头一次见他,按惯例我们会被割大腿上的肉,请你帮我求求情。"闻人生吃惊地说:"你犯了什么罪,到这种地步?"秀才说:"没罪,是惯例,如果贿赂主官,就可以得免,可是我穷。"闻人生说:"我和虚肚鬼王不熟啊!"秀才说:"你前世是他的祖父,他应该会听你的话。"

说着话,两人进了城,走到一座官府前。官府的房屋建筑不是很宽敞,唯独大堂高大宽广。堂下东西两边各立着一块石碑,斗大的绿字刻在上面,一边刻的是"孝悌忠信",另一边刻的是"礼义廉耻"。两人登上台阶来到堂上,只见当头挂着一块匾,写着"考弊司"三字。堂前柱子有一副刻在木板上的绿色对联,字很大。上联是"曰校、曰序、曰庠,两字德行阴教化",下联是"上士、中士、下士,一堂礼乐鬼门生"。他

考弊司是阴曹地府中掌管教育与考试的官署,秀才们初见主官虚肚鬼王,如果没有重金呈献,就要被割下大腿上的肉。直到闻人生告到阎罗王那里,虚肚鬼王才受到惩罚。虚肚鬼王前世是个勤学苦读的好学生,一旦当上官,就变得贪酷。作者借这个故事,犀利地批判了科举考试制度的弊端与腐朽。故事最后出现的秋华母女,在得知闻人生没钱之后,同样翻脸不认人。

们还没看完，主官出来了，卷发老迈，好像几百岁，鼻孔朝天，嘴唇向外，挨不上牙。主官身后跟着一个小吏，虎头人身。又有十余人列队伺候，长相都狰狞可怕，好像山精。秀才说这就是鬼王了。闻人生害怕了，想悄悄往后退。鬼王却已经看到他了，径直走下台阶，恭敬地请闻人生上堂坐到主位，问候起来。闻人生机械地应答着，鬼王又问他："这次来有什么事吗？"闻人生就把秀才托他说情的事说了。鬼王脸色一变，说："这事已经立下规矩，就是祖父您说情也不能更改。"鬼王态度严厉，不像是能听人劝的样子。闻人生也不敢再说了，骤然起身告别。鬼王起身相送，送到门外才回来。

闻人生没回家，又溜回大堂之下偷看，看见秀才和一些人被绑在那里，又有人拿着刀恶狠狠地走过来，把秀才他们的裤子撕开，从腿上割下一片三指来宽的肉。秀才号叫得声音都嘶哑了。闻人生气愤之极，大声喊道："如此黑暗，

据史书记载，对联起源于五代后蜀主孟昶，他自题于卧室门上的"新年纳余庆，佳节号长春"，被认为是中国最早的对联，也是第一副春联。

成何体统？"鬼王吓得赶紧起来，迈步下堂来找闻人生。闻人生早已气愤地离开了，他跑到街上，把这里面发生的事告诉周围的路人，并准备向上天控告鬼王。有人对他说："你傻啊，你到哪里去找上天？这里离阎罗殿倒是近，到阎罗王那里上告，或许能成。"还指明了去阎罗殿的路。闻人生奔到那里，果然看见宫殿台阶威严，阎罗王正坐着，闻人生于是跪在台阶下喊冤。阎罗王传他上殿审问完毕，叫几个鬼卒提着绳索带着锤子走了。不一会儿，虚肚鬼王和秀才被押解过来。审问后得知闻人生说的确实是事实，阎罗王对虚肚鬼王大怒道："先前念你一辈子勤奋读书，暂时委派你这个官职，等着投生到富贵人家，没想到你竟敢如此。我抽去你的善筋，增加你的恶骨，让你永生永世不得出人头地。"阎罗王宣布完，鬼卒便用木杖把鬼王打得扑在地上，还磕掉了一颗牙，又用刀割开他的手指尖，从中抽出筋来，就像又亮又白的蚕丝一样。鬼王疼得像杀猪一样号叫。手脚筋抽完了，才被鬼卒们押走。

闻人生给阎罗王磕完头就出来了，秀才也跟在后面出来。秀才特别感激闻人生，殷勤地挽着闻人生的手臂送他回家。当他们走过街市时，看到有一户人

家，门口垂挂着珠帘，帘后有一个女子，露出半张妆容绝美的脸盯着他们看，闻人生问："这是谁家呀？"秀才说："这里是秋华家。"走过之后，闻人生对那半张脸留恋不舍，执意不让秀才送了。秀才说："你为我而来，这么孤零零地回去，于心何忍？"闻人生依然坚持，秀才这才走了。闻人生看到秀才走远了，急忙奔到门口垂挂着珠帘的那户人家。女子见闻人生又回来了，极为高兴，两人进到室内，亲密地坐在一起。女子说："我姓柳，小名秋华。"有个老太婆出来为他们置办了一桌酒菜。他们私下里讨论起婚嫁。第二天天亮后老太婆来找闻人生说："没钱买柴买米了，让你破费一下怎么样？"闻人生想到自己没钱，惶恐极了，过了许久才说："我没带一文钱，等回家就给你。"老太婆脸色一变，秋华也皱着眉头，一句话不说。闻人生只好把衣服脱下来抵押，老太婆拿着衣服嘲笑说："这还不够酒钱呢。"唠唠叨叨不满意，和秋华走进里屋去了。闻人生羞愧不已。过了片刻，闻人生要走了，希望柳秋华出来打个招呼，顺便再说一下先前婚约的事，可是等了许久都没动静，便潜进去偷看，却看到老太婆和柳秋华两个人，肩膀上已经化成了牛头，鬼眼闪闪发亮，相对而立。闻人生吓坏了，赶紧逃出来，想回家，但岔路太多，不知道该怎么走。向街上的人打听，却没有人听过他所在村庄的名字。他在街市上徘徊，就这样流浪了两天，满腹酸楚，肚子饿得咕咕叫，不知怎么办才好。忽然秀才从这里经过，看见他吃惊地问："怎么还没回家，搞得这么狼狈？"闻人生惭愧极了，不好意思开口。秀才突然醒悟道："我知道了，你是不是被花夜叉迷的？"说完就气冲冲地去了，说："秋华母女怎么不给留点儿面子呢？"没过多久，秀才把衣服拿回来交给闻人生，说："这丫头无理，我骂了她们一顿。"这次秀才把闻人生送到家才离开。闻人生已经突然死去三天了，此时才活过来。

伍秋月

高邮县有个人叫王鼎，为人慷慨，身强力壮。他交了很多朋友，十八岁了还未娶亲，每次出门远游，总是整年不回来。他的哥哥王鼐是江北的名士，兄弟俩感情很深厚。哥哥劝他别外出了，抓紧成一门亲事。王鼎不听，乘船去镇江访友。等王鼎到了镇江，正好他的朋友不在家，于是王鼎就在旅馆的阁楼上住下来。阁楼的位置特别好，站在窗边能看到江水翻涌着波浪，金山也历历在目，王鼎心里非常喜欢，打算在这里多住一段时日。第二天，朋友回来了，来请他住到家里，王鼎推辞了。

王鼎在这个阁楼住了半个多月。有一天晚上，他梦见一个少女，年龄大概

十四五岁,容貌端庄又美丽。王鼎非常奇怪,但没怎么放在心上。可到了第二天夜里又梦见了这个少女,就这样又过了三四夜,夜夜都梦到。王鼎心里很诧异,到了晚上不敢吹灭蜡烛,虽然躺在床上,却时刻保持着警惕。过了一会儿,王鼎梦见少女又来了。王鼎忽然惊醒,睁开眼睛,发现眼前真有一个美如天仙的少女。少女看到王鼎惊醒,似乎很是羞怯。王鼎猜到了她不是人,却很得意。少女害羞地说:"你这样无理,难怪人家不敢当面告诉你。"王鼎好奇少女有什么事要告诉他,少女说:"我叫伍秋月,先父是有名的儒者,精通易理,非常疼爱我,但算出我寿命不长,不

蒲松龄对侠士是有偏爱的。王鼎与秋月人鬼恋情的圆满结局,可以看作是对王鼎以力抗法的褒奖。可能是蒲松龄所在的时代太过黑暗,总有太多的不平之事,需要这样的力量来反抗。秋月的父亲是位高人,全篇看下来,他几乎导演了整个故事,而他所精通的《周易》,才是蕴含中国人文化密码的真经。

许我嫁人。十五岁那年，我果然夭折了，父亲把我葬在阁楼东侧，坟墓和地一样平，坟上也没标志，只立了一片石头，写着：'女儿秋月葬无冢，三十年后嫁王鼎'，现在过了三十年，正好你来了，我很高兴但是心里羞怯，就借梦境和你相会。"王鼎听了觉得很神奇，也很高兴。伍秋月又告诉他说："我还需要一些阳气才能重生，还需要你多等待一些时日。"于是起身离去了，第二晚又来找王鼎。两个人相对而坐，笑谈人生，非常欢乐。

一天夜里，明月皎洁，他们在庭中散步。王鼎问伍秋月："阴间也有城市吗？"伍秋月说："和人间一样。阴间的城市不在这里，离这儿还有三四里地，那边把黑夜当成白天。"王鼎好奇地问："活人也能看见吗？"伍秋月说："也可以。"王鼎便要求前去参观，伍秋月答应下来。伍秋月飘飘悠悠的，王鼎尽力追随。过了一会儿，来到一个地方，伍秋月说："不远了。"王鼎四处张望，却什么也没看见。伍秋月用唾沫在王鼎眼角上一抹，王鼎再睁开眼睛一看，发现眼睛比以前加倍明亮。这时看见不远处的雾气中有一座城市，路上的行人好像在赶集。一会儿两个黑衣的差役绑着三四个人从王鼎身旁经过，最后一个被绑着的人很像他的哥哥王鼐。王鼎急忙走近一看，果然是哥哥，王鼎就问："哥哥为何到这里来？"王鼐一看见王鼎，哭着说："我也不知道怎么回事，被强行拘捕了。"王鼎生气地对差役说："我哥哥是礼仪君子，怎么能这样对他？"要求两个差役暂且给哥哥松绑，差役不肯，非常傲慢地斜着眼睛看王鼎，王鼎气得要和他们理论。王鼐阻止他说："这是上官的命令，他们也是依法行事，但我没带钱，这些人索取贿赂非常狠毒，弟弟回去后给我筹些钱来吧。"王鼎拉着哥哥的胳膊失声痛哭，差役也发火了，猛然去拽哥哥脖子上的绳索，王鼐瞬间跌倒。王鼎看到这一幕，气愤得无法自控，就拔出配刀，一刀砍下了差役的头。另一个差役见状大声叫喊起来，王鼎二话不说，又砍下他的头。伍秋月非常吃惊，说："杀死官差罪无可恕，晚了则大祸临头，你赶紧找一条船把你哥哥带回去。回到家别把你哥哥的丧幡摘掉，关上大门躲在家里，绝不外出，七天后保证没事。"王鼎扶着哥哥连夜雇了小船火速北上，等王鼎回到家里，看见前来吊唁的人们还在门前，知道自己的哥哥是真死了。王鼎关上门上了锁，转头发现自己的哥哥已经消失不见，进屋一看，哥哥的尸体活过来了，还嚷嚷着说："饿死我了，快拿汤饼来吃。"家里人见王鼐已经死了两天，突然又活过来，都吓得够呛，王鼎便讲出了其中的经过。七天后打开门摘去丧幡，人们才知道王鼐又活过来了。亲友们纷纷过来问，王鼎就编了一套说辞回答。

哥哥的事情了结后，王鼎渐渐思念起伍秋月来，到后来想得心烦意乱，于是干脆又南下镇江，到了原先住过的楼阁。晚上点上蜡烛，王鼎等了很久，伍秋月始终没来。王鼎正要入睡，忽然看见有个妇人出现在他屋里，对他说："前些日子因为官差被杀，凶犯逃亡，官府于是将秋月捉走了，现在正关在监牢里。看犯人的差役，常常虐待她，秋月天天盼你来，好想个办法帮她脱困。"王鼎听得悲愤无比，就随妇人一起去了。他们来到那座阴间的城市，从西边的外城进去。妇人指着一个大门说："这里就是监牢了，秋月小娘子就关押在这里。"王鼎翻墙进去，一间一间地搜索，找了很多房舍，都没找到伍秋月。王鼎没有气馁继续找，这时看到一个小院落，里面有灯火透出来。王鼎走近窗户一看，只见伍秋月坐在床上，用袖子捂着脸哭。旁边有两个差役在捏她的下巴，摸她的小脚，逗引她，伍秋月哭得更厉害了。只听有一个差役说："既然是罪犯，还想要守贞洁吗？"王鼎怒火中烧，顾不上发话，拿刀进去，一刀一个，就像快刀斩乱麻。杀掉那两个差役后，王鼎赶紧将伍秋月从屋里救出来，幸好一路上没人看见他们，一路跑到旅舍。王鼎这时醒了，他正奇怪怎么做了个这么凶险的梦。忽然看到伍秋月含情脉脉地望着自己，王鼎惊讶地站起来，把这个梦告诉了她。伍秋月说："这是真的，不是梦。"王鼎说："那怎么办呢？"伍秋月叹息说："这也是命运的安排。到月底我才可以再生，现在事已至此，时间

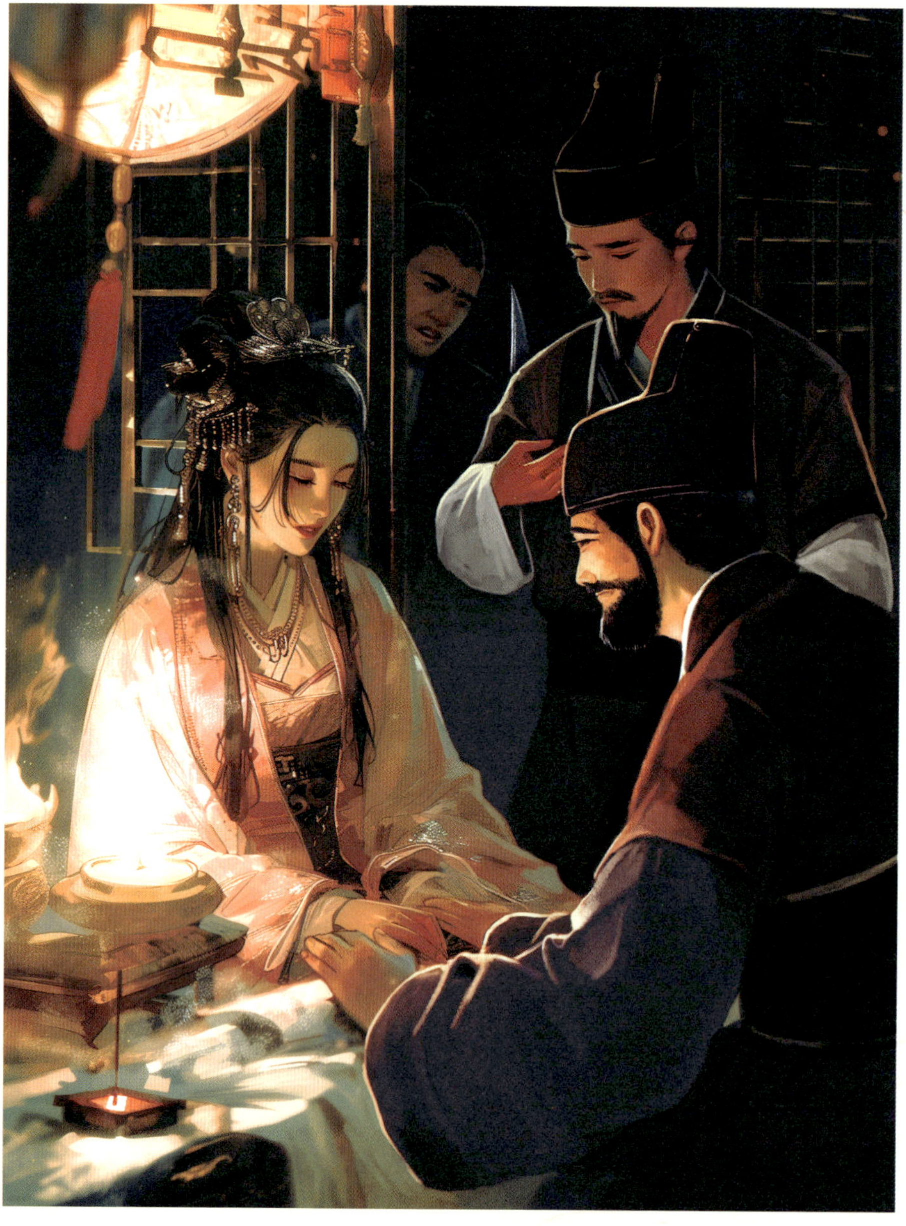

紧迫，等不了了。你赶紧挖开我的坟，把我背回家去。天天呼唤我的名字，三天后就可以复活，只是我在阴间日期没满，骨头还软，用不了力，以后不能为你操持家务了。"说完就匆匆离去了，接着又回来说："我几乎忘了说，先父在世的时候传给我写符咒的方法，说三十年后可以佩在我们夫妻身上，等下阴间的官差追来可以应付。"说完就要来笔写了两道符，说："一道你自己戴好，一道贴在我的背上。"王鼎把伍秋月送出门，在她消失的地方做了标记，往下挖一尺左右，露出了棺材，已经腐烂了。旁边有一个小石碑，果然像伍秋月说的那样。打开棺材一看，尸体的脸色就像活着一样。王鼎赶紧抱进房里，给她背上贴完符咒，又用被褥裹得严严实实，背到江边，喊来一艘船，说自己妹妹得了疾病，要连夜送回家。幸好南风刮得很大，天刚亮，就到家了。

　　王鼎把伍秋月安顿在床上，打开被子，连声呼唤伍秋月的名字，到了夜里就抱着尸体就寝。尸体渐渐有了温度，三天后终于活过来，七天后能下地了。伍秋月换好衣服去拜见嫂子，身体轻盈得就像仙女，走十步以上就要有人扶着，否则就会迎风摇晃、摔倒。大家觉得伍秋月身患这样的毛病，反而增添了几分妩媚。伍秋月经常对王鼎说："你罪孽重，应该多积德诵经，不然恐怕寿命不长。"王鼎本来不信佛，因此就皈依佛法，态度虔诚，后来也就没事了。

文中提到伍秋月的父亲精通易理，这个易指的就是《周易》。《周易》是中国传统思想文化中自然哲学与人文实践的理论根源，是古代汉民族思想智慧的结晶，被誉为"大道之源"。它内容极其丰富，包括《易经》和《易传》。《易经》主要是六十四卦和三百八十四爻，卦和爻各有说明（卦辞、爻辞），作为占卜之用;《易传》包含解释卦辞和爻辞的文辞共十篇，统称《十翼》，相传为孔子所撰。《周易》对中国几千年来的政治、经济、文化等各个领域都产生了极其深刻的影响。

彭海秋

莱州有一个秀才，叫彭好古，在别墅里读书。因为离家很远，中秋节没回去，但也没人陪他一起过节，感到很无聊。彭好古想到村子里都是不识字的人，没有办法交流诗词学问，只有县里的丘生是个有点名气的文人。但丘生却有个不为人知的恶行，彭好古又瞧不起他。月亮升起，彭好古感觉很无聊，迫不得已就请了丘生来一起过节。两人正喝酒，忽然有人敲门求见，原来是一个书生。彭好古便把书生请到屋里来，拱手行礼并询问他的姓氏与籍贯，书生说："我是广陵人，与君同姓，字海秋。正是良宵佳节，在旅馆里待得烦闷，听说你是高雅之士，所以不经介绍就来拜见了。"彭好古看他整洁的布衣，谈笑举止风流倜傥，欣喜地说："是我的同族，今天是什么好日子？竟然遇到这样的嘉宾。"吩咐给彭海秋斟酒，好像老朋友一样。酒桌上，彭好古发现彭海秋很鄙视丘生，

丘生用仰慕的态度和他谈话，彭海秋却很傲慢，不肯以礼相待。彭好古怕丘生尴尬，就打断了他们的谈话，提议自己唱一首民谣助兴，说完就仰望天空咳嗽两声，唱了一首《扶风豪士之曲》。大家一起欢笑起来。

彭海秋说："我不懂音乐，请人代替我唱，可以吗？"彭好古说："依你。"彭海秋问："莱州城里有没有名妓？"彭好古说："没有。"彭海秋沉默良久，对书童说："刚才叫来一个人，正候在门外，可以领她进来。"书童走出大门，果然看见有女子在门外徘徊。书童把她叫进来，大家一看，是一个十六岁的妙龄女子，如同仙女一般的漂亮，彭好古惊叹不已。彭海秋说："贵乡没有佳人，我只好从西湖的船里把她叫来了。"又对女子说："刚才你唱的《薄幸郎曲》很好听，再唱一遍吧。"女子唱起来："薄幸郎，牵马洗春沼。人声远，马声杳，

中秋之夜，莱州秀才彭好古邀请丘生喝酒赏月，这时来了一位自称彭海秋的客人。彭海秋请来一位美人唱歌，并邀请他们一同前往千里之外的杭州西湖观赏月色。旅途中，彭海秋展现了超凡的能力，瞬间将人从一地转移到另一地。彭海秋还替彭好古与娟娘约定了三年期限，最终二人重逢后得以圆满。这个遇仙的故事颇为奇幻，丘生人品不好，仙人就把他变成马，而彭好古宅心仁厚，仙人就给他一段良缘，同时还渡娟娘脱离了苦海。

江天高,山月小。掉头去不归,庭中生白晓。不怨别离多,但愁欢会少。眠何处?勿作随风絮。便是不封侯,莫向临邛去!"彭海秋从身上取出玉笛,随着歌声吹奏,一曲终了,笛声也停了。彭好古惊叹说:"从西湖到这里何止千里,你却能迅速把她叫来,难道你是神仙吗?"彭海秋说:"不敢称神仙,不过看万里之遥就像看自家的庭院。今晚西湖的清风明月比往常更美,你愿意一起去观赏吗?"彭好古有意看看他的本领,就说:"荣幸。"彭海秋又问:"是想坐船还是想骑马?"彭好古回答说:"愿意坐船。"彭海秋说:"这里离渡口太远,天河里应该有摆渡的船。"于是伸手向空中招呼:"船快过来,我们要去西湖,多给酬金。"没多时,一只彩船从空中飘落。周围云烟缭绕。大家登上彩船,看见船上有人拿着短桨,末端扎着繁密的长翎,好像羽毛扇一样。短桨一滑,清风习习,彩船渐渐登上云霄,往南航行,像离弦的箭一样。

过了一段时间,船缓缓下降,最后驶入水中。只听周围管弦四起,人声嘈杂。彭好古出舱一看,明月倒映在波光粼粼的湖面上,游船热闹得像集市一样,真的是到了西湖。船夫停止划桨,让船随水漂流。彭海秋从船舱后面拿出美酒佳肴给大家享用。不多时,旁边有艘楼船渐渐靠近,与彩船并肩航行,隔窗望见里面有两三个人围在一起下棋,大声喧闹。彭海秋递给唱曲的女子一杯酒说:"用这给你送行吧。"看彭海秋要送走女子的意思,彭好古着急地走来走去,怕女子离开,用脚暗中碰她,女子也斜着眼睛,秋波暗送。彭好古更动情,干脆开口,要和女子约定以后见面的日子。女子说:"如蒙相爱,打听娟娘的名字,没有不知道的。"彭海秋见状,就把彭好古的手帕交给娟娘说:"我替你定一个三年之约。"接着站起身,掀开窗子,把女子往旁边的楼船里一送。只听邻船有人说:"娟娘醒了!"楼船就划走了。彭好古远远看见楼船已经停泊,船里的人纷纷离去,顿时没了兴致,就和彭海秋说想到岸上去领略风光。

商量好后,彩船渐渐靠岸,彭好古离开彩船,信步走了一里有余。彭海秋从后面赶来,牵来一匹马交给彭好古,让他牵好了。然后回头离开,说是再去

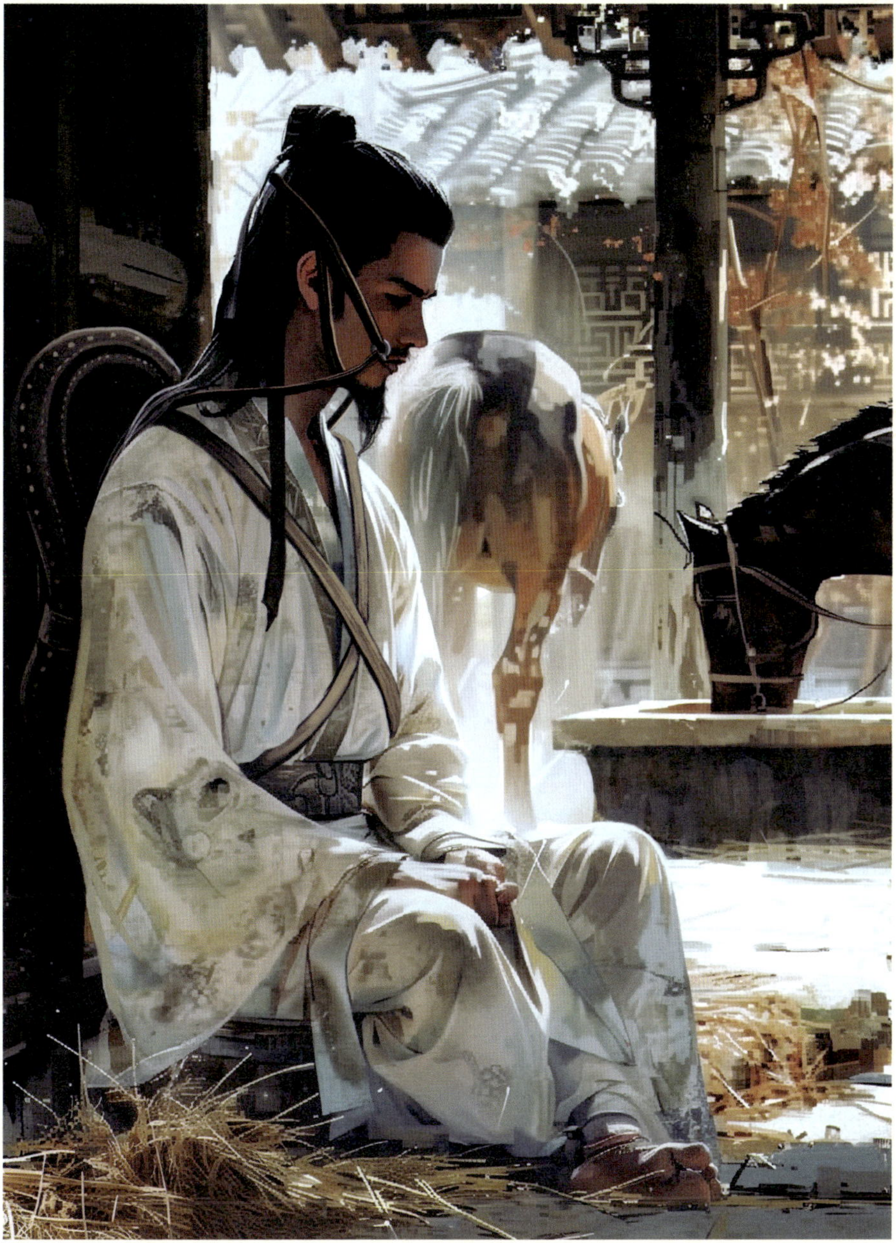

借两匹马，可是去了很久都没回来。此时岸上行人稀少，彭好古一抬头，月亮西斜，天色露出曙光，丘生也不知去向。彭好古牵着马又回到泊船的地方找，人和船都不见了。一摸腰包，里面也没有钱，这更加让他心里不安。再等一会儿，天彻底亮了，彭好古看到马背上有一个金线绣的小口袋，一摸，里面有三四两银子。彭好古便买了吃的，专心等候。不觉等到了中午，又想不如先到娟娘那里，再慢慢查找。可一打听"娟娘"的名字，并没有人知道。于是彭好古觉得没什么意思，第二天骑着马离去，马很听话，走了半个月才回到莱州家里。

当天四个人乘船上天时，书童回家禀告，说："主人成仙去了。"全家都以为彭好古不会回来了。彭好古回家后，拴好马走进门，看到全家人好奇的眼光，简要说了自己这次不同寻常的遭遇。彭好古寻思，丘家人知道自己回来以后，必定找他来追问丘生的下落，便告诫家人不要把他回家的消息传出去。正说话呢，谈到马的来历，大家认为这是仙人所赠，都到马厩去看。到了马厩处，马已经无影无踪，只有丘生被缰绳拴在马槽边。大家很惊讶，叫彭好古来看。只见丘生低着头，面如死灰，问话也不答。彭好古不忍心，解开缰绳，把他扶到床上，丘生像丢了魂儿似的，喂稀粥也只稍稍能喝一点儿。夜半丘生稍微清醒些，要上厕所，彭好古扶着他去了，看到丘生拉了几个马粪蛋出来。拉完后又稍微喝了点稀粥，丘生才能够说话。彭好古在床榻前问怎么回事。丘生说："下船后彭海秋找我闲谈，带我到一处没人的地方，开玩笑似的拍了拍我脖子，我感到晕晕乎乎地跌倒在地，趴在地上待了片刻，已经变成了马。心里清明，却不能讲话。这真是莫大耻辱，你得帮我保密，不可以告诉我的妻儿。"彭好古答应了，第二天让仆人送丘生回家了。

过了三年，因为姐夫担任扬州通判，彭好古到扬州去探望。扬州的梁公子和彭好古是世交，便宴请彭好古。宴席上有几个歌伎，梁公子问娟娘怎么没来，有歌伎说："娟娘病了。"梁公子生气地说："丫头以为自己身价很高吗，用绳子把她绑来。"彭好古听到娟娘的名字，吃惊地问："谁是娟娘？"梁公子说：

"这个歌伎是扬州第一美人，因为有些小名气就傲慢无礼。"彭好古怀疑重名，心怦怦直跳，想和这位娟娘见一面。没过多久娟娘来了，彭好古仔细一看，竟然真是三年前中秋节见到的娟娘。就对梁公子说："这人和我过去有交情。请给予宽恕。"娟娘朝彭好古这边细看，也很惊讶。梁公子也不细问就让娟娘依次敬酒，敬到这边时，彭好古问："你还记得《薄幸郎曲》吗？"娟娘更加吃惊。喝完酒，梁公子命娟娘陪彭好古，彭好古握住娟娘的手说："三年后见面的盟约今天才实现吗？"娟娘说："上次跟人游西湖，没喝几杯就醉了，神志不清时，被人带走放在村子里。书童领我进门，酒席上有三人，你是其中之一，后来乘船到西湖，从窗子那里把我送回，你情深意重地握着我的手，我回忆此情此景，认为在做梦。不过绫帕还在，我把它包了一层又一层，一直小心珍藏。"彭好古把后来的经过告诉她，两人都感叹不已。娟娘哽咽着说："仙人给我们做了媒人，你别以为风尘女子可以随意抛弃，让我陷于苦海。"彭好古说："我们舟中所做的约定一天不曾忘，就算倾囊而出，我也在所不惜。"第二天，彭好古把自己和娟娘相爱的经历告诉梁公子，又和自己的姐夫借钱，用一千两白银除去娟娘的娼籍，带她回到家里。再回到别墅时，娟娘还能认出这是曾经喝酒的地方。

中秋节，是仲秋之节，在进入秋季的第二个月，以十五月圆为标志，这天正直三秋之中，故曰"仲秋"。关于中秋节的起源说法较多，一种说法是起源于古代帝王的祭祀活动，还有一种说法是和农业生产有关。中秋一词，最早见于《周礼·夏官司马·大司马》。中秋节，又称拜月节，有着悠久的历史和文化传统，自古以来，便有祭月、赏月、燃灯、赏桂花、饮桂花酒等民俗。

西湖主

　　书生陈弼教，河北人，家里很穷，于是就给副将军贾绾掌管文书。有一次他们经过洞庭湖时，有一条扬子鳄浮出水面，贾将军来了兴致，一箭射中了其背部，手下人赶紧把扬子鳄捞上了船。有一条小鱼衔着扬子鳄的尾巴不放，所以也一起捞了上来。扬子鳄被锁在桅杆旁边，奄奄一息，嘴一张一合，好像是向人乞求。陈弼教动了恻隐之心，请求将军放了它们。他身上正好带有金疮药，便把药敷在扬子鳄的伤口处，最后把它们放在湖里。一会儿，它们就隐没到水中。

　　一年以后，陈弼教到北方去，又经过洞庭湖，遇到大风，把船掀翻了。他正好抓住一个竹箱，漂泊了一整夜才漂到岸边。正往岸上爬时，有个浮尸飘过来，一看是自己的仆人。陈弼教用力把他拖上岸，他已经没了呼吸。陈弼教忧伤郁闷也无济于事。岸上小山高耸，一片青翠，细细的柳树摇曳，也不知道这是哪里，行人很少，也没有办法问路。陈弼教整个上午都待在原地，心情惆怅，不知道该怎么办。突然仆人的身体微微动了一下，他高兴地抚摸着仆人，没多久，仆人吐出许多水，苏醒了过来。他们把衣服脱下来放在石头上晒，晒到中午时干了，可饥肠辘辘实在难以忍受。于是他们翻越小山，急忙往前走，希望能够遇到山村。

　　封建时代有抱负的男性，往往会觉得忠孝难两全，为了事业需要在外打拼，但家中的父母妻儿，往往无暇顾及。但是，这篇故事里，却塑造了一个拥有分身术的陈生的形象：一半可以在家孝敬父母、教养子女，维持家庭生活的正常运转，另一半则跟仙女在仙境快活逍遥。一半是人间生活的琐碎日常，一半是诗和远方，不违背道德伦理，也不负家庭爱情。故事围绕西湖主的身份，巧妙地使用了悬念、伏笔，环环相扣，构思巧妙。

才走到半山腰的地方，听见有射箭的声音。寻声望去，发现有两个女子乘着骏马驰来，马蹄声好像撒豆一样清脆。这两个女郎用红绡缠住额头，发髻上插着野鸡翎毛，穿着窄袖紫衣，腰里扎着绿色的锦缎，一个人拿弹弓，一个人套着青色皮革的落鹰护臂。翻过山岭，陈弼教看到数十位女郎在荒草间打猎，都很漂亮，装饰完全一样。陈弼教不敢凑上前去。他们看到有个像是马夫的汉子疾步走来，就问是怎么回事。马夫说："这是西湖的公主在首山打猎。"陈弼教说了自己的来历，并且告诉马夫他们很饿。马夫拿出干粮给了他们，又说："最好远远避开，否则惊扰了公主就是死罪。"陈弼教心怀恐惧，急忙快步下山去了。

　　茂密的丛林中隐约可以看到有一些阁楼，好像是寺院。陈弼教走近一看，那里粉墙环绕，溪水奔流，朱红色的大门半启半闭。石桥直通门口，往里一看，楼台亭榭环绕着流云，比得上皇家园林，看着像是高官家的园林庭院。陈弼教犹豫着最终还是走了进去。青藤爬满道路，花香迎面袭来，几进下来，又是一个院落，几十株垂杨柳在朱红色高檐下浮动，山鸟鸣叫，与花瓣儿齐飞。微风吹过花园，榆钱纷纷落下，景色令人心旷神怡，简直是世外桃源。陈弼教穿过

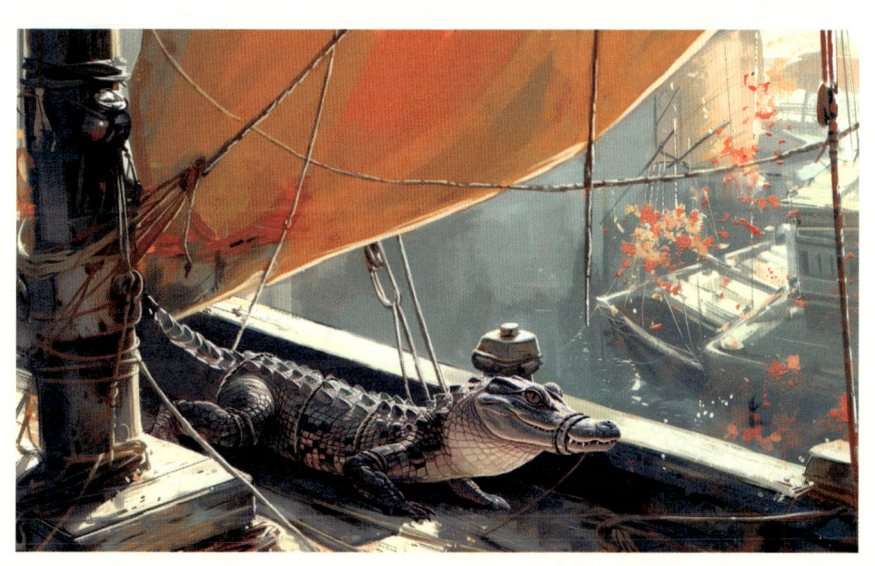

了亭子，看到有一架高耸入云的秋千，绳索静静下垂，却没有人迹，陈弼教猜想这是闺阁，心里害怕，不敢再往里走。一会儿听到马在门外腾跃，有女子在说笑，陈弼教和仆人躲在花丛后面伏下来。没过多久，笑声渐近，有个女子说："今天兴致不高，猎获太少了。"又一个女子说："如果不是公主射大雁，我们几乎白去了。"没过多久，几个身着红装的女子簇拥着一个女子到亭子里坐下。女子身穿短袖猎装，大概十四五岁，环形的发髻浓密得像云，腰肢纤细，用玉树琼花都无法描绘女子的美貌。诸位女子有奉茶的，有熏香的。过了一阵子，为首的女子站起身走下台阶，有个女子说："公主骑马这么累，还能玩秋千吗？"公主笑着说："能。"于是有架肩膀的，有搀胳膊的，有提裙子的，有拿鞋的，把公主扶上秋千。玩罢秋千，公主被扶了下来，大家说："公主真是仙人。"就笑着离去了。

陈弼教偷看了许久，渐渐痴迷，等到人群散去，他走出花丛，来到秋千下面，

回想着为首女子的音容笑貌，留恋着不肯离去。他看到篱笆下有一块红色的手巾，知道是女子们丢的，就收在自己的袖子里。登上亭子，看到案上摆着文具，于是就在手巾上题了首诗：雅戏何人拟半仙，分明琼女散金莲。广寒队里恐相妒，莫信凌波上九天。

题完诗，陈弼教吟咏着走出了亭子，又找到来时的路准备出去。可是一道道大门已经上锁了，正无计可施的时候，一个丫环忽然进来，吃惊地说："你怎么进来的？"陈弼教作揖说："我迷了路。"丫环问："你拾到一条红色的手巾吗？"陈弼教说："有啊，但是我已经写上字了，如何是好？"说完就拿出了手巾。丫环大吃一惊说："你死无葬身之地了，公主经常用这条汗巾，现在涂鸦成这样，我帮不了你了。"陈弼教大惊失色，请她帮自己脱身。丫环说："偷窥宫中已经是大罪。念你是个文雅书生，我本来想保全你，但是你自己作孽，还有什么办法？"说完就拿着手巾慌张离去了，陈弼教吓得心惊肉跳，只能伸

着脖子等死，真恨自己没有翅膀。

　　一会儿丫环回来，说："你有一线生机了！公主将汗巾看了三四遍，笑嘻嘻的没有生气，或许能把你放走，你耐心等着，千万别爬树翻墙，被发现可就不饶你了。"丫环说完就走了。天色已黑，是凶是吉还不能确定，陈弼教饥肠辘辘，快愁死了。没多久，丫环挑着灯来，拿着酒壶和食盒，取出酒饭给他吃。陈弼教急着打听消息，丫环说："刚才我说，'园中的秀才如果能饶恕，就放了他，否则可能也要被饿死了。'公主沉思着说：'深夜让他去哪儿呢？'便让我给你吃的。这不是坏消息。"陈弼教整夜徘徊，忧虑不安。辰时将近，丫环又送来吃的，陈弼教哀求丫环为自己讲情。丫环说："公主没说杀你，也没说放你，我是个下人，怎么敢絮絮叨叨地说？"说完又走了。陈弼教殷切地盼望着，直等得日头西斜了。丫环气喘吁吁地跑进来，说："坏了，多嘴的人把这事儿告诉了王妃，王妃把汗巾扔在地上，说你是狂妄的人，大祸就要临头。"陈弼教大为惊恐，面如土色，直直地跪在地上。突然听到人声嘈杂，几个人拿着绳索气势汹汹地走进来就要绑了陈弼教，有一个奴婢打量了陈弼教一番，说："我以为是谁，不是陈郎吗？"于是让捆绑的人暂缓动手，转身离去了。不久回来说："王妃请您进去。"陈弼教战战兢兢地跟她往里走了几十道门，到了一个宫殿，门上用银钩挂着壁帘。有美人揭开门帘放声说道："陈郎到了。"座上有个漂亮的妇人，衣着绚丽，陈弼教料想这就是王妃，于是伏地磕头。王妃站起身来，亲自把他扶起来说："没有你的帮助，我就没有今天，丫环们不懂事，所以冒犯了嘉宾。"然后摆上了丰富的酒席，盛情款待陈弼教。陈弼教很茫然，不知其中的缘由，王妃说："再生之恩没有办法报答，我的女儿承蒙你喜爱，是天赐姻缘，今夜就成婚吧。"陈弼教感到很意外，他神情恍恍惚惚，没了主意。

　　太阳刚刚落山，有一个丫环前来说："公主已经打扮完了。"于是引导着陈弼教去成亲。笙管齐鸣，台阶铺着花地毯，到处都是灯笼和蜡烛，兰香、麝香各种香气充斥着殿堂。几十名艳丽的女子扶着公主和陈弼教交拜，最后，两个人手拉手走进洞房。陈弼教对公主说："我是一个客居异乡的人，不懂得周全，玷污了你的手巾，没遭受斩刑已经很幸运了，赐给我这段姻缘，真是三生有幸。"公主说："我的母亲是洞庭湖君的妃子，是扬子江王的女儿，去年她回娘家的时候，偶尔游在湖面，被流箭射中，承蒙你放走，又给敷了药，我们全家感恩敬佩，心中念念不忘。你不用因为我不是人类而感到怀疑，我从龙君那里得到了长生的秘诀，我愿意和你共享。"陈弼教这才明白公主是神人，问道："那个丫环为什么认识我？"公主说："那天在洞庭湖船上曾经有一条小鱼，衔着扬子鳄尾巴的就是这个丫环。"陈弼教又问道："既然不杀我，当时你为什么又迟迟不肯放我。"公主说："实在是爱你的才华，但是我又不能做主，辗转了一夜，别人都不知道。"陈弼教叹息说："你真是我的知音啊，给我吃饭的人是谁呢？"公主说："叫阿念，是我的心腹。"陈弼教又问："我怎么报答你的恩德呢？"公主笑着说："我们共同生活还有一段时间，你慢慢想。"陈弼教又问："大王在哪里？"公主说："和关公一起去征讨蚩尤还没回来呢。"

住了几天，陈弼教想到家里没有自己的消息不知会急成啥样，于是就让仆人把家书送回去报平安。家里人听说陈弼教的船已经沉在了洞庭湖里，以为他早就死了，妻子已经戴了一年多的孝。仆人回到家，他们才知道陈弼教没死，但是人间和仙境音信难通，又怕他漂泊难归。又过了半年，陈弼教忽然回来了，轻

关公是三国时期的战将关羽，蚩尤是先秦时期的部落首领，这两个看似毫不相干的人物，竟然出现在同一个神话中，这究竟是怎么一回事呢？相传，蚩尤被黄帝所杀后，其血肉化为一片盐湖，其魂魄长久不散蛰伏在盐湖之中，期盼有朝一日能翻身为王。到宋真宗时期，蚩尤终于积攒够了力量，从盐湖中跳跃而出，盐湖干枯，人畜伤亡无数。宋真宗命令张天师前去降服蚩尤，张天师施法请来了关羽与之一战，并最终取得了胜利。从此天下太平，再也没有蚩尤来作乱了。这就是"关羽战蚩尤"的传说。

裘肥马，奢靡之极。从此陈弼教拥有百万家财，世家大族都赶不上。有人问他的神奇境遇，他都毫不隐讳地讲出来。

陈弼教有一个童年的好友叫梁子俊，在南方为官十多年。过洞庭湖的时候，看到一艘华美的游船，朱红的窗子传出绵密的歌声，在寒烟水波上缓缓飘荡，时不时有美人推开窗子远望。梁子俊往游船上一看，却看到一个年轻的男子，不戴帽子，在船上盘腿打坐，有一个妙龄少女双手给他按摩。梁子俊心里想：这一定是楚地的大官，但随从人员却那么少，又不太像大官的排场。梁子俊目不转睛地仔细分辨，突然认出这个人是陈弼教，不由得高声呼喊。陈弼教听到喊声，停下船，邀请他上船来。梁子俊进到陈弼教的船舱，只见吃剩的酒菜，酒味还很浓烈。陈弼教立刻命人撤去残席，重新开宴。过了一会儿，三五个漂亮的丫环敬酒、端茶，端来的都是山珍海味，这些是梁子俊这辈子不曾见过吃过的。梁子俊吃惊地说："十年不见，你怎么变得如此富贵？"陈弼教笑着说：

"你小看人,穷酸书生就不能发迹了吗?"梁子俊问他刚才和谁在一起喝酒,陈弼教说:"我的妻子。"梁子俊又惊讶地问:"你要带着家眷去哪儿?"陈弼教说:"准备西渡。"梁子俊想再问,陈弼教就让侍从送上一颗明珠,然后急忙和梁子俊告别:"有件小事急着要办,这次不能和老朋友相聚太久。"于是送梁子俊回到自己的船里,解开缆绳,开船走了。

　　梁子俊回家后,到陈弼教家探望,看到他正在和客人喝酒,心生疑惑,说:"不久之前你还在洞庭湖上,怎么回来得这么快?"陈弼教说:"没有这回事。"梁子俊于是说了自己所见的情景,在座的客人都很惊讶,陈弼教笑着说:"肯定是你搞错了,难道我有分身术吗?"大家都觉得奇怪,但不明白其中的道理。后来陈弼教活到八十一岁才死,出殡的时候,人们都诧异抬的棺材太轻,打开一看却是空的。

鸽异

　　鸽子种类很多，山西有"坤星"，山东有"鹤秀"，贵州有"腋蝶"，河南一带有"翻跳"，吴越一带有"诸尖"，这些都是特别的品种。还有靴头、点子、大白、黑石、夫妇雀、花狗眼之类，品种数不胜数，只有爱好养鸽的内行人才能辨别出来。邹平县有位张幼量公子，就很喜欢养鸽子，他按照《鸽经》上罗列出来的品种去找，想要拥有天下所有的品种。他养鸽子，就像照顾婴儿。鸽子着凉了就用甘草粉治疗，热了就用盐粒治疗。鸽子有喜欢睡觉的毛病，睡得太多，就会得麻痹症死掉。张幼量有一次在扬州花了十两银子买到一种鸽子，这种鸽子的体形最小，擅长走路。放在地上就不停转着圈，直到累死，所以常常得有人把它握在手里。夜晚，张公子就把它放在鸽群中，让它惊动其他的鸽子，使得鸽子们不会得腿脚麻木的毛病，因此他给这种小鸽子起名叫"夜游"。

山东一带养鸽的人，谁也不如他养得好，张幼量也以养鸽的行家自诩。

一天傍晚，张幼量坐在书斋里，忽然有一个白衣少年敲门进来。张幼量不认识，就问他是谁。少年说道："我是漂泊的人，姓名不值得一提。在别的地方就听人说，你养的鸽子数量众多，能不能让我看一看？"张幼量就自豪地把所有的鸽子都放出来给他看，五色俱全，就像云霞一样。少年笑着说："人们说得不错，你可以称得上是养鸽子的大行家了。我也带着几只鸽子，你愿意到我的住处去看看吗？"张幼量很高兴，就跟着少年走了。

月色昏暗，野地里的荒坟显得十分萧瑟，张幼量有点害怕。少年伸手一指说："再走几步，我的住处不远了。"两人继续前行，就看见一座两间屋子的道观。少年拉着张幼量的手进了道观。道观里面很黑，没有灯火。少年站在院子中学鸽子叫，有两只鸽子飞出来了，看起来像是一般的鸽子，可是毛色纯白。这两只白鸽飞在低空中一边鸣叫一边格斗，每互扑一次，就凌空翻个跟头。少年一挥手，它们就齐齐飞走了。少年撮起嘴唇发出了奇怪的声音，又有两只鸽子飞来，大的像鸭子，小的只有拳头大，都在台阶上学仙鹤跳舞。大的伸长脖子站着，张开像屏风一样的双翅转来转去，又叫又跳，像是在逗那只小鸽子。小鸽子上下翻飞鸣叫，有时落在大鸽子的头顶拍着翅膀，就像燕子落在蒲叶上，声音细碎，好像拨浪鼓一样摇响。大

这个故事讽刺了两种情况，一种是明珠暗投，另一种是叶公好龙。小说的前半部分写异鸽之美，皎洁如月；后半部分写世情之恶，暗黑如磐。作者最后以"鬼神之怒贪，而不怒痴也"的点睛之笔收束全文，强调人贵有自己的爱好，并应该痴心于其中。作者将"痴"与"贪"做了严格区分，点明那些先存痴心，遇事动摇以至于转为贪心者，必然要一败涂地。作者也通过这故事暗讽了当时的统治者识人不明。

鸽子伸着脖子不敢动，叫声更急切，变成了磐石发出的声音。两只鸽子的鸣叫两两相合，都合乎节拍。不久小鸽子飞起来，大鸽子又反复招引它。张幼量羡慕极了，觉得自己的鸽子和这些比起来，简直是望尘莫及。他请求少年把这些鸽子送给他，少年不乐意，张幼量又执意恳求。少年招来两只白鸽握在手里说："你不嫌弃，这两只鸽子送给你吧。"张幼量接过来细细观看，只见这两只鸽子的眼睛在月光下显得像琥珀一样，清澈透亮，掀开翅膀，肋下的肉晶莹透明，连五脏六腑都能看清。张幼量不满足，还想索求另两只鸽子，没完没了。少年说："本来还有两种，现在看来，可不敢让你看到了。"两人正争论着，张幼量家里人点了火炬来寻找张幼量。等张幼量再回头时，少年化为一只鸡那么大的白鸽冲上夜空飞走了。四周的院落房舍都消失了，眼前只是一座小坟，旁边长着两棵柏树。张幼量抱着鸽子叹息一声，和家里人一起回去了。到家后，他让这两只白鸽试飞一下，果然如初见时一样，边飞边斗，还翻跟头，虽然不是少年最好的鸽子，也极为罕见了，于是对它们爱惜到了极点。过了两三年，繁育了雌雄各三只小鸽子，就算亲戚朋友来讨要也不给。

张幼量的父亲有一个朋友是高官，有一天他见到张幼量，问道："你养了多少鸽子啊？"张幼量支支吾吾。他揣测这个长辈话里的意思是想让他送两只，可自己又舍不得，但转念一想这是长辈要求，不能违背，还不能拿一般的鸽子

应付。于是，张幼量就选了两只白鸽，装进笼子里送给了这个当大官的长辈。在张幼量心里这跟赠送价值千金的礼物一样。后来有一天再见到这个长辈，发现这个长辈对送鸽子的事连一句感激的话也没说过，张幼量心里忍不住，说："前几天送您的鸽子怎么样？"长辈回答："很肥美。"张幼量大惊叫："煮着吃了？"长辈回答说："吃了。"张幼量大惊失色："这可不是一般的鸽子呀，是《鸽经》里所说的'靼鞨'这个品种啊。"长辈回忆着说："味道也没有什么特别的呀。"

张幼量又悔又恨，叹息着回家了，夜里梦见白衣少年来了，责备他说："我以为你能爱护鸽子，才把子孙托付于你，结果反而招来被吃掉的惨祸，现在我带着孩子们走了。"说完他化成白鸽，张幼量所养的白鸽也都跟着他一边飞一边叫地飞走了。天亮一看，家里的白鸽果然都不见了，张幼量很惆怅，就把自己所养的鸽子都送给了朋友，几天就送完了。

　　鸽子起源于距今5000万年左右的新生代，是鸟类中非常古老的一类。鸽子通常以杂食为主，是一种社交性动物，它们会相互合作，一起寻找食物。鸽子之间会通过某些动作和"咕咕"声来交流。鸽子与人类的关系非常密切，人类与鸽子的互动历史已有数千年之久。在古代，鸽子是人类重要的食物来源之一。随着人类文明的发展，鸽子被驯养成为信鸽，为人类传递信息。在现代社会中，鸽子则被用于赛鸽运动，参加各种展览和比赛。

于去恶

北平府人陶圣俞，是当朝名士。顺治年间，陶圣俞去省城参加乡试时，住在城外。一天，陶圣俞偶然出门，看见一个人身背书箱在路上焦急地左右张望，像是在找住处。陶圣俞便热情地上前问话，那人放下书箱和他交谈起来，两人相谈甚欢。陶圣俞觉得此人言谈举止颇有名士之风，因此聊得投机。聊了一会儿，陶圣俞便邀他与自己同住。这人甚是欢喜，带了书箱行李来陶圣俞住处安顿下来。接着便自报了家门："在下顺天府人，姓于，字去恶。"因陶圣俞年纪稍长，于去恶便称他为兄长。于去恶生性不喜四处游玩，常独坐房中，可书案之上也看不见书。若陶圣俞不和他说话，于去恶就安安静静地躺在床榻之上。陶圣俞不觉起了疑心，翻看了他的行李和书箱，除笔墨之外，再无其他。陶圣俞更觉奇怪，去问于去恶，于去恶笑道："我们读书人重在平时，事到临头才准备怕是来不及的。"

一天，于去恶向陶圣俞借了一本书，关门便抄了起来，一天就抄了五十多页，却没见他叠好摆在书案上。陶圣俞便在窗外偷看，只见于去恶每抄完一页，就烧掉并将纸灰吞下。陶圣俞觉得奇怪，便问于去恶此举何为，于去恶道："小弟以此法代替读书。"说罢

本文是《聊斋志异》中《司文郎》之外又一篇批判科举制度的力作，只是《司文郎》的批判非常直接，主题略显单一，而这篇小说对科举制度进行批判之余，进一步描写主要人物之间的关系，更写出了人鬼之间真诚的友谊。有对科举的批判，有对世道的愤慨，有对未来的侥幸，有对友谊的颂扬，这些合起来使得这篇小说内涵更加丰富，故事也更加感人。

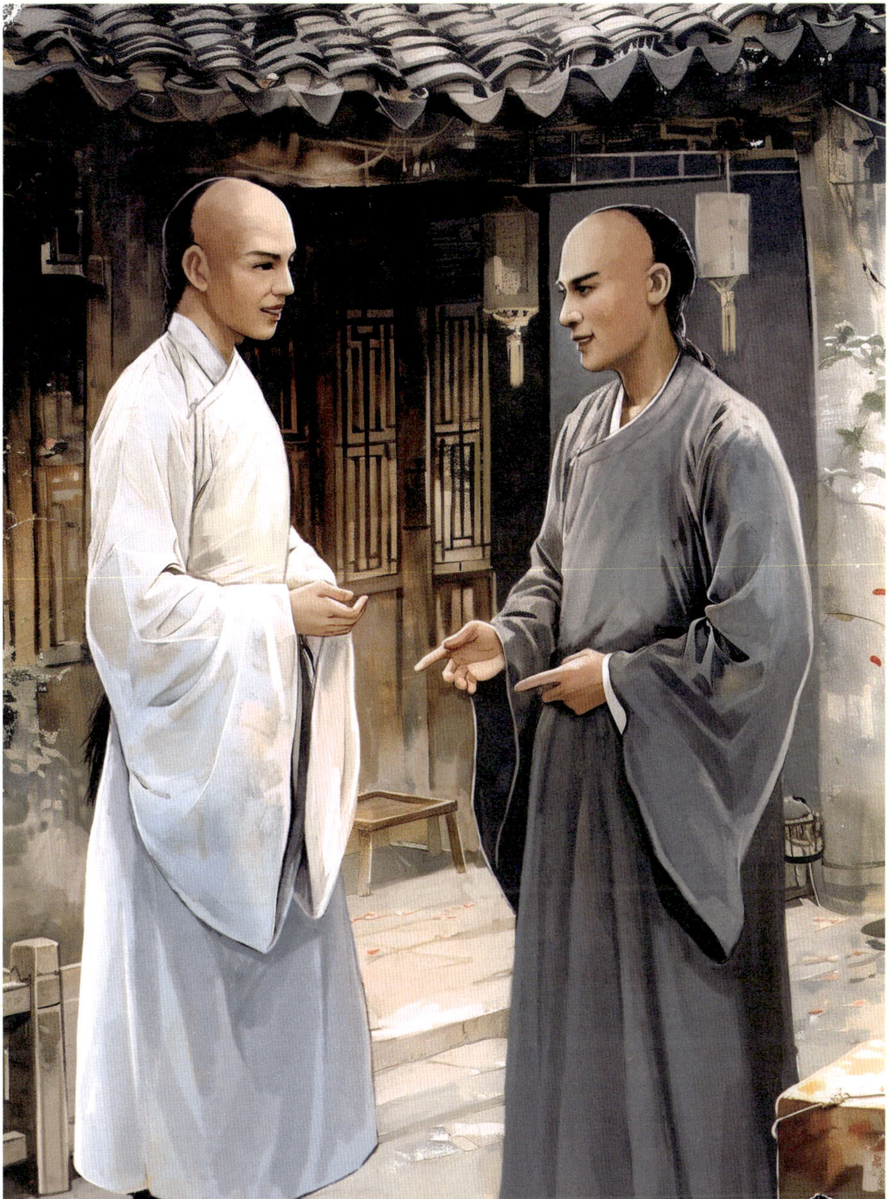

便当着陶圣俞的面背诵所抄之书,一会儿工夫就背了好几篇,竟无一字背错。陶圣俞很是惊喜,要于去恶将这法子教给自己。于去恶却没答应,陶圣俞以为他舍不得,言语之中颇有责怪之意。于去恶道:"陶兄误会小弟了。我不说出真相,很难向兄长证明自己并不是小气;说出真相,又怕吓到兄长,这该如何是好?"陶圣俞非要他讲,道:"但说无妨。"于去恶道:"小弟我不是人,是个鬼。如今这阴司也要考科举才能授官职,七月十四奉天帝之旨选拔主考官,七月十五日考生进考场,月底放榜。"陶圣俞问道:"为何主考官也要考试?"于去恶道:"此乃天帝对阴司科考慎重之意,无论什么官职,都得考。文章写得好的才能当主考官,文章写得不好的就不能用了。这阴司有大神小神,就像阳间有知府县令一样。只是阳间当了官儿的,便再不读三坟五典之类的古书了。年轻时读的那些书,不过是当作敲门砖,用来求功名,门一敲开,这砖自然就扔了。此外,

当上十几年的官儿，成天看的就是文书、簿册，即使当年颇有文才，肚子里那点墨水早干了！阳间之所以没文才的能考中，有文才的反而考不中，正是少了主考官也要考试这一条。"陶圣俞觉得于去恶此话很有理，对他更加敬重。

这一天，于去恶从外面回来，面带忧色，叹道："小弟我生前家贫，以为死后能转运，想不到这倒霉鬼竟跟我跟到了阴间。"陶圣俞忙问是怎么回事，于去恶道："掌管功名禄位的文昌帝君被封为都罗国王，选拔主考官的考试就此取消。几十年靠贿赂上位的这些糊涂鬼统统混进来做了主考，我等学子还有希望考中吗？"陶圣俞问："这些糊涂考官都是什么人？"于去恶道："就算说了，兄长也未必认得。小弟只说其中一两个，兄长就明白了。一个是乐师师旷，一个是司库和峤，小弟自知时运不济，文章也靠不了，不如就此作罢，不考了。"说罢闷闷不乐，收拾行装准备离去。陶圣俞又是挽留又是劝慰，他这才没走。

到了七月十五中元节的晚上,于去恶对陶圣俞道:"小弟要进考场了。烦劳陶兄于拂晓之时去东边郊野焚炷香,连喊三省'去恶',小弟就来。"说罢便出了门。陶圣俞买了酒菜等着于去恶,待到东方微微发白,陶圣俞认认真真地按于去恶嘱咐的做了。没过多久,于去恶和一少年郎同来,陶圣俞问那少年郎姓甚名谁,于去恶答道:"他叫方子晋,是小弟的好友,方才在考场中遇到,听说陶兄的大名,很想结识兄长。"三人一同到了住处,相互见礼。这位方子晋玉树临风,为人谦和,仪态不凡,陶圣俞很是喜欢,便问道:"子晋的大作,定是上乘文章。"于去恶道:"说来好笑,第一场考了七篇文章,子晋已作完大半,结果一看主考名姓,他竟收拾笔墨离场而去,可真是个怪人!"陶圣俞扇了扇炉子,温好酒端上桌来,问道:"考的什么题目,去恶贤弟能高中否?"于去恶道:"书艺、经论各出一题,这倒不难,人人都会。策问的题目是'自古恶行本不少,如今世风日下,诸般丑态陋行,更是难以尽数。不仅十八层地狱惩戒不完,且十八层地狱也容不下这多恶鬼。有何良策予以解决?有的说再增加一两层地狱,但此一举又违背了天帝的好生之本心。到底是增,还是不增,或尚有他法根除恶根?诸学子务必直言,勿要隐瞒为宜。'小弟虽不擅长策问,但这文章写得也算痛快。写了一篇表文:'天帝可降召剿魔,按等级将天马天衣赏赐灭魔有功的臣下'。下面两题是'瑶台应制诗'和'西池桃花赋',这三题小弟做得很是满意,自认这考场中不会有人比得上。"说罢,于去恶得意地拍起掌来。方子晋笑道:"看于兄此时意得志满,待几日后放榜之时,不哭才算真男子!"天亮后,方子晋起身告辞,陶圣俞留他一同住下,方子晋没答应,只说晚上再来。可一连三日,竟不见再登门。陶圣俞请于去恶去找他,于去恶道:"不必去寻。子晋是个重情义的,言出必行。"这一日天刚黑,方子晋果然来了。拿出一卷文稿交给陶圣俞,道:"小弟失约三日,正是抄了旧作百余篇来向陶兄讨教。"陶圣俞展开一读,甚是喜欢,读一句,称赞一句,才读了一两篇就将其余的收到了书箱里。

三人聊到半夜，方子晋便留下来，和于去恶同榻而眠。自此之后，方子晋每晚都来。

一天晚上，方子晋慌慌张张地跑来，一进门就对陶圣俞道："地府的榜已经发了，于兄落榜了！"于去恶正在屋里躺着，一听此言，猛然坐起，难过地流下泪来。陶、方二人极力劝慰，于去恶这才不再落泪。但三人相坐无言，场面着实尴尬。方子晋道："小弟方才还听说大巡环张桓侯快来了，这怕是落榜考生的谣传吧，若此言当真，那这场科考还有回转余地。"于去恶听了，脸上露出笑意。陶圣俞问他何故转忧为喜，于去恶道："张桓侯正是张飞张翼德，此公三十年巡视一次阴司，三十年巡视一次阳世，阴司的不平、阳世的不公，等他一到统统扫平。"说罢起身，拉着方子晋，两人一同告辞离去。过了两晚，二人才回，方子晋高兴地对陶圣俞道："张桓侯前天晚上果然来了，撕碎地府榜文，榜上之人仅留三分之一。又将落榜考卷拿出查阅，看了于兄的考卷，大加称赞，推荐他出任交南巡海使，很快便有车马来接。"陶圣俞大喜，忙摆酒为于去恶庆贺。三人吃了几杯，于去恶问陶圣俞："陶兄家中可有空房？"陶圣俞道："去恶此问何意？"于去恶道："子晋孤身一人，无家可归，又不忍与兄长分别，小弟想让子晋借住在兄长这儿，也好有个依靠。"陶圣俞高兴道："若能如此，乃陶某之幸。即使我家中没有空房，子晋搬来同住又有何不可。只是家中老父尚在，

张飞是三国时期的蜀汉名将，他死后不久，百姓在云阳县飞凤山脚下，为他修建了神庙。因张飞受封为桓侯，修建的神庙也就名为张桓侯庙。后来元顺帝敕修，就等于张飞受到皇帝敕封，因此成了正神。据说他管理一城中的诸多事务，如同城隍一般，不但管民政，管破案，还管风调雨顺，管防治各种灾情。蒲松龄在《聊斋志异》中曾指出，张飞在担任一段时间城隍之后，升格成为阴阳两界的巡察史，巡察阴阳两界，只要看到不公平的事情，什么都管。

须得先向父亲禀告。"于去恶道:"小弟知道令尊仁慈宽厚,定会应允。"陶圣俞留方子晋在此做伴,等考完一同回去。第二天,刚近黄昏,就有车马来到,是来接于去恶上任的。于去恶站起身来,拉着陶圣俞的手道:"你我兄弟就此别过。小弟有一言相告,又怕挫伤兄长的进取之志。"陶圣俞问:"贤弟有话但讲无妨。"于去恶道:"兄长时运不济,生不逢时,这一次怕只有十分之一得中之望;下一次,张桓侯巡视阳间之时,公正得以彰显,便有十分之三可中;但要到第三次,才真有高中之望。"陶圣俞听此言遂有退考之意。于去恶道:"陶兄切不可如此。此乃天数命定,即使明知考不中,但命中注定要经历的苦和难,都得走一遭。"说罢又转头对方子晋道:"子晋也莫要再耽搁,今日之年、月、日、时辰都是大吉,就让车子先送贤弟回陶兄老家,我自会骑马去上任。"方子晋欣然同陶圣俞作别。陶圣俞心中茫然无主,不知该嘱咐二人些什么,唯有流泪送二人远去。眼见方子晋上车,于去恶上马,一下子都走了,这才后悔方子晋去自己家,自己竟忘了捎带书信给老父亲说明情况,想追却已来不及了。

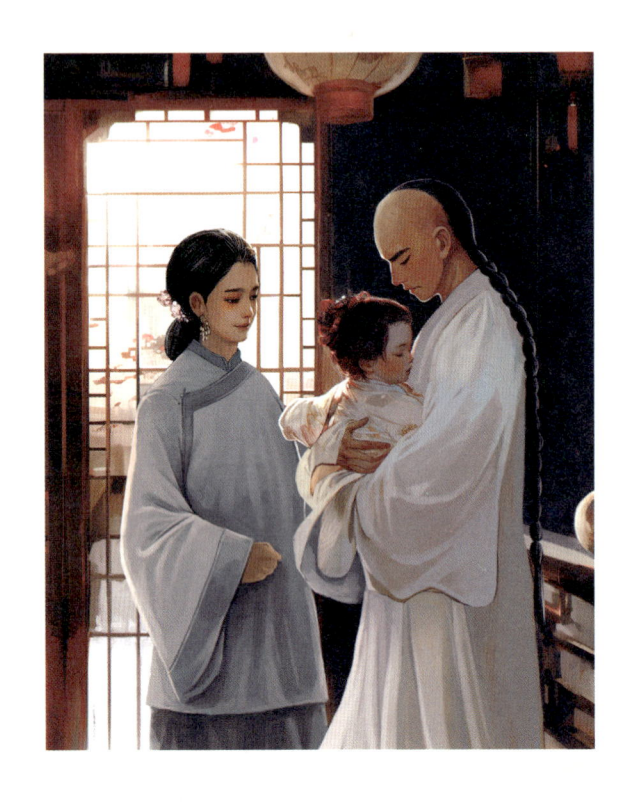

乡试三场都已考完，陶圣俞只觉作答平平，不等出榜便匆忙赶回家。一进家门，就问方子晋可曾到家，可家中却无人听说此人。陶圣俞向父亲说明了情况，陶父喜道："若真如你所说，这位客人来了好久了。"原来前几日陶父白天正在房中小睡，梦见车马停在门外，一翩翩少年从车上下来，进屋拜见。陶父很是惊讶，问他从何处而来，那少年答道："陶大哥答应借府上一间屋给我住，大哥正在考场，我就先来了。"说罢又要去拜见陶母。陶父正客气间，恰好府上一年老仆妇来报喜："夫人生下一位公子。"陶父一惊，便由梦中醒来，觉得这梦甚是奇怪。今天陶圣俞的话正与梦中所见相符，陶圣俞这才明白自己刚出生的弟弟便是方子晋的转世。陶家父子都很高兴，给小儿取名"小晋"。这孩子刚生下时，整夜哭闹，陶母十分烦恼。陶圣俞道："若真是子晋，见了我就不会再哭了。"只是当地风俗，刚出生的孩童不可见生人，所以不让陶圣俞去看。但陶母对小儿子的哭闹实在烦恼，就喊陶圣俞进去。陶圣俞逗这孩儿道："子晋莫哭，兄长来了。"这孩儿正哭得厉害，一听陶圣俞的话，竟马上停住了哭声，两眼望着陶圣俞，一眨不眨，像在辨认他的样貌。陶圣俞轻轻摸了摸小孩儿的头顶，离开后，这孩儿竟不再哭闹。几个月后，陶圣俞都快不敢见小晋了，只要一见，小晋就要他抱，他一走，小晋便哭个不停。陶圣俞对这个弟弟也格外疼爱。小晋四岁起就不再和母亲睡，晚上都与陶圣俞睡在一处。陶圣俞外出，他就躺在床上等大哥回来。每晚陶圣俞教小晋念《诗经》，小晋咿咿呀呀跟着读，一晚便能背四十多行。陶圣俞又拿出方子晋的遗作教他念，小晋很喜欢读，只读一遍就能记住，拿别的文章试他，却不能那么快背下来。小晋长到八九岁，眉清目秀，活脱脱一个方子晋。陶圣俞两次赴考，都未考中。顺治十四年，考场舞弊案发，考官中有的被处死，有的遭谪贬，考场纪律得以整肃。陶圣俞在下一科考中副榜举人，不久举为贡生。自此，陶圣俞心灰意懒，隐居在家专心教小晋，常对人讲："在家中有此乐，就算给个翰林也不做。"

仙人岛

　　山东灵山有个叫王勉的人,很有些才华,屡次在科考中拔得头筹。可王勉为人心高气傲,总爱对别人冷嘲热讽,不少人都受过他的嘲弄。有一天,王勉偶然碰到一个道士,道士看了他的面相,说:"公子虽有富贵之相,只是被这轻损他人的罪孽折了不少啊。以公子的慧根,若改为修道,还可位列仙班呐。"王勉颇为不屑,道:"有福无福都难预料,这世上哪来什么神仙?"道士说:"公子见识为何如此之浅?何用去别处寻访,贫道正是仙家。"王勉更觉可笑,说他是胡诌。道士说:"我一个神仙当

　　《仙人岛》并非《聊斋志异》的名篇,但从文章结构到遣词造句,蒲松龄都下过一番功夫,因此故事情节和人物对话、心理描写,读来令人回味无穷。文中大量引用四书五经和古诗中的词句用以调侃他人,意蕴深厚。

然不足以让你信服。但如果你愿意随我去，立刻就能见到几十位神仙。"王勉问道："神仙在何处？"道士答："近在眼前。"说罢道士拿过手杖夹在双腿间，将另一头递与王勉，叫他也像自己一般夹好手杖，然后嘱咐王勉闭上双眼，大喝一声："起！"王勉只觉得胯下手杖变粗，大得像能装五斗米的口袋，一收一缩之间，就已经凌空飞起，王勉悄悄伸手去摸，只摸得一排排鳞甲。王勉又惊又怕，不敢乱动。过了一会儿，道士又喝了声："停！"二人便落在一所大宅之中，手杖变成原样后被道士抽走。王勉环顾四周，但见楼阁重叠，和帝王宫殿一般，一丈多高的台基上有座大殿，殿内十一根大柱，无比恢弘华丽。道士拉着王勉上了台阶，立即吩咐童子设宴。没过多久，殿内布下几十桌筵席，陈设铺排令人眼花缭乱。道士换上华贵的服饰等候宾客到来。

　　不一会儿，宾客纷纷从天而降，有的驭龙，有的骑虎，有的乘凤，坐骑各不相同。仙人们也各带乐器，其中有男，有女，还有赤脚前来的。有一佳人格外引人注目，她跨彩凤而来，宫廷贵人打扮，乐器由侍女代抱，这乐器长五尺开外，既不是琴，也不是瑟，叫不出名来。酒宴开始了，珍奇菜肴，种类繁多，入口甘甜芳香，与寻常酒宴大不相同。王勉默默坐在一旁，两眼只瞧向佳人，早已倾心这位仙子。酒兴将尽之际，一位老者提议道："承蒙崔真人盛邀，今日盛会自当尽情欢乐。诸位按乐器类别分组，共奏一曲以助兴。"于是众仙人按乐器种类各个相配，丝竹管弦之声，响彻云霄。只有骑凤的那位佳人，所带乐器无以配对，等各组乐器演奏完毕，命侍女打开绣带，取出乐器横放面前小桌上。仙子便轻舒玉腕，以拨筝的手法弹奏起来，与古琴相比，声音更为清亮，乐曲豪壮激昂时，使人心胸舒阔，柔和婉转时，又让人心神荡漾。弹奏了约半顿饭的工夫，整个大殿寂静无声，众人屏息聆听，连咳嗽之声都未曾听到。一曲奏毕，弦音缭绕，似钟磬之声悠远绵长。众仙齐赞道："云和夫人真乃技艺超群！"接着，众仙起身道别，鹤鸣龙吟之声不断，一会儿都散去了。

　　宴会散后，道士铺好宝床锦被，为王勉备好了下榻之处。王勉却在一旁发呆，刚见仙子时，王勉心中情思已动，听完乐曲之后，思慕更深。此前，王勉自觉凭自己的才气获取功名易如反掌，富贵之后人世间没有什么是得不到的，可顷刻间思绪万千，到底应该何去何从，心乱如麻，理不出个头绪。道士似乎看出了王勉的心思，对他说道："公子前世与我一同修道，后来因为公子意志不坚定才坠入凡尘。贫道并没有将公子视作旁人，这次本来是想于污浊尘世中解救你，不料你被凡间富贵功名所误，陷入其中，到现在仍做着功成名就的春秋大梦，难以点醒。我看还是将公子送回去吧，你要成仙，还必须再经历一番劫数，他日你我未必不能重逢。"道士指着台阶下的长石条，叫王勉闭紧双眼骑上去，再三叮嘱他千万不可睁眼。见王勉骑好后，道士拿鞭子抽打石条，石条腾空而起，王勉只觉得风声灌耳，不知飞了多远。王勉忽然想到，这下界凡尘还未从空中看过是什么景象，便微微睁开双眼，只见身下茫茫大海，无边无际，一时

吓得心惊胆战，连忙闭眼，可身体已和石条一同下坠，"砰"的一声，像海鸟般一头扎入海中。幸亏王勉自小生在海边，略通水性。忽听见有人拍掌叫好："这一跤跌得好！"

危急时刻，一位少女将王勉拉上了船。看这姑娘，十六七岁年纪，容貌俏丽。王勉出水后浑身发冷，颤栗不止，央求少女生火烤烤身子。少女道："你跟我回家，我自会为你打理，若日后公子春风得意，别把我忘了就好！"王勉道："姑娘这是哪里话！我堂堂中原才子，偶然遭遇这倒霉事，只要过了眼下这一关日后定当报答，哪里只是不忘记呢！"少女摇桨如飞，小船快似离弦箭，不一会儿就靠了岸。少女从船舱中拿出采来的一把莲花，领着王勉下了船。二人走了约莫半里路来到一座大宅院，但见朱漆大门朝南而开，往里走又过了好几道门，少女先跑了进去。一会儿，走出一男子，四十左右的年纪，向王勉作揖请他进屋，

又吩咐仆人取来帽子、衣袍、鞋袜，为王勉换上。收拾停当后，男子问了王勉的籍贯姓氏。王勉道："学生并非自夸，我的名声还是有人知晓的，崔真人对我十分眷顾，邀我登了天堂。但学生认为求取功名易如反掌，因此不愿隐居。"男子顿时生出敬慕之意，说："在下姓桓，名文若。此地名唤仙人岛，远离人世，在下世代居住在这幽静偏僻之所，今日有幸结交名士。"随后热情地置办酒菜，又不紧不慢地向王勉道："我有两个女儿，老大芳云，已满十六，至今未遇良婿，我有心让她侍奉公子，不知公子意下如何？"王勉心想这必定是采莲的那位姑娘，于是起身道谢。桓文若吩咐家仆请乡中两三位德高望重的长者前来，又命人将小姐请出。

不一会儿，奇异的香气扑鼻而来，十多个漂亮的女孩子簇拥着芳云出来，只见芳云光彩照人，明艳娇媚，犹如朝阳辉映下的荷花。见礼之后，芳云坐入席中。这些女孩子侍立两旁，采莲的那个姑娘也在其中。喝了几杯酒后，一个短发女孩从内室走出，才十一二岁年纪，却也姿态秀美，她笑着靠在芳云手边，眼波流转，似秋水般灵动。桓文若对那小女孩道："女孩子不在闺房，出来做什么？"又转身对王勉道："这是小女绿云，很是聪慧，已能背诵三坟五典了。"说罢叫绿云吟诗，绿云便背了《竹枝词》三首，声音娇美婉转，十分动听。桓文若道："王公子当世名流，过去的大作必定不少，可否让我等开开眼界？"王勉便吟诵了一首格律诗，左顾右盼，十分得意。其中有这样两句："一身剩有须眉在，小饮能令块垒消。"

邻座一位老者再三吟诵，细细品味。芳云低声道："上句说的是孙行者离了火云洞，下句讲的是猪八戒过了子母河。"在座众人拍手大笑。桓文若请王勉再吟诵一首，王勉便念了《水鸟》一诗："潴头鸣格磔……"忽然忘了下句。王勉刚停下回想，芳云便同妹妹低声耳语，说完掩嘴而笑。绿云对父亲道："姐姐为姐夫续了下句，是'狗腚响弸巴'。"在座众人都忍不住大笑。王勉面露羞愧之色。桓文若回头看芳云，向她瞪眼以示责备。

等王勉稍作镇定，桓文若请他讲讲自己的文章。王勉心想世外之人必定不懂八股文章，便把自己屡次科场夺冠的文章搬出来炫耀，以《论语》中的"孝哉闵子骞"二句为题，王勉的破题是"圣人赞大贤之孝……"绿云看着父亲道："圣人不会直呼门人字号的，'孝哉'一句应该是别人说的。"王勉一听，兴致一下就没了。桓文若笑道："小孩子懂什么！关键不在这，只谈文章妙处便是。"王勉这才接着朗诵。王勉每诵读几句，姐妹俩总要耳语一番，像是品评之词，只是音低声小，断断续续听不清。王勉吟诵到得意之处，顺便又将主考官的评语讲出来，有这样一句评语："字字痛切。"绿云对父亲道："姐姐说：最好删去'切'字。"众人都不解其意。桓文若怕这话又会失礼，也不敢多问。王勉吟诵完毕，又转述主考官的评语，其中有这样一句："羯鼓一挝，则万花齐落。"芳云听罢又掩口对妹妹小声说话，姐妹俩笑得直不起腰来。绿云又对父亲道："姐姐方才说：'羯鼓应当是四挝才对。'"众人又不明白了。绿云开口想说，芳云忍住笑喝道："鬼丫头，再敢瞎说，看我不打你！"众人更是满腹疑团，便开始互相揣测议论起来。绿云实在忍不住，道："去掉'切'字，就成了'字字痛'，有道是'痛'则'不通'。鼓敲四下，声音不就是'不通不通'嘛。"众人听罢大笑。桓文若板起面孔，呵责了姐妹俩，又亲自起身为王勉斟酒，请他见谅。王勉原先总吹嘘自己的才学，夸耀自己的名气，古往今来的名士他都不放在眼里，此时却垂头丧气，羞得满脸是汗。桓文若想要奉承王勉，也算宽慰于他，道："我这有一上联，请在座诸位对出下联：'王子身边，无有一点不是玉。'"众人还没来得及想，绿云已经应道："黾翁头上，再着半夕即成龟。"芳云不禁失声笑了出来，挠了绿云好几下。绿云笑着躲开，回头道："关你什么事？你一直取笑他就行，别人只说了一句，你就不答应了。"恒文若呵斥了绿云，绿云这才笑着跑了。席上的几位老者也起身告辞。众丫环引着王勉芳云小夫妻俩进了内室，只见灯烛、屏风、床铺等，陈设精美齐备，又见洞房内书籍满架，各类书目，一应俱全。王勉想提些问题考考芳云，芳云皆对答如流。

此时，王勉才觉得自己才疏学浅，羞愧难当。芳云唤了一声"明珰"，那位采莲姑娘便应声进了房内，王勉这才知道了采莲姑娘的名字。想到自己刚才屡次受芳云的讥讽，王勉担心会被妻子看轻，幸好芳云言语虽尖刻，但对自己的丈夫还是十分体贴。王勉闲来无事，又开始吟起诗来。芳云道："妾身有句话，不知官人受得受不得。"王勉问："是何良言？"芳云答道："官人从此不再作诗，也算是隐藏短处的一个法子。"王勉惭愧不已，依了芳云不再作诗。时间长了，王勉与明珰渐渐亲近起来，王勉对芳云道："明珰对我有救命之恩，咱们对她要另眼相待。"芳云也答应了。此后夫妻俩经常叫明珰来一起玩，王勉和明珰两人越来越要好，常常眉目传情。芳云有所察觉，常因此责备王勉，王勉只得

不断辩解，说绝无此事。一天晚上，夫妻俩对坐饮酒，王勉觉得太过冷清，让芳云叫明珰来作陪，芳云不答应。王勉道："娘子饱读诗书，怎么忘了'独乐乐'这几句了？"芳云道："我说官人读书不求甚解，今日果然应验了。官人连断句都不会了？这几句应该是：'独要，乃乐于人要；问乐，孰要乎？曰：不。'"王勉听了，一笑了之。

又过了几个月，王勉因双亲年迈，儿子还小，总是忍不住想念，将思乡之意告诉了芳云。芳云道："官人想回乡并不难，只是日后你我二人再难相见。"王勉泪流满面，哀求芳云同他一道回去。芳云考虑再三答应了下来。桓文若设筵席为小夫妻俩钱行。绿云提了个篮子进屋道："姐姐就要远行，做妹妹的没有礼物可以相赠，怕你和姐夫往南过了大海无处安身，妹妹连夜为你们赶制了几间房舍，姐姐别嫌妹妹手艺不精啊。"芳云谢过绿云，接过来仔细观看，原

来是用细草编成的房舍楼阁，大一些的和香橙一般大小，小一些的也就橘子那般大，有二十来间，每栋房屋的屋梁和檐下的椽子都清晰可数，每间屋内都设有床榻，小得像芝麻粒。王勉虽觉得这是供孩童玩的玩具，但心中也暗暗赞叹做工精巧。芳云道："实话对官人讲，我们都是地仙。因与官人前世有缘，今世才能相伴。我本不愿踏入凡尘，只因官人有高堂老父需奉养，所以不忍心违背了官人的孝心，等到公公享尽天年，我是一定要回这仙人岛的。"王勉恭敬地答应了。桓文若问道："你二人是走陆路，还是乘船？"王勉怕海上风险浪高，要走陆路。二人行至门外，见车马已备好。夫妻二人辞别桓文若上了路，马儿像飞一样地跑，不消一会工夫就到了海边。王勉担心车马过不了海，芳云拿出一匹白绸，向南抛去。白绸立即化作一条一丈多宽的长堤，直通向陆地，二人乘坐的马车一会儿便驶过长堤来到了陆地。待车马过后，长堤便慢慢收回。这时车马行到一处平坦地带。芳云勒马停车，下车从提篮中取出草编房舍，与明珰等丫环一起依法术规矩布置起来，转眼间就变成高宅大院。众人一同进去，解下行装，发现这宅院竟和岛上的住处没丝毫差别，连夫妻二人屋内的陈设都不差分毫。这时天近黄昏，一行人就在此过夜。第二日清早，芳云让王勉去接公婆来住。王勉驾车赶回老家，发现老宅已归了他人。向乡邻一打听才知道老母亲和妻子已经亡故，只有老父亲尚在。王勉的儿子好赌，把家中田产都输得精光，祖孙二人没地方可去，眼下暂住在西村破庙中。王勉准备回乡时，还一心想着求取功名，听到乡邻讲的这些，心情沉重，悲伤不已，想到即使得了富贵，也不过似镜中之花，过眼云烟而已。王勉立即驱车到了西村，见老父亲衣衫破烂，老迈之相让人痛心。父子相见，失声痛哭。王勉问起自己那不肖之子，老父亲说出去赌钱了还没回来，王勉便用车载着父亲回到了海边的住处。芳云见过公爹后，即刻烧好热水让公爹沐浴，又给公爹换好锦衣绣服，房间内也焚好香让公爹安寝，还请来公爹的老友陪他喝酒聊天，悉心侍奉，连世家大族都不能比。王勉的儿子有一天找上门，王勉不愿与他相认，不准儿子进门，只给了他二十两银子，让仆人传话："拿这二十两银子娶个媳妇，好好过日子。若再敢找上门来，就用鞭子打死！"王勉的儿子哭着走了。

王勉自仙人岛回来后，就不怎么与人来往，偶尔有老友来拜访，也只是周到接待，谦恭礼让，与从前大不一样。黄子介是王勉的旧时同窗，也是一代名士，只是经历坎坷，王勉留他住了许多时日。黄子介临走时王勉为他备下了丰厚的礼物。又过了三四年，王勉的父亲亡故，王勉花了一大笔钱请人择选墓地，并隆重地办理了丧事。此时王勉的儿子也已娶了媳妇，儿媳管得严，王勉的儿子也慢慢赌得少了。直到祖父下葬这天，儿媳才见到公婆。芳云一见儿媳，便夸她会持家，给了儿媳三百两银子去置办田产。第二天，黄子介和王勉的儿子一同去看王勉，却发现高宅大院已不见踪迹，人也不知去向了。

三坟五典，是中国古代传说中最早的典籍，相传由三皇五帝所创作。三坟，对应的是三皇，也就是伏羲、神农、黄帝时期的书籍，五典指的是少昊、颛顼、帝喾、尧、舜这五帝时期的典籍。这些典籍的内容涉及上古时期的各种知识，包括天文、地理、历史和哲学等。"三坟五典"在古代被视为极其重要的文献，对后世的文化和思想都产生了深远的影响。然而，由于历史悠久，这些典籍的具体内容已无法详尽知晓，只留下一些零星的记载和传说。

莲花公主

胶州有个人叫窦旭，一天午睡的时候，看见一个穿粗布衣服的人，站在床前，迟疑又惶恐，似乎有话要说。窦旭问他有什么事。来人只说："相公有请。"窦旭问："相公是谁？"来人说："他就在附近。"窦旭跟着他走出门，绕过房屋来到一个地方，只见这里楼阁层层叠叠，万椽相接。曲曲折折地往前走，窦旭感觉这里万户千门，肯定不是人间。宫女和女官来来往往，人数众多，都向穿粗布衣服的人问："窦旭来了吗？"过了一会，一个大官出来恭敬地参见窦旭。窦旭问："我们一向没有交情，也不曾来往，错蒙您盛情接待，这让我很疑惑。"官员说："我们大王因为您家室清白，仰慕您的风采，想见您一面。"窦旭更加疑惑，说："大王是谁？"官员回答："一会儿就知道了。"不久两个女官来了，打着两面旌旗往前走，走过一道道宫门，最后来到一处大殿。大殿上有一位大王，看到窦旭就走下台阶来迎接，用的是宾主相见之礼。他们施礼完毕，步入坐席，席上陈列的酒菜很是丰盛。窦旭抬头看见上面挂着一个牌匾，写着"桂府"两个字。窦旭坐立不安，也不知说些什么才好，大王说："你我能成为邻居，可见缘分很深，只管开怀痛饮，不用过多疑惑。"窦旭连连称是。

在《聊斋志异》里，有不少梦中相遇的情况，莲花公主的故事，讲的就是一场梦中的爱情，一段人与蜜蜂的情缘。蜜蜂国王请来窦旭，礼敬他，宴请他，并把莲花公主许配给他，只是希望窦旭能够帮助蜜蜂们盖一个新家，逃避"千丈妖蟒"的祸害，继续繁衍生息。当一切如其所愿后，窦旭和莲花公主的情缘也随之终结。虽然窦旭与莲花公主不能成为真正的夫妻，他们的爱情也并不纯粹，但这个故事也是人与自然和谐相处的一个典范。

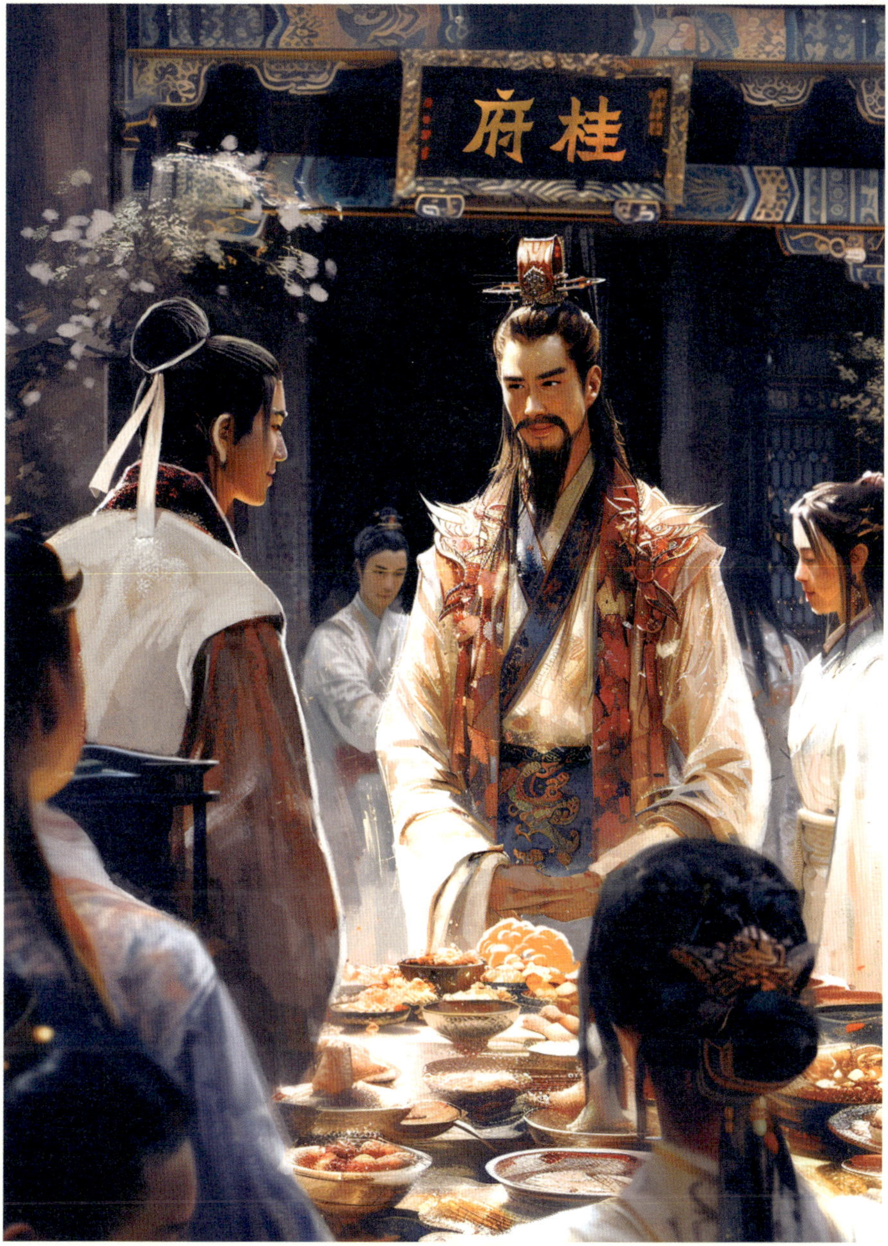
桂府

酒过数巡，大殿奏起了笙歌。过了一会，大王看着左右说："我有一个上联，希望你们来对下联：才人登桂府。"在座的人都在思考，窦旭回答："君子爱莲花。"大王非常高兴，说："巧了，莲花是公主的小名。如此巧合，难道不是注定的缘分吗？告诉公主快出来和这位先生见一面。"过了一段时间，环佩叮咚响，一股兰草和麝香混合的味道飘来，原来是公主到了。莲花公主十六七岁，长得美妙无双，无人可比。大王让公主向窦旭行礼，说："这是小女莲花。"公主行礼后离去，窦旭被莲花公主的美貌吸引，魂不守舍，连大王举酒相劝都没听见。大王看出了窦旭的心思，对他说："小女和你也算匹配，但你二人并非同类，如何是好？"窦旭茫茫然然地发呆，好像没听见。旁边的人踩了一下他的脚，说："大王请您喝酒，跟您说话呢。"窦旭觉得自己很失礼，很惭愧，离席说："承蒙款待，不觉已经醉了，刚才失礼，万望见谅。现在天色已晚，大

王已经疲劳，我要告辞了。"大王起来说："见到你以后心里很惬意，为什么匆匆忙忙就要走呢？既然你不想留下，我也不勉强，如果你还想念这里，自然会请你再来。"于是命内官把窦旭领出去。路上内官对窦旭说："刚才大王说你和公主般配，想和你结亲，你怎么沉默不语？"窦旭后悔得直跺脚，每走一步都遗憾地叹一口气，就这样回到家里。窦旭忽然从梦中醒来，夕阳即将隐没。窦旭呆坐在昏暗中，历历回想。晚饭后熄灯睡觉，希望还能重圆旧梦，而旧梦渺茫难寻，只余悔恨和感叹。

  一天晚上，窦旭和朋友在床上睡觉，忽然看见有个内官前来，说大王有命请他进宫。窦旭很高兴，急忙随从前往。见到大王后，他叩头参拜。大王把窦旭拉起来，请他坐在一边的位置上，说："知道你分别后还想念这里，我冒昧地把小女儿许配给你，想来不至于让你过于嫌弃。"窦旭立刻行礼拜谢。大王

命令学士和大臣陪同窦旭参加欢迎他的宴席。酒宴将吃完，宫女来报说："公主打扮完了。"见数十个宫女簇拥着公主走了出来，公主头上罩着红锦，迈着轻盈的步伐，就像是走在水波之上。宫女把公主扶到地毯上，与窦旭对拜成婚，然后把他们两个送回住处。新房布置温馨又雅致，散发着芳香。窦旭说："眼前有你，真让人只知快活，忘记生死，怕今天的相遇却只是一个梦。"公主掩口一笑："明明和你在一起，怎么是梦呢？"第二天清晨，窦旭刚刚起床就去给公主描眉擦粉，并且用带子去量公主的腰，用手指去量公主的脚，公主笑着说："你疯了吗？"窦旭说："屡次为梦所误，所以要记清楚，就算这次也是梦，也足以让我时时思念你了。"

　　两个人还在说个不停，有个宫女跑进来说："妖怪进了宫门，大王已经躲进偏殿，大祸就要来了。"窦旭大吃一惊，急忙去见大王，大王拉着他的手说："你不嫌弃我们，我们想和你永远相好，没想到祸从天降。国运就要终结了，怎么办呢？"窦旭吃惊地问大王为什么这么说，大王把案上的奏章递给窦旭看。奏章上说："含香殿大学士黑翼，因发现异常妖灾，恳请大王早日迁都，以维系国家的命运。黄门官员报称说，五月初六日起，就有一条千丈巨蟒盘踞在宫廷外面，已经吞噬了臣民一万三千八百余人，所过之处，宫殿都成了废墟。我亲自去查看，确实看到了。这头蛇精，头像山一样，眼睛像江海一样，一仰头就能把殿阁吞没，一挺腰可以把楼墙压塌，这是千古未见的凶相，万年不遇的灾祸。国家的命运危在旦夕，请皇上速速率领宫中的大小眷属，火速迁往乐土……"窦旭看完脸色就像灰土一样。这时有人跑来报告："妖物来了！"整个大殿的人都在吼叫，惨无天日，大王仓促间不知怎么办。回头望着窦旭说："我把小女托付先生了。"窦旭气喘吁吁跑回住处，公主也正和宫女抱头痛哭，见他进来扯着袖子说："你怎样安置我呢？"窦旭悲痛欲绝。公主含着泪水说："情况危急，快带我走吧。"窦旭只好搀扶公主离开了宫殿，不久就回到了家里。公主说："这里很安全，比我家强多了，但我和你来了，我的父母依靠谁呢？还请你另外盖一间房舍，全国人都会跟着迁来的。"窦旭听了觉得为难。公主大哭，说："不能急人所难，要你有什么用呢？"窦旭言语安慰，公主只是趴在床边伤心哭泣，怎么也劝不住。窦旭正在苦苦思索，没有头绪，忽然从梦中醒来，才知道自己又做了个梦。此时耳边还传来公主嘤嘤不断的哭声，仔细一听，这根本不是人类发出的声音，而是两三只蜜蜂在枕头上飞呢。窦旭大喊一声"怪事"。

朋友问窦旭："什么怪事？"窦旭讲出了梦里的情景，朋友也觉得诧异，他们一起看这只蜜蜂。蜜蜂依恋在袍袖之间，怎么赶也赶不走。朋友劝窦旭给蜜蜂造个蜂巢。窦旭听了他的话，请来工匠，工匠刚竖起两面墙，蜜蜂就从墙外飞来，前后相继络绎不绝。巢顶还没合拢，蜜蜂就落满了蜂房。窦旭找到蜜蜂的来处，原来是邻家老头的菜园子，菜园子中有一窝蜜蜂，在此绵延了三十多年，繁衍生息很是兴旺。有人把窦旭的故事告诉老头，老头前去查看。发现蜂房外面静悄悄的，一只蜜蜂也没有了。揭开蜂房，看到一条长达一丈多的蛇盘在里面。窦旭这才知道所谓巨蟒指的就是这条蛇。蜜蜂到了窦旭家，繁殖得更加旺盛，再也没发生其他异常的事了。

蜜蜂源自亚洲与欧洲，由英国人和西班牙人带到了美洲。蜜蜂的群体由蜂王、工蜂和雄蜂组成。一个蜂群只有一只蜂王，主要负责产卵繁衍后代，维持蜂群的秩序；一个蜂群中有数百只甚至上千只雄蜂，主要是与蜂王交配，且交配后很快便会死亡；蜂群中的工蜂数量最多，任务也最重，主要负责整个蜂群内外的所有劳作。蜜蜂为了取得食物不停地工作，白天采蜜、晚上酿蜜，同时替果树完成授粉任务。

禽侠

　　天津有个寺庙，有一对鹳鸟在大殿屋脊上做了窝。大殿的天花板上藏着一条碗口粗的大蛇，一到小鹳鸟长出羽毛，大蛇就出来把窝里的小鹳鸟全部吃掉。大鹳则哀鸣好几天才飞走，叫声凄惨。接下来两年，这对鹳鸟依然来这里做窝，可是它们孵出的小鹳鸟还是被大蛇吃掉。人们猜测这一对大鹳鸟再也不会来了，可第四年它依旧在此做窝。等到小鹳鸟快长大的时候，大鹳鸟却飞走了，三天之后才回来，呀呀地叫着飞进巢中，像往常那样哺喂小鹳。大蛇又扭动着身躯向鸟巢爬去，刚接近鸟巢，两只大鹳被惊起，叫声急切，直上青天。顷刻间，只听得"呼呼"的风声作响，眨眼间天昏地暗。众人都很震惊，仰头看时，只见一只巨鸟，双翅张开遮天蔽日，自空中猛扑而下，那气势正如疾风骤雨，巨鸟张开利爪去抓大蛇，蛇头瞬时掉落，大殿的檐角也被抓掉了好几尺，巨鸟随后展翅腾空而去。两只大鹳鸟飞在巨鸟身后，像是送行那样。鸟巢被毁了，两只小鹳鸟跌落地上，一只摔死了，而另一只还活着。寺中僧人将活着的小鹳鸟安置在钟楼上，过了一会儿，大鹳飞回来，继续哺育小鹳鸟。后来，小鹳鸟渐渐长大，羽翼丰满后才飞走。

　　侠义主题是《聊斋志异》的重要组成之一。侠不时出现在弱势群体的视野中，他们执著于社会的公正与世道的清明，临危舍身，主持正义，感恩报恩，重信守诺。

　　《禽侠》是一篇表现侠义精神的佳作，其故事来源于杜甫诗《义鹘行》和宋、明人笔记。该篇是《聊斋志异》中"动物侠"主题的代表作，将侠义这一理想化的产物世俗化、人情人，反映了蒲松龄强烈的侠义精神，也体现了蒲松龄对杜甫侠义精神的继承和发扬。

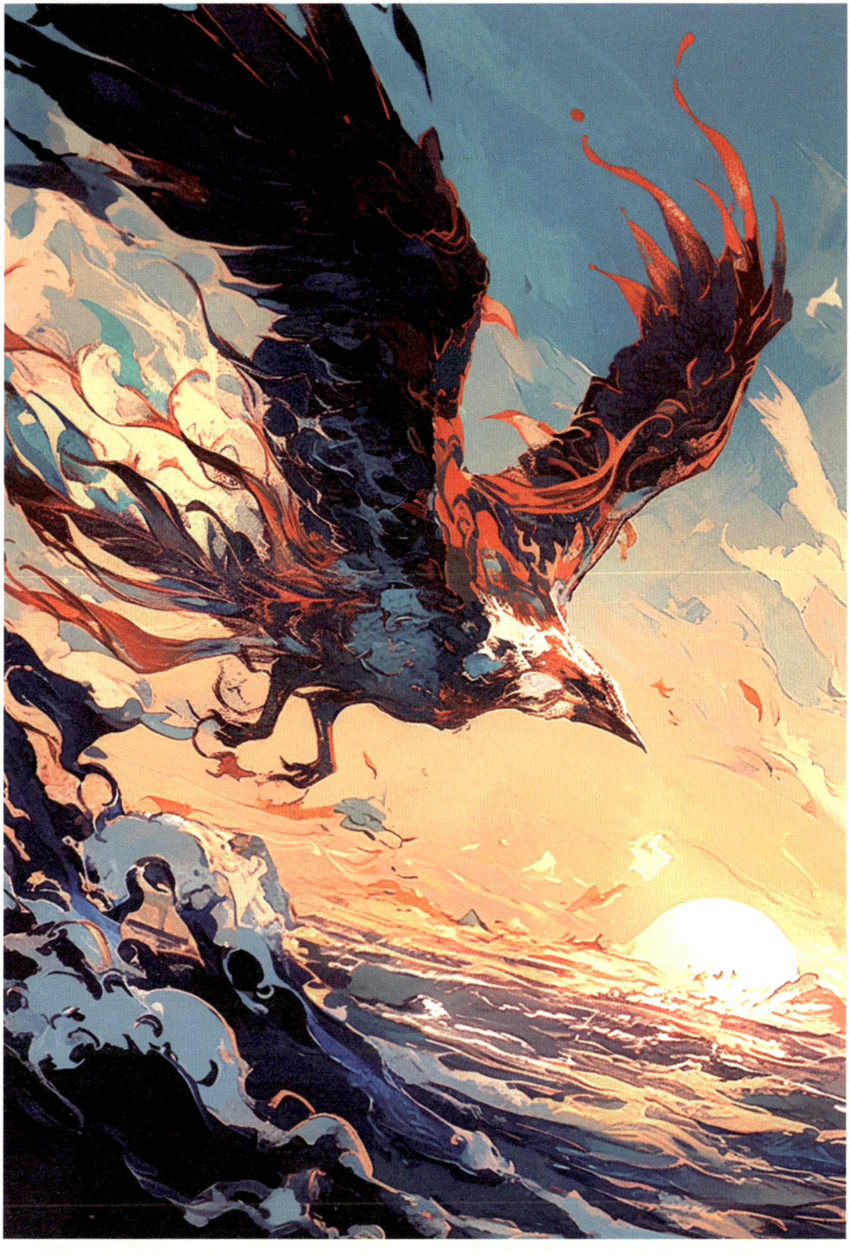

连城

晋宁县有个姓乔的书生，少年时就因才华出众而很有名声，不过二十来岁了，仍是穷困潦倒。但乔生为人很讲义气，他的朋友顾生死了，他就经常接济顾生的老婆孩子。本县县令因为乔生文章写得好，非常器重他，可是后来县令死在任上，家属滞留在晋宁县，无法返回故乡。乔生就变卖家产，亲自护送棺柩和县令的家属，送他们回乡，往返两千多里。因为这件事，读书人更加尊重他，而乔生也因此更加穷了。

在晋宁县，有个姓史的举人，他有个女儿，叫连城，擅长刺绣，又知书达礼，史举人非常珍视。眼看连城到了婚配的年纪，史举人便拿出连城所绣的"倦绣图"，向县里的年轻书生征诗，想借此选择良婿。乔生也参加了，乔生献诗："慵鬟高髻绿婆娑，早向兰窗绣碧荷。刺到鸳鸯魂欲断，暗停针线蹙双蛾。"又赞美挑花和刺绣的技艺高超说："绣线挑来似写生，幅中花鸟自天成。当年织锦非长技，幸把回文感圣明。"

连城得到这两首诗非常欢喜，赞赏有加，可史举人却嫌乔生太贫穷。连城却不管，逢人就称赞乔生，又派了个老妈子，假借父亲的名义赠给乔生银两，资助他读书。乔生感叹地说："连城真是我的知己啊！"满心想和连城结交。

突破了"一见钟情""郎才女貌"的旧有框架，故事把爱情建立在互为"知己"的基础上，塑造了连城、乔生、史举人、王化成等栩栩如生的艺术形象，设置了征诗择婿、割肉疗疾、殉情冥追、还魂自尽等引人入胜的故事情节，热情歌颂了男女主人公为情而死、为情而生，生死不渝的坚贞爱情。通过他们的故事，抨击了封建礼教制度，这篇小说深刻的思想、娴熟的艺术表现手法，都令人叹赏。

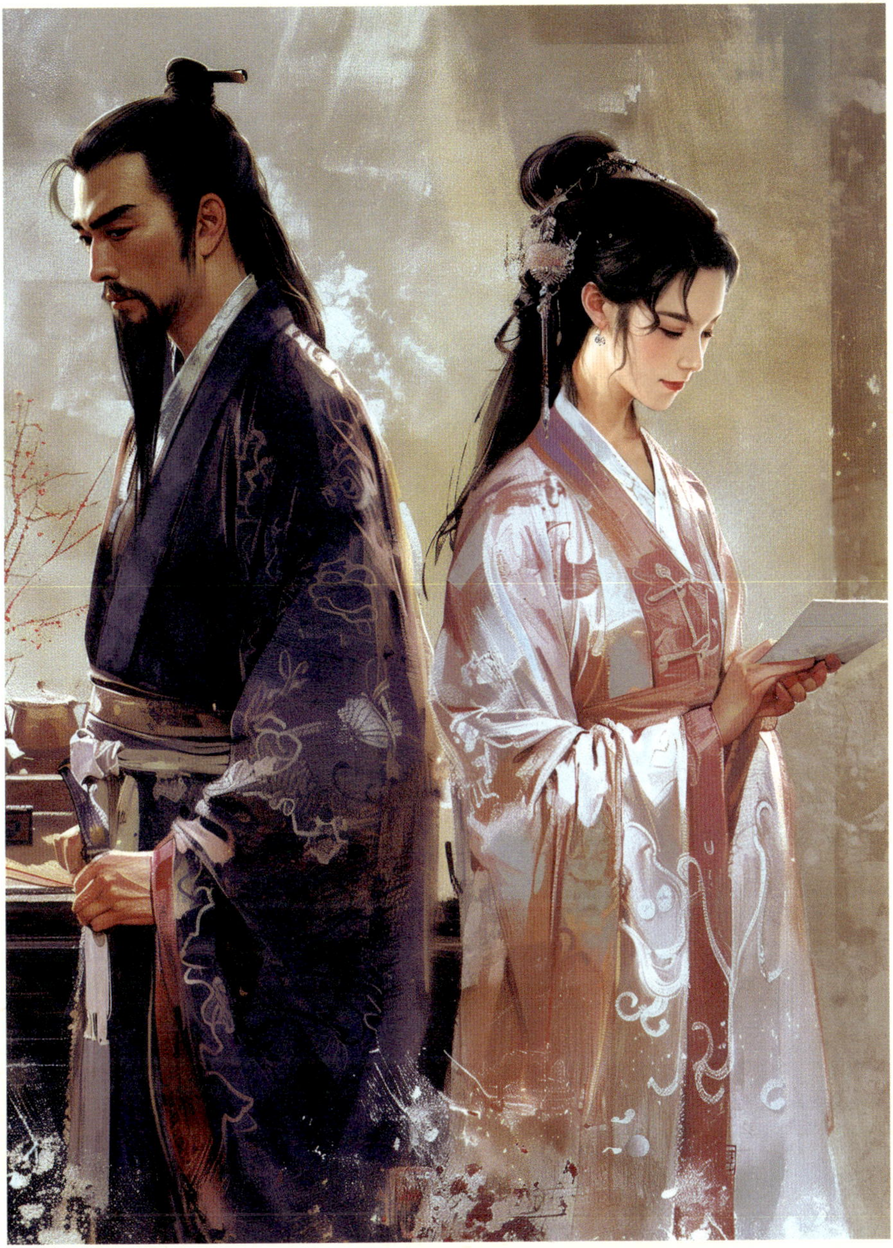

不久，连城被史举人许配给了盐商的儿子王化成，乔生很是绝望，只能在魂梦里感念她。

不久，连城生了瘰病，病势沉重，卧床不起。有个从西域来的和尚，自称能治好她的病，但必须要用男子胸脯上的肉一钱，捣碎了来调和药末。史举人派人到王家告诉王化成。王化成笑着说："傻老头想叫我剜心头肉啊！"送信的人看到王化成是这么个态度，只好回去了。史举人便对人说："有能割身上肉救我女儿的，我就把女儿嫁给他！"乔生听说后二话没说，自己掏出把刀子，割下胸前肉，交给了和尚。鲜血染红了乔生的外衣和裤子。和尚给他敷上药，血才止住了。和尚用乔生的肉合成了三个药丸，连城服用后病果然就好了。

史举人准备履行他的诺言，让人告诉王家商量退婚的事。结果王家大怒，不肯退婚，还要告状打官司。史举人没办法，就摆下宴席，招来乔生，拿出

一千两银子，摆放在桌子上，说："小女不能嫁给你，辜负了你的恩德，就用这些银子来报答你吧！"于是详细说了违背诺言的缘由。乔生愤怒地说："我之所以不吝惜心头肉，不过是为了报答知己，难道是卖肉吗？"说完甩袖回家了。

连城听说后，心里久久不能平静，托老妈子劝慰乔生，说："以您的才华，不会长久失意。天下何愁没有美女？我做的梦都不吉利，估计三年内必死，不必跟别人争我这个泉下之鬼了！"乔生听了，正色告诉老妈子说："'士为知己者死。'我这样做不是为了女色，即使做不成夫妻，又有何妨呢？"老妈子忙替连城表白了一片诚意。乔生说："要真是这样，哪天相逢时，她当为我一笑，我就死而无憾了！"老妈子带话给了连城。

过了几天，乔生偶然外出，正好遇上连城从叔叔家回来，乔生远远望着她。连城秋波转顾，启齿嫣然一笑。乔生大喜说："连城真是懂我的人！"

过了一段时间，王家来史举人家商议婚礼事宜，不巧连城旧病发作，拖了几个月没治好，死了。乔生前去吊唁，痛哭一场，居然伤心而死。史举人只好派人把乔生的尸体送回乔家。

乔生自知已经身死，也没什么难过的，反而想着既然到了阴间，那就再去见一下连城。于是乔生走出了村子，远远望见一条南北大道，行人接连相续，像蚂蚁一样。于是他也混入人群当中。

一会儿，进入一座衙门，正巧碰上顾生。顾生惊讶地问："你怎么来了？"就拉着他的手，要送他回去。乔生长长地叹息了一声，说："我还有一件心事未了！"顾生说："我在这里掌管典籍，很受上司信任，倘若能为你效力，在所不惜！"乔生问能不能帮忙找到连城。顾生就领着乔生转来转去，找了多个地方，终于看见连城与一个穿白衣服的女子，愁眉泪目，席地坐在走廊的一角。看见乔生出现在眼前，连城喜出望外，急忙起身，问他是怎么来的。乔生说："你死了，我怎敢偷生！"连城哭泣着说："我这样忘恩负义的人，不值得你以身殉死，我已经不能许配你今生了，我愿发誓永结来生！"乔生转头对顾生说："你有事情先去忙吧，只想麻烦你查一下连城托生的地方，我要和她一起去投胎！"顾生答应着走了。

白衣女子好奇地问乔生是什么人，连城为她追述了自己与乔生的往事。白衣女子听了，感到非常悲伤。连城告诉乔生说："这姑娘与我同姓，小名叫宾娘，是长沙史太守的女儿，我们一路同来，所以互相帮扶。"乔生看她神态样子惹人怜惜，正想细问，顾生已返了回来。他向乔生庆贺说："我为你把事情办理妥当，马上就让小娘子跟你返魂复生，好不好？"两人都非常欢喜。

两人正想拜别顾生，宾娘在一旁大哭着说："姐姐走了，我去哪里？恳求你们可怜可怜我，我愿为姐姐当仆人。"连城心里难过，想不出办法，就和乔生商量。乔生又去求顾生。顾生很为难，严词拒绝，说办不成。乔生执意恳求，顾生只好妥协，说："我胡乱试试看吧，不一定能成功。"去了一顿饭的工夫便回来了，摆手说："实在是无能为力啊！"宾娘听了，娇声啼哭起来。

三人悲伤无计，相对默默无语。再看宾娘满脸悲伤失落的样子，让人心酸。顾生愤然说："你们带宾娘一起去吧。假如真有罪责，我豁上命承担了！"宾娘这才高兴了，跟着乔生一起出去。乔生担心她路途太远，没有伴侣。宾娘说："我想跟你走，不愿回家！"乔生说："你太痴了！不回去，你怎么能复活呢？以后到了湖南，不躲着我们，就很荣幸了！"正好有两个老婆婆拿着文书要去长沙，乔生便把宾娘托付给她们，宾娘洒泪告别而去。

乔生与连城也踏上归途，连城走得非常慢，走一里多路就得歇息，一共歇息了十多次。连城说："重生以后，恐怕我们的事又会有反复。还得你先复活，然后向我家索要我的遗体来，我在你家重生，他们应当不会再反悔了！"乔生认为很对。两人就一同回到了乔生家。

连城说："我到这里，四肢摇摇，好似六神无主。恐怕心愿不能实现，还得再谨慎地商量一下。不然，活了后怎么能自由呢？"两人相互搀扶着，进入侧厢房中。

因为犹豫不定，不敢匆忙复活，两人在厢房中一连住了三天。连城说："俗话说：'丑媳妇终得见公婆'。在这里忧愁担心，终不是长久之计！"就催促乔生快入灵堂复活。

乔生才到灵床，尸体就豁然苏醒过来，家人非常惊异，喂他喝了些汤水。乔生便派人邀请史举人前来，请求得到连城的尸身，说自己能使她活过来。史举人大喜，连忙派人把女儿的尸身抬进乔家。果然，没多久，连城就醒过来了。连城告诉父亲说："如今这样，女儿没有回去的道理了，如果再有变动，我仍然只有一死了之！"

史举人答应了女儿，回家后派遣奴婢去乔家，供女儿使唤。没过多久，王化成也听说了连城复活的事，就写了状词告到官府。官员受了贿赂，判连城归王化成。乔生愤懑得要死，可又无可奈何。

连城到了王家，绝食求死，一连饿了几天，奄奄一息，连说话的力气都没有了。王化成害怕了，把她送回了史家，史举人又把她抬到了乔家。王化成知道了连城的心意无法更改，也就作罢。

到了乔家，连城开始吃东西，病也慢慢好起来了。闲来无事，连城常常思念宾娘，想派个人捎信去探望，因为道路太远，一时很难到达。

一天，家人进来说："门前有车马来了。"乔生和连城出门去看，见宾娘已经来到庭院之中了。三人相见，悲喜交加。原来是史太守亲自把女儿送来了，乔生连忙请他进屋。史太守说："小女多亏你才能复生，她发誓不嫁别人，今天就成全了她的心愿！"乔生叩头拜谢史太守，行了女婿之礼。史举人也来了，还与史太守叙了同宗的族谊。

乔生名年，字大年。

比武招亲最早起源于春秋战国时期，公孙楚与公孙黑争妻，并用戈击伤了公孙黑，此后，比武招亲就成了选拔女婿的方式。此外还有榜下捉婿，北宋时期的商人及官员非常喜欢将女儿嫁给文人，而新科进士最有潜力，因此发榜之后，他们会将自己相中的中榜士人拥到自己家里。除此之外，古代的女子也可以通过诗文选择合适的夫婿，主要考核未来夫婿是不是和自己有共同的爱好，是否才思敏捷。

版权专有　侵权必究

图书在版编目（CIP）数据

聊斋志异：经典解读版 /（清）蒲松龄原著；郭翔编著. -- 北京：北京理工大学出版社, 2025.6.
ISBN 978-7-5763-4447-9

Ⅰ. I242.1

中国国家版本馆CIP数据核字第2024YS3442号

| 责任编辑：申玉琴 | 文案编辑：申玉琴 | 策划编辑：张艳茹　门淑敏 |
| 责任校对：刘亚男 | 责任印制：施胜娟 | 特约编辑：王　欢 |

出版发行 / 北京理工大学出版社有限责任公司
社　　址 / 北京市丰台区四合庄路6号
邮　　编 / 100070
电　　话 /（010）68944451（大众售后服务热线）
　　　　　（010）68912824（大众售后服务热线）
网　　址 / http://www.bitpress.com.cn

版 印 次 / 2025年6月第1版第1次印刷
印　　刷 / 雅迪云印（天津）科技有限公司
开　　本 / 710 mm × 1000 mm　1/16
印　　张 / 19.25
字　　数 / 245千字
定　　价 / 78.00元

图书出现印装质量问题，请拨打售后服务热线，负责调换